KB154143

# 이것은
# 정치 이야기가
# 아니다

개정증보판

# 이것은
# 정치 이야기가
# 아니다

박정자의 인문학 칼럼

에크리Ecrit

# 도시의 산책자

프랑스어로 플라뇌르(flâneur)는 '산책하는 사람'이라는 뜻이다. 흔히 산책이라면 우리는 녹음이 우거진 자연 속의 산책을 생각한다. 그러나 보들레르가 이 단어를 미학적으로 사용한 이래 플라뇌르는 더 이상 자연 속의 산책자가 아니라, 도시의 거리를 천천히 걷는 '도시의 산책자'를 뜻하게 되었다. 운두 높은 실크햇에 콧수염을 기르고, 검정색 프록코트의 앞깃을 폭넓은 넥타이로 여민 신사, 또는 리본이나 레이스로 엉덩이를 강조한 드레스에 꽃이나 베일 장식의 모자를 쓴 숙녀들이 플라뇌르였다. 그들은 귀스타브 카이유보트(Gustave Caillebotte)의 그림 「비오는 날의 파리 거리」(1877)에서처럼 파리의 보도를 한가로이 걷기도 하고, 또는 마네나 로트렉의 그림에서처럼 담배 연기 자욱한 카페의 휘황한 조명 밑에서 옆 사람들과 열띤 토론을 벌이거나 아니면 반쯤 빈 맥주잔을 앞에 놓고 스케치북에 뭔가를 끼적이기도 한다.

그러니까 플라뇌르는 단순히 산책자가 아니라, 화려한 대도시의 거리와 공원을 한가롭게 걸으며 상점의 새롭고 진기한 물건들을 살펴보거나, 카페 테라스에서 커피를 마시며 예리한 눈으로 주변을 관찰하고, 꿈꾸고, 상상하고, 사유하던 익명의 시인 · 작가 · 예술가 · 문화

인들이었다. 보들레르에 의해 플라뇌르로 명명되자 그들은 일약 부르주아 상승기인 19세기 파리의 부유함과 호화로움, 예술을 상징하는 아이콘이 되었다. 그리고 마침내 20세기 벤야민에 의해 호출되어 현대 미학의 중요한 요소가 되었다.

보들레르는 이 도시의 산책자들을 현대인(the modern)이라고 불렀다. 어느 시대건 자기 시대를 사는 사람은 '현대인'이지만, 보들레르가 이들을 특히 '모던'이라 정의하고, 그들의 라이프 스타일과 예술 활동을 모더니즘으로 명명한 이후 모더니즘은 19세기 말과 20세기 초의 특정 예술 사조를 지칭하는 이름이 되었다. 그리고 더 나아가 시대와 장소를 초월하여 모든 참신하고 도시적인 감수성을 지칭하는 미학적인 개념이 되었다.

보들레르에 의하면 현대성(modernity)이란 일시적인 것, 순간적인 것, 우연한 것이다. 거리에서 스치듯 지나간 이름 모를 소녀의 해맑은 미소, 여름 어느 날 황혼 무렵 담쟁이 덮인 벽돌 건물을 빨갛게 물들이던 한 순간의 노을빛, 이처럼 우연히 내 눈에 띤, 그러나 어느 순간 덧없이 사라져버린 그 찰나성의 아름다움, 그것들을 놓치지 않고 예술로 형상화한 것이 바로 모더니즘이다. 벤야민은 그 찰나성, 우연성을 아우라(aura)라는 미학 개념으로 발전시켰다.

현대성의 찰나적 성격은 예술에만 적용되는 것은 아닐 것이다. 모든 사회적, 정치적, 경제적 징후들이 실은 어느 한 순간의 덧없는 현상 속에 배태되어 있다. 그 한 순간의 덧없는 현상을 가장 잘 포착하여 문자(文字)라는 견고한 물질을 통해 영속화시키는 것이 바로 신문이다. 19

세기 플라뇌르들의 물질적 가시적 공간이 카페나 상점들의 거리였다면, 그 비가시적 추상적 공간은 신문이었다. 부르주아 계급의 발달과 함께 크게 발전한 신문은 현대적이고 도시적인 형식의 전형이었으며, 전통에서 모더니티로의 전환을 추동하는 거대한 동력 기관이었다. 대량 소비를 위해 고안된 제품이라는 점에서 자본주의적 교환 법칙이 작동되는 첫 번째 상품이기도 했다.

"신문을 읽는다는 것은 한 사람의 독자가 전체 도시, 전 프랑스, 더 나아가 모든 국가의 보편적 삶을 살게 된다는 의미이다. 프랑스 같은 커다란 나라에서 전 주민이 동시에 동일한 생각을 할 수 있는 것이 바로 신문에 의해 가능해진다."

〈르 프티 파리지앵〉이 1893년에 쓴 사설은 오늘 읽어도 무리가 없다. 다만 21세기인 지금은 전자 매체와 소셜 미디어가 신문의 지위를 위태롭게 하고 있다는 것만이 다를 뿐이다.


나는 조용한 익명의 관찰자였다. 아무도 모르는, 아무의 눈에도 띄지 않는, 그러나 도시의 군중 속에서 '지금 여기' 우리 사회의 깊은 징후를 읽어낸 도시의 산책자였다. 가로수길이나 경리단 길 같은 서울의 거리를, 바르셀로나의 람블라스 거리나 도쿄의 긴자 거리 같은 이국의 거리를 익명의 군중 속에서 무심하게 걸으며 관찰의 촉수를 늦추지 않았던 산책자였다. 19세기 파리의 독자들이 그랬듯이 현상을 파악하고자 하는 무한한 호기심으로 신문을 꼼꼼히 읽으며 서울 · 한국 · 세계의 보편적 삶이 무엇인지를 살펴보았다. 또 한편 자그만 액정 화면 속

소셜 미디어에 촉각을 곤두세우며 실시간 정보를 흡수했던 디지털 플라뇌르이기도 했다. 그렇게 관찰하고 사유한 덧없고 단편적인 조각들을 종이 신문에 활자로, 또는 전자화면 속에 데이터로 올려놓았다. 그리고 이제 그것들을 책이라는 고풍스러운 매체에 담았다.

도시의 산책자에게는 못마땅한 것도 눈에 많이 띈다. 중앙청 건물을 헐고, 광화문 문루(門樓)를 복원하고, 대로(大路)의 은행나무를 다 뽑아버린 후 삭막한 콘크리트 광장으로 만든 광화문 프로젝트가 그 하나다. 구 총독부 건물이 일본 식민주의의 상징이고, 박정희 시대에 복원된 광화문 문루가 콘크리트 가짜 건물이라는 것을 온 국민이 다 알고 있는데, 굳이 중앙청을 허물고 궁과 문루를 복원한다고 해서 과연 우리의 식민지 경험과 박정희 시대의 역사가 마치 존재하지 않았던 것처럼 사라지겠는가? 고작 하나의 가짜를 다른 가짜로 대체하는 '이중의 시뮬라크르'일 뿐이다.

대학로 방송통신대 경내에 있는 1910년대 목조 건물은 시인 이상(李箱)이 다니던 경성공업고등학교(서울 공대 전신) 건물이다. 이 아름다운 근대 문화재에 왜 이상을 언급하는 팻말이 하나도 없는지 나는 언제나 아쉬웠다. 서울 종로구 통인동에 있는 이상이 살던 집터의 작은 한옥을 '이상의 집'이라 이름 붙이고 해마다 이상의 탄생일과 기일에 문화 행사를 벌이고 있는 한 문화 단체가 왜 이상과 더 밀접하게 관련이 있는 이 건물을 언급하지 않는지 몹시 궁금하다. 고증이 없지 않느냐고 반론을 제기할 사람이 있을 듯해서 경성고공 출신인 나의 아버지의 1930년 졸업 사진을 글의 말미에 실었다.

도로명 주소 체계의 반(反) 문화성도 우리를 안타깝게 한다. 내가 사는 동네 청담동은 '청담동'이라는 이름이 없어지고, 골목의 가로 방향은 '압구정로', 세로 방향은 '도산대로 길'이 되었다. 사람들 머릿속에서 압구정로와 도산대로 사이에는 거대한 블록이 존재하는데 여기서는 몸만 옆으로 돌리면 압구정로가 도산대로로 바뀐다. 종로구의 고풍스런 동네 이름도 모두 사라졌다. 도시의 거리 이름은 그 자체가 문화재인데 어떻게 이런 천박하고 야만스러운 일이 일어날 수 있었을까? 2014년 1월에 시행되었지만 그 출발은 김영삼 대통령 시대인 1996년 청와대 국가경쟁력강화기획단의 제안에서부터 시작되었다고 한다. 애초 내세운 목적은 국가경쟁력 강화였지만, '지번(地番)이 일제 잔재'라는 비공식적 이유도 한 몫 했다고 한다. 역시 우리나라는 맹목적 '반-일 이데올로기'가 문제다. 무슨 위원회니 기획단이니 하는 기구들도 언제나 경계해야 할 존재이다.

이 모든 것이 정치다. '정치'의 그리스어 어원인 Politika가 '도시들의 직무(affairs of the cities)'라는 뜻을 갖고 있듯이, 정치란 한 공동체 안에 사는 모든 사람에게 영향을 미칠 사안을 결정하는 과정이다. 또는 그 공동체 안에서 자원과 권력을 배분하는 실천적 행위이다. 그러므로 겉보기에 정치와 상관이 없는 듯한 모든 사회적 · 문화적 일이 실은 정치의 영역이다. 그럼 이 책에 실린 모든 글을 정치 이야기라고 해야 할까. 근본적으로 정치적이지만 그러나 당파성의 경향을 띤 이야기는 아니라는 점에서 역시 "이것은 정치 이야기가 아니다."

잉여, 금수저, 지방대학 강사, 동성애, 일자리, 시위 문제 등의 이야기를 통해 젊은이들의 불안과 소외감을 확인하였고, 이것이 우리 시대, 우리 사회만의 문제가 아니라 모든 시대 모든 사회의 문제였다는 것을 인문학적으로 짚어보았다. 탄핵 사태 속에서 프랑스의 마리 앙투아네트나 생-쥐스트(Saint-Just) 등 역사적 인물을 살펴보았으며, 푸코, 보드리야르 등의 포스트모던 철학자들의 개념 속에 우리 사회의 현재적 상황을 집어넣어 보기도 했다. '칸트와 꽃' 또는 '마들렌 이야기'에서는 칸트의 미학과 들뢰즈의 미학 그리고 프루스트의 문학론을 짤막한 분량 속에 압축적으로 담아 보았다.

이 책은 2017년 7월에 출간한 『이것은 정치 이야기가 아니다』의 증보판이다. 2014년 7월부터 2017년 6월까지 〈동아일보〉에 연재했던 칼럼인데, 초판에 미처 실리지 못했던 몇 편의 칼럼을 더 추가하였다. 사회적 이슈에 대한 관심의 끈을 놓지 않았으나 정파적 견해에 매몰되지 않았고, 비판적 시각이었으나 저급한 감성에 의존하지 않았다. 한정된 매수의 칼럼이어서 다 쓸 수 없었던 개념들의 설명도 덧붙였다.

따라서 단순한 칼럼집이 아니라 사회에 새로 진입하려는 젊은이들의 수준 높은 인문학 입문서가 될 것이다. 젊은 독자 여러분들의 눈 밝은 판단을 기대한다.

그리고 늘 묵묵하게 격려해 준 남편 안병훈에게 고마움을 전한다.

2018년 1월 유별나게 추웠던 겨울에
박정자

|차례|

## 4부 포스트모던의 시대

# 5부 이것은 정치 이야기가 아니다

# 6부 필자의 사생활

1부

여전히
미학이다

# 사르트르도 플로베르도
# 잉여였다

사법 시험에 두 번 낙방하고 세 번째 시험을 앞두고 있었다. 이미 두 번의 실패로 가문의 명예에 한껏 먹칠을 한 상태였다. 유명한 외과의사이며 가부장적인 권위가 하늘을 찌를 듯 했던 아버지의 마음에 들기 위해, 그리고 수군거리는 고향 사람들의 조롱과 동정을 잠재우기 위해 이번에는 꼭 합격해야 했다. 하지만 도저히 합격할 자신이 없었다. 출구는 없었다. 끊어질 듯 팽팽한 긴장의 압박 속에 마침내 그의 신경조직이 폭발하듯 와해되었다.

1844년 1월 어느 날 밤 프랑스 북부의 캄캄한 지방 도로를 달리던 마차 위에서 그는 말고삐를 놓고 힘없이 바닥으로 쓰러졌다. 몸은 나무토막처럼 딱딱하게 경직되어 있었다. 자신이 낙오된 인간임을 만천하에 드러낸 이 사건(간질 발작) 이후 그는 가문의 수치, 영원한 미성년자, 아무짝에도 쓸데없는 잉여적 존재가 되었다. 그러나 아이러니하게

도 이 잉여성이 그에게 완전한 자유를 주었다. 이후 그는 자신이 좋아하는 글쓰기에 마음 놓고 매달릴 수 있었다. 정확하고 아름다운 문체로 20세기 모든 작가의 스승이 된, 『보바리 부인』의 작가 플로베르의 이야기다.

아버지가 일찍 죽어 젊은 어머니와 함께 외갓집에 얹혀살던 어린 사르트르는 어쩌다 집에서 소란이라도 부리면 어머니가 다가와 속삭였다.

"조심해! 여기는 우리 집이 아니야!"

고작 벽에 걸린 사진 한 장으로 남아 있던 아버지의 부재는 애초부터 아들의 존재조차 추상적인 것으로 만들었다. 아버지에게 억압당할 가능성이 아예 차단되었던 아들은 무한한 자유를 얻었으나 동시에 자신이 잉여적 존재라는 사실을 아프게 자각하였다. 누구로부터 태어났는지 도대체 무엇하러 이 세상에 나왔는지 가늠할 길조차 없었으므로 그의 존재는 한없이 불안하고 부당한 것이었다. 그러나 그는 곧 이 잉여성이 인간 모두의 보편적 조건임을 깨닫고 특유의 존재론을 개진하였다. 20세기의 대표적 사상가 사르트르의 실존 철학이 탄생하는 순간이었다.

직업도, 가족도, 돈도, 친구도 없으므로 "나는 잉여(de trop)적 존재다"라고 했던 로캉탱(사르트르의 소설 『구토』의 주인공)처럼 우리 사회 젊은 이들도 이렇다 할 목표나 열정 없이 무의미하게 삶을 소비하는 자신들의 처지를 '잉여'라고 부른다. 잉여적 감각을 그린 웹툰 '이말년 시리즈'가 한때 폭발적 인기를 얻었고, 잉여들의 이야기를 다룬 「잉투기」

● 도저히 아버지의 기대에 부응하여 사법시험에 합격할 자신이 없었던 플로베르(일러스트레이션)

● 사르트르(캐리커처)

라는 영화도 있었으며, 병신스러운 행동이라는 뜻의 '병맛', 댓글로 투쟁한다는 키보느워리어 등의 은어들도 생겨났다.

'잉여'는 기의(記意)적인 측면에서는 전혀 새로울 것이 없다. 사회적 경쟁에서 낙오될지 모른다는 젊은이들의 막연한 불안감을 지칭한다는 점에서, 사실 그 기표(記表)만 새로울 뿐이다. 얼마 전까지만 해도 '루저'라는 말이 유행했고, 거기에 신자유주의 비판을 얹은 '88만 원 세대'와 '점령하라(오큐파이)'가 위세를 떨쳤으며, 그들을 위로하는 『아프니까 청춘이다』가 낙양(洛陽)의 지가(紙價)를 올리기도 했다. 요즘에는 피케티의 『21세기 자본론』이 1:99라는 숫자로 글로벌한 잉여 마케팅을 벌이고 있다. 멀리 20세기 초반으로 거슬러 올라가면 파리에서 정신적 난민 생활을 하던 헤밍웨이 등의 작가들이 자신들을 '잃어버린 세대'로 칭하기도 했었다.

젊은이 특유의 소외감은 현대 사회 고유의 현상도 아니고, 신자유주의 때문만도 아니다. 모든 시대, 모든 사회의 청춘은 언제나 잉여였다. 아니 모든 인간은 언제나 잉여였다. '잉여잉여'의 사이버 스페이스에

서 과감히 나와 종이 책을 비롯한 자연의 물성(物性)과 접촉하는 일이
더 건강한 힐링이 아닐까?

접속이 아니라 접촉을!

## 기표와 기의

기표(記表)와 기의(記意)는 프랑스어로 시니피앙(signifiant)과 시니피에
(signifié), 영어로는 signifier와 signified이다. 기표는 '의미하는 것', 기의는
'의미된 것'이라는 뜻이다. 예컨대 '꽃'이라는 낱말은 일차적으로는 우리 귀에 들
리는 '꽃'이라는 발음, 그리고 우리 눈에 보이는 '꽃'이라는 형태의 글자이다. 이
물질적 형태가 바로 기표(시니피앙)이다. 그런데 '꽃'이라는 이 물질적 형태는 "아
름다운 형태와 색채를 가진 식물의 생식기관"이라는 개념을 가지고 있다. 이것
이 꽃의 기의(시니피에)이다. 이 기표와 기의의 결합에서 의미가 발생한다. 우리
귀에 들리는 소리에 불과한, 아니면 우리 눈에 보이는 검은 선에 불과한 물질적
요소는 그 자체로는 아무런 의미가 없다. 그것을 듣고 보면서 우리의 머릿속에
어떤 상(像, 이미지)이 떠오를 때 비로소 거기에 의미가 발생한다. 이처럼 모든 말
은 기표와 기의의 두 겹으로 분리되어 있다. 원래 단어에만 적용되던 이 언어학
적 개념이 요즘에는 겉의 형식과 속의 내용이라는 넓은 의미로 확대되었다.

# 새삼 실존주의를
# 생각하다

"내가 승리를 위해 싸웠을 때, 그 승리는 나의 것이 되고, 내가 하늘을 날 수 있을 때 하늘은 나의 것이 되며, 내가 헤엄치고 항해할 수 있을 때 바다는 나의 것"이 된다고 했다. 하나의 대상은, 내가 그 안에서 내 모습을 찾아볼 수 있을 때에만 나의 것이 되는데, 그 안에서 내 모습을 찾을 수 있다는 것은 내가 거기에 참여했을 때에만 가능하기 때문이라고 했다.

어느 자기계발서의 한 구절이 아니다. 보봐르의 철학 에세이에 나오는 구절들이다. 오래 전의 번역을 다시 손질하면서 회고적으로 생각해 보니, 20세기 중반 전 세계의 지성계를 강타했던 실존주의 철학은 이제 철학의 반열에서 내려와 대중 속에 깊이 스며들어 자기 계발의 기본 개념이 되어 있었다.

요즘 젊은이들이 자조적으로 또는 윗세대와 분리하여 자신들의 동질성을 확인하기 위해 스스로에게 붙인 '잉여'라는 말 역시 실존주의의 기본 개념이다. 사르트르에 의하면 모든 인간이 잉여(剩餘)다. 잉여란 꼭 필요하지 않고 남아도는 여분의 것이란 의미이다.

우리는 어떤 목적이나 소명을 가지고 태어난 것이 아니고, 반드시 필요한 존재도 아니다. 그저 우연히 아무런 값어치 없이, 무상(無償)으로 이 세상에 '던져졌다'. 이 세상에 있어도 좋고 없어도 좋은, 나머지, 여분의 존재이다. 그래서 무상성(無償性)이고 잉여다. 그런 의미에서 인간은 본원적으로 그 누구도 당당하게 살 권리가 없다. 그런데 마치 자신에게는 당당한 삶의 권리가 있는 듯 오만하게 생각하고 행동하는 사람들이 있다. 그것은 재산 많고 권력 있는 부르주아 계층의 사람들이라고 사르트르는 말한다. 그가 실존철학의 존재론을 마르크스의 계급투쟁론과 연결시킨 접점이 바로 이것이었다.

우연적이고 무상적인 존재이므로 우리의 인생은 오롯이 우리가 어떤 행동을 하느냐에 달려있다. 비록 지금 하찮은 비정규직이지만 나중에 나는 대기업의 CEO가 되거나 위대한 예술가가 될 수도 있다. 그것은 어디까지나 자신의 선택과 기획에 달린 문제이다. 여기서 하이데거의 "인간이란 먼 곳의 존재"라는 말이 나왔다. 인간은 '지금 그러한 바의 존재'가 아니라 '먼 훗날의 어떤 존재'라는 것이다. 그러고 보니, 인간을 '가능성의 존재'로 보는 실존주의는 참으로 젊은이를 위한 철학이었다. 가능성이란 시간을 전제로 하는 것인데, 시간은 젊은이에게 있는 것이지, 노년에게 있는 것이 아니기 때문이다.

시선의 문제도 그랬다. 사르트르의 철학 소설 『구토』에서 젊은 주인

● 인간 실존의 책임감을 말하는 사르트르의 발에도 족쇄가 채워져 있다.(일러스트레이션)
●● 파리의 한 카페에서 보봐르와 담소를 나누고 있는 사르트르. 두 사람은 계약결혼 관계였다.

공은 초상화에 그려진 유명 인사의 냉혹한 시선 앞에서 몸이 얼어붙는 듯한 모멸감을 느낀다. 에드거 앨런 포의 주인공은 순전히 시선 때문에 옆방의 노인을 죽인다. 김영하의 주인공은 사람을 깔보고 무시하는 편의점 주인의 시선을 한없이 증오하는 젊은 백수 청년이다. 많은 문학 작품에서 타인을 경멸적으로 내려다보는 기분 나쁜 시선은 언제나 기성세대, 노인, 가진 자들이고, 그것을 두려워하는 순수하고 해맑은 영혼은 언제나 젊은이, 혹은 못가진 자들이다.

그러나 나이 들어보니, 젊은이가 노인에게 던지는 시선 또한 결코 덜 가혹한 것이 아니며, 덜 가진 자가 더 가진 자에게 던지는 증오의 시선이 항상 정의로운 것만도 아니었다.

다만 노인들은 더 이상 자신들을 대변할 문학가를 갖지 못한 채 주변부에 대상으로 머물러 있고, 활발하게 작품 활동을 하는 철학자나 문학가는 언제나 청년 혹은 장년의 사람들이기 때문에 이런 비대칭성이 생겨난 듯하다.

# 서양인들이 존경하는
# 일본 미학

"바스라지기 직전의 비단, 광택 없는 배경, 기하학적으로 날카롭게 각이 진 사다리꼴의 커다란 검은 관복, 이것은 고요함의 위대한 양식이고, 엄격한 하나의 건축, 또는 절대 기하학이다. 이 초상화는 마치 '영웅'이라는 단어의 표의문자 또는 상형문자와도 같다."

일본의 12세기 화가 후지와라 다카노부[藤原隆信]가 그린 검은 삼각형 구도의 「시게모리[不重盛] 초상화」를 묘사하는 앙드레 말로의 문장은 그 자체로 장엄한 숭고 미학이다. 그는 이 초상화가 죽은 사람의 얼굴을 싣고 가는 사자(死者)들의 배[船]라고 생각한다. 그리하여 마침내 인간으로부터 영원히 해방되어 절대적 존재가 되었다고 말한다(원제 『흑요석(黑曜石)의 머리』, 한국어 번역판은 『앙드레 말로, 피카소를 말하다』).

학교에서 일본의 역사나 문화를 배운 적이 없던 내가 이 책을 읽은 것은 1970년대, 아직 일본 문화가 개방되지 않아 일본 문화에 대한 언

● 후지와라 다카노부(藤原隆信, 12세기)가
　그린 시게모리(平重盛) 초상화.

급 자체가 금기시되던 시절이었다. 일본은 모든 것을 우리에게 배워갔
고, 제대로 된 문화가 없는 야만국이라고만 배웠던 나에게 프랑스 유
명 작가의 이와 같은 찬사는 매우 충격적이었다.

　나중에 롤랑 바르트의 『기호(記號)의 제국』을 읽고는 더욱 놀랐다.
롤랑 바르트는 일본 전통 인형극 분라쿠[文樂]에서 고도의 연극 미학
이론을 끌어내고 있었다. 일본에 갔을 때 나는 기어이 분라쿠를 직접
관람하였다. 18세기 오사카를 무대로 한 두 연인의 정사(情死) 이야기
'소네자키신주[曾根崎心中]'였다. 키 1미터 정도의 인형은 손과 발, 입술
은 물론 눈꺼풀까지 움직였다.

　흔히 인형극이라면 인형을 조종하는 사람이 숨어 있게 마련인데, 여

• 검은 두건을 쓴 인형사들이 인형을 조종하고 있는 분라쿠의 한 장면. 이 중에서 수석 인형사는 두건을 쓰지 않고 맨 얼굴로 인형을 조종한다.

기서는 인형을 조종하는 세 사람의 숙련된 인형사가 그대로 무대에 등장해 인형과 같이 걷고 뛰고 움직인다. 검은 옷에 검은 천으로 얼굴을 가리고 있어 어찌 보면 인형의 그림자 같기도 하다. 인형을 쫓아 무대 위를 부산하게 돌아다니는 그들은 교묘한 기술을 꾸며대지도, 관중을 선동하지도 않는다. 그저 동작은 조용하고 민첩하며, 행동에는 힘과 섬세함의 조화가 있다. 특이한 것은 세 사람 중 수석 인형사가 머리에 아무것도 쓰지 않고 맨 얼굴로 인형을 조종하고 있다는 사실이다. 아무런 분장도 하지 않은 이 수석 인형사의 얼굴은 무심하고 무표정하다. 엄청난 무대 위에서 표정 없이 무심하게 인형을 놀릴 수 있다는 것이 아마도 굉장한 수련의 결과인 듯하다.

무심하기는 객석 위에 돌출된 회전 무대에서 스토리를 낭송하는 다유[太夫]와 샤미센[三味線] 연주자들도 마찬가지다. 부동의 자세로 앉아 떨리는 목소리, 가성(假聲), 똑똑 끊어지는 억양 등으로 눈물, 분노, 비탄, 애원, 놀라움, 비애 등을 과장되게 표현하고 있지만 그 과장은 표면적일 뿐이다. 그것은 과잉성이라는 규약을 철저히 따르는 양식화(樣式化)된 과잉성이다.

이처럼 인형사나 샤미센 연주자들이 아무런 감정을 보이지 않지만 신기하게도 연극을 한참 보다 보면 마치 인형들이 저 혼자 무대를 휘젓고 다니는 듯 관객은 연극에 몰입되고, 연인들이 자살할 때는 얼핏 눈물이 핑 돌기까지 한다.

인형사가 무대에 그대로 올라올 정도로 분라쿠는 연극의 프로세스 일체를 그냥 관객에게 드러내 보이며, 그 행위가 연극이라는 것을 전혀 감추지 않는다. 서양의 전통 연극이 자신의 연극성을 최대한 감추고 무대 위의 모든 것이 현실인 척 가장하는 것과는 정반대이다. 여기서 롤랑 바르트는 분라쿠가 브레히트보다 200여 년 앞서 소격(疏隔) 이론을 실천했음을 환기시킨다. 연극이란 어디까지나 현실이 아니고 연극에 불과하다는 것을 작가는 끊임없이 관객에게 환기시켜야 한다는 것이 브레히트의 소격 이론이다.

가장 최근의 놀라움은 들뢰즈를 읽을 때였다. 그는 『감각의 논리』에서 "일본인들은 알고 있다. 우리 인생은 고작 풀잎 하나 알 수 있는 시간이라는 것을"이라고 썼다. 아마도 하이쿠[俳句]를 언급하는 듯한 이 구절에서는 일본 문화에 대한 들뢰즈의 존경심이 문득 묻어 난다. 인생을 달관하고 관조하며 결국 하찮은 디테일에까지 정성을 쏟는 일본의 미학은 스마트폰을 만든 스티브 잡스에게도 많은 영감(靈感)을 주었다.

젊은 세대에게 반일(反日) 사상만을 가르치고, 서양인들이 존경하는 일본의 고급 문화가 있음을 알려주지 않는다면, 우리는 일본과의 싸움에서 결코 이기지 못할 것이다.

# 와비사비

센노리큐[千の利休]와 도요토미[豊臣秀吉]는 오랫동안 교우를 유지했다. 위대한 무장(武將)이 다인(茶人)에게 보여준 신뢰는 거의 절대적이었다. 그러나 최고 권력자와의 우정은 언제나 위험한 것. 말차(抹茶)에 치사량의 독을 넣으려 한다는 누군가의 속삭임에 도요토미는 크게 노하여 센노리큐의 처형을 명했다. 그나마 자결의 명예가 우정의 징표로 베풀어졌다. 최후의 다회(茶會)가 열리는 날, 슬픔에 젖은 손님들이 약속 시간에 정원의 기다림 공간인 마치아이[待合]에 모였다. 마치아이와 다실을 잇는 좁은 통로 로지[露地]는 정갈하게 빗질이 되어 있었고, 양옆의 나무들은 서로 잎들을 부딪치며 몸을 떨었다.

진기한 향 내음과 함께 손님들이 안으로 청해졌다. 어둑한 다실 정면의 도코노마[床の間]에는 세상의 헛됨을 설파한 고승의 걸개그림이 걸려 있었다. 주인은 손님 한 명 한 명에게 차를 타주었고, 마침내 최

- 현재 교토에 남아 있는 센노리큐(千利休)의 다실. 미요키안(妙喜庵) 암자의 타이안(待庵) 다실이다.
- ● 일본의 와비사비 정신을 잘 보여주는 석정(石庭). 모래와 바위로만 되어 있는 이런 정원 양식을 카레산스이(枯山水)라고 한다.

후의 잔을 스스로 마신 후 자신의 다구(茶具)와 걸개그림을 손님들에게 하나씩 나눠주었다. 그러나 찻잔만은 자기 앞에 남겨 두었다. 그리고는 "불행한 운명을 타고 난 사람에 의해 더럽혀진 찻잔이기 때문에 두 번 다시 다른 사람이 이용해서는 안 된다"라고 말하며 그것을 산산이 부숴버렸다.

가장 가까웠던 사람 단 한 명이 남았을 때, 그는 다회의 옷을 벗어 다다미 위에 단정히 접어놓고, 순백색의 자결 복장으로 갈아입었다. 이어서 피를 토하듯 시 한 수를 읊고는, 얼굴에 엷은 미소를 띤 채 번쩍이는 칼날을 자신의 몸에 겨누었다.(오카쿠라 텐신의 『차 이야기』)

섬뜩한 이 장면에서 우리는 일본의 잔혹 미학을 실감한다. 동시에 부족함과 쓸쓸함을 상찬하는 와비[佗, わび] 사비[寂, さび] 미학도 확인할 수 있다. 전국시대(戰國時代)의 다성(茶聖)으로 일컬어지는 센노리큐(1522~1599)는 와비사비의 위대한 실천자였다.

와비사비란 단순하고 소박하고 오래된 것들이 새것이나 화려한 것보다 더 가치가 있다고 생각하는 정신이다. 이 정신은 물질의 가장 내밀한 본질을 드러내기 위해 불필요한 모든 것을 비워내고 덜어낼 것을 종용한다.

방의 진짜 아름다움은 천정과 벽으로 이루어진 빈 공간 안에 있으므로 공간을 최대한 비워 두어야 하고, 건축의 소재는 최대한 소박해야 한다. 정원 한 구석에 풀잎으로 얼기설기 엮은 센노리큐의 오두막 다실이 그러했다. 투박한 단순성과 텅 비어 있음을 최고의 아름다움으로 생각했던 그의 정신이 16세기 이래 일본 건축에 깊은 영향을 주었다.

현대 건축가 안도 다다오[安藤忠雄]의 노출 콘크리트나 텅 빈 공간도 이미 와비사비 미학의 맥락 속에 들어 있는 것이다.

물론 비어 있음을 도(道)의 참모습으로 생각했던 것은 노자(老子)였다. 모든 것을 버린 가운데 인생의 부침(浮沈)과 운명을 그냥 쓸쓸하게 받아들이는 일본인 특유의 무심(無心)함은 선불교의 정신이기도 하다. 그러나 그 정신을 다도(茶道)라는 수단을 통해 대중 속에 깊이 스며들게 한 것은 센노리큐의 영향이 거의 절대적이다.

불완전하고 소박하고 게다가 오래되어 낡았다는 것은 그대로 인생에 대한 은유가 아닌가. 얼핏 쓸데없어 보이는 일에 세밀하게 정성을 쏟는 일본인의 장인(匠人) 정신, 그리고 옷차림이나 외모에 상관없이 모든 사람에게 친절한 일본적 상업주의도 실은 그 뿌리에 '와비사비' 미학이 깔려 있는 것이 아닐까. 설 연휴, 관광객으로 가득 찬 일본을 여행하며, 외국인을 매혹시키는 우리만의 미학은 무엇일까, 가만히 생각해 보았다.

# 표절이
# 예술이 되려면

기호학자이며 중세학자인 움베르토 에코는 중세 서적들을 읽는 과정에서 아주 중요한 사실 하나를 발견했다. 세상의 모든 책은 끊임없이 다른 책을 참조하고 있고, 세상의 모든 이야기는 끊임없이 이미 말해진 이야기들을 반복하고 있다는 사실이었다. 그렇다면 아예 마치 직물(織物)을 짜듯 서로 다른 텍스트들을 짜깁기하고, 과거 책들의 인용문들을 조합하여 소설을 만들 수도 있지 않겠는가? 그런 책은 그야말로 책으로 만들어진 책일 것이다. 소설 『장미의 이름』은 이렇게 탄생했다. 수도원의 출입구 묘사는 중세의 장중한 수사법을 모방했고, 아드소의 일인칭 기술은 『파우스트 박사』에 나오는 '암시적 간과(看過)법'을 차용했으며, 본관 주방에서 벌어지는 아드소와 집시 처녀의 정사 장면은 구약 성서의 『아가(雅歌)』를 그대로 끼워 넣었다.

이것이 소위 '짜깁기', '절충주의', '패스티시(pastiche)' 등으로 불리

● 작품은 창작과 모방의 융합이라는 것을 보여주는 일러스트레이션.

는 포스트모던 미학의 기법이다. 20세기 후반에 광풍처럼 몰아쳤지만 실은 1960년대에 이미 정교한 이론이 만들어졌다. 프랑스의 기호학자 줄리아 크리스테바와 롤랑 바르트 등에 의해 마련된 '상호텍스트성(intertextuality)'이 그것이다. 상호텍스트성이란, 가장 단순하게는, 하나의 텍스트 안에 다른 텍스트가 인용문 혹은 언급의 형태로 들어 있는 경우를 말한다. 이때 텍스트란 하나의 단어일 수도 있고, 하나의 문장이나 문단일 수도 있으며, 더 넓게는 한 권의 책일 수도 있다. 다른 문학 텍스트뿐만 아니라 음악이나 미술 혹은 영화 같은 다른 기호 체계일 수도 있고, 더 나아가 문화 일반으로까지 확대될 수도 있다.

크리스테바는 '상호텍스트성'이라는 용어를 20세기 초 소련의 문학이론가인 바흐친에게서 빌어 왔다. 이 이론은 하늘 아래 새로운 것이 없다는 개념에서 출발한다. 세상 모든 것이 과거에 이미 존재해 있던 것을 이리저리 다시 조합하는 것에 지나지 않는다면, 문학 텍스트역시 어느 한 작가의 독창성이나 특수성에 귀속되지 않는다. 문학 텍스트는 종전의 다른 모든 텍스트를 받아들여 변형시킨 결과이거나 인용구들의 모자이크다. 그렇다면 모든 텍스트는 그 자체로 순수한 창작물이 아니라 어떤 형태로든 모방이며 습득이다. 경우에 따라서는 표절 행위나 크게 다를 바 없다. 호메로스나 세르반테스도 모두 이런 사실을 알고 있었을 것이다. 『롤리타』의 작가인 블라디미르 나보코프는창작 행위를 일종의 표절 행위로 간주한 대표적 작가이다. 보르헤스는돈키호테를 글자 그대로 다시 베껴 쓴 가상의 소설가를 주인공으로 삼아 단편 소설을 쓰기도 했다.

표절 시비로 물의를 일으켰던 작품 「전설」의 한 부분이 미시마 유키오의 소설 「우국(憂國)」과 너무나 똑같아, 이 작품을 읽지 않았다는 신경숙의 변명은 설득력이 떨어진다. 표절이 예술이 되기 위해서는 우선그것이 표절이라는 것을 당당하게 밝혀야 하는데, 끝내 표절임을 부정하는 것은 글쓰기의 본질에 대한 작가의 성찰이 부족하다는 반증으로밖에는 볼 수 없다.

그러나 고작 한 문단의 인용이 과연 작품 전체를 훼손하는지, 그리고 엄격한 저작권법 적용하듯이 문학이나 인문학 저작을 재단할 수 있는지는 의심스럽다. 일반 독자들이 작가의 부도덕성을 비난하는 것은 그렇다 치고, 전문가 집단인 평론가들 사이에서도 상호텍스트성에 대한 본격적인 논의가 이루어지지 않는 것은 매우 반지성적이다. 게다가 그것이 특히 일본 극우 작가의 글이어서 더욱 뭇매를 맞는 것이라면, 이 또한 하나의 변종 '친일파 신드롬'이 아닐까 우려된다.

## 상호텍스트성

쉽게 얘기하면 다른 저자 혹은 다른 책의 한 구절을 인용하거나 모방한 것을 상호텍스트성(intertextuality)이라 한다. 암시, 인용, 복사, 표절, 번역, 혼성모방, 패러디 등을 사용하여 상이한 텍스트들 사이에 관계를 만들어내는 문학적 장치다. 프랑스의 페미니스트 작가이며 문학평론가인 줄리아 크리스테바가 소쉬르의 기호언어학과 바흐친의 대화론을 접목하여 만든 신조어이다. 하늘 아래 새로운 것이 없다는 만고불변의 진리에서 나온 것이지만 여기에는 좀 더 고차원적인 포스트모던 미학의 전략이 담겨 있다. 과거 작품들의 텍스트를 빌려 오거나 변형시켜 독자로 하여금 그것을 참조하도록 하면 과거 텍스트의 감동까지 덧붙여져 독자를 더욱 강하게 흡인할 수 있기 때문이다. 물론 저자가 일일이 텍스트의 근원을 밝히지 않고, 또 인용 부호를 넣지도 않으므로 표절로 오인될 수도 있다.

따라서 상호텍스트싱이 싱립되기 위해서는 이전 작품에 대한 독자의 사전 지식과 이해가 필수적이다.

이때 텍스트란 하나의 문장, 하나의 문단일 수도 있고, 아니면 단어 하나, 또는 제목일 수도 있다. 소설만이 아니라 시, 연극 또는 공연이나 디지털 미디어 같은 비-문자 텍스트에도 해당된다. 현대 기호학에서 텍스트란, 문자로 쓰인 언어만이 아니라 언어적 기능을 가진 모든 기호체를 뜻하기 때문이다. 헐렁한 검정색 바지에 단추 달린 빨간 상의를 모델에게 입힌 패션 사진은 마네의 그림과 상호텍스트성의 관계이다. 단 이때 이 화보를 보는 소비자는 마네의 '피리 부는 소년'이라는 회화 작품을 이미 알고 있어야 한다. 그래야만 그는 광고사진가의 수준 높은 미학적 향취를 이해할 수 있다.

나의 칼럼 중 "이것은 정치 이야기가 아니다"라는 제목이 있다. 이 책의 제목이기도 한 이 문장은 벨기에의 화가 르네 마그리트의 그림 「이것은 파이프가 아니다」에서 따온 제목이다. 파이프를 하나 그려 놓고 그 밑에 '이것은 파이프가 아니다'라는 문장을 써 넣은 마그리트의 그림은 많은 의미를 내포하고 있다. 그래서 푸코 같은 철학자는 그것을 해석하기 위해 다시 그 제목으로 한 권의 책을 쓰기까지 했다. 그러므로 "이것은 정치 이야기가 아니다"라는 칼럼 제목은 마그리트의 텍스트에 기대어 내 글의 중의적(重義的) 의미를 손쉽게 전달하기 위한 상호텍스트성이었다.

상호텍스트성의 가장 흥미로운 사례는 아르헨티나 작가 호르헤 루이스 보르헤스의 '피에르 메나르, 『돈키호테』의 저자'라는 단편 소설이다. 주인공 메나르는 20세기 초 프랑스에서 활동한 작가인데, 세르반테스의 소설 『돈키호테』의 일부를 똑같이 베껴 자기 소설이라고 내놓는다. 두 작품은 완전히 똑같은데도 17

세기의 스페인과 20세기의 프랑스라는 환경과 문맥의 차이 때문에 확연하게 다른 작품이 된다. 보르헤스의 소설 모두가 상호텍스트성의 끊임없는 실험이지만, 이 단편은 상호텍스트성 자체를 작품의 소재로 삼았다는 점이 특이하다. 문학이라는 것이 끝없는 '다시 읽기' 혹은 '다시 쓰기'에 불과하다는 것을 우리는 실감하게 된다.

프랑스 상징주의 시인 샤를 보들레르의 시 「불운(Le guignon)」과 영국 시인 토머스 그레이의 시 「시골 교회 묘지에서 쓴 비가(Elegy Written in a Country Churchyard)」도 상호텍스트성의 좋은 예이다. 우선 보들레르의

"– 수많은 보석이 잠자고 있네. / 어둠과 망각 속에 파묻혀, / 곡괭이도 측심기도 닿지 않는 곳에서; / 수많은 꽃이 아쉬움 가득, / 깊은 적막 속에서, / 비밀처럼 달콤한 향기 풍긴다."

라는 시 구절은

그레이의 시 「시골 교회 묘지에서 쓴 비가」의 다음 연,

"보석과도 같은 지극히 맑고 고요한 빛이 / 깊고 깊은 어두운 동굴 같은 바다에 가득하고; / 꽃들은 보는 이 없는 곳에 가득 피어 저 혼자 얼굴 붉히며 / 그 향기 허공에 헛되이 뿌린다" 와 비슷하다.

전통적 문학론에서라면 표절이라고 비판했겠지만, 포스트모던의 문학평론은 이 작품을 그저 보들레르의 아름다운 작품으로 평가한다.

철학도 마찬가지다. 현대 미학 이론의 원형으로 일컬어지는 칸트의 취미판단론(『판단력 비판』의 일부이다)은 에드먼드 버크의 책 『숭고와 미 이념의 기원에 대한 철학적 조사』의 논지를 거의 그대로 가져와 거기에 좀 더 정교한 논리를 부여한 것일 뿐이다.

# 이상(李箱)과
# 동숭동

13인의아해가도로로질주하오 / 제1의아해가무섭다고그리오 / 제2의아해도무섭다고그리오 / (...) 13인의아해는무서운아해와무서워하는아해의그렇게뿐이모였오 / (...) 13인의아해가도로로질주하지아니하여도좋소. /

1부터 13까지 반복되는 똑같은 말, 띄어쓰기 없이 한 데 모여 있는 단어들의 강박적인 불안감, 뭔가 불길하고 불가해하여, 마치 초현실주의 화가 키리코의 그림을 연상시키는 이 시는 1930년대 시인 이상(李箱, 1910~1937)이 쓴 「오감도(烏瞰圖)」이다. 불과 26년 7개월이라는 짧은 생을 살면서 2,000여 점의 시, 소설, 수필을 써낸, 말 그대로 천재 시인이다. 그가 있어서 1930년대의 우리 문학사는 단숨에 유럽과 어깨를 나란히 하며, 모더니즘의 글로벌 지분을 주장할 수 있게 되었다.

그의 시의 난해성은 시와 전혀 상관이 없는 것으로 여겨지는 과학과 수학의 언어를 사용할 때 한층 더 고조된다. 「이상한 가역반응」, 「삼차각설계도(三次角設計圖)」 등 예사롭지 않은 제목 밑에, "임의의 반경의 원 / 원내의 일점과 원외의 일점을 결부한 직선 / 두 종류의 존재의 시간적 영향성 / 직선은 원을 살해하였는가"라고 전개되는 시어(詩語)들은 일종의 기하학적 상상력이라고나 할까, 도무지 전통적 문학 관념과는 일치하지 않는 것이었다. 건축을 공부한 공학도였기 때문에 이런 언어의 사용이 가능했으리라.

이상(본명 金海卿)은 1929년에 경성고등공업 건축학과를 졸업했다. 명칭의 유사성은 내용의 유사성을 유추하는 법이어서, 경성고등공업을 현재의 실업계 고등학교 정도로 인식하는 일이 흔하게 일어난다. 그러나 당시 '고공(高工)'이라고 줄여 부르던 경성고등공업학교는 최고 수준의 엘리트 학교였다. 5개 학과에 모집 인원 총 60명, 입시 경쟁률은 13 대 1에서 27대 1까지 이르렀고, 더군다나 한국인의 입학은 매우 어려웠다고 한다(1926년 2월 11일자 동아일보).

대학과 그랑제콜(Grandes Ecoles)을 분리하여 대학에서는 순수 학문을, 그랑드 에콜에서는 실용적 학문을 가르쳐 테크노크라트 엘리트를 따로 양성했던 프랑스식 교육 제도를 그대로 모방한 것이다. 고공(高工)은 해방 후 경성제국대학 이공학부와 합쳐 서울대학교 공과대학이 되었다. 학교 건물은 지금도 동숭동에 남아 있다. 방송통신대 옆, 도로변에서 약간 안쪽으로 물러나 길에서는 얼핏 보이지 않는, 연한 푸른색의 르네상스식 건물이 바로 그것이다. 콘크리트 건물인 듯이 보이지만

- 경성고등공업(현 서울 공대 전신) 응용화학과 1930년 졸업 사진. 배경은 현재 대학로 방송통신대 박물관 건물이다.
- • 경성고공 응용화학과 학생들이 실험실에서 찍은 사진.

사실은 특이하게도 목조 건물이다. 1906(또는1908)년 대한제국 통감부 건축과의 설계에 의해 지어져 오늘날까지 거의 110여 년 간 이어져 오는 유일한 서양식 목조 건물이다.

아쉬운 것은, 지금 방송대 박물관이 된 이 건물의 팻말에 이상(李箱)과의 연관성은 물론, 서울공대 전신인 경성공업고등학교 건물이었음을 알리는 말 한 마디가 없다는 사실이다. 서울 종로구 통인동에 이상이 살던 집터의 작은 한옥을 '이상의 집'이라 이름 붙이고 해마다 이상의 탄생일과 기일에 문화 행사를 벌이는 문화 단체는 '이상이 살던 집은 사라졌지만 그가 올려다보던 하늘과 밟았던 땅이 존재하고……'라는 옹색한 설명으로 통인동 집터와 이상과의 연관성을 주장한다. 그런데 이상이 공부하던 이 견고하고 아름다운 경성고공 건물에 대해서는 왜 아무 말도 없는지, 나는 언제나 의아하고 안타깝다.

이 건물 앞에 '과학 기술의 근대적 꿈과 암울한 식민지적 감수성을 접목하려 했던 천재 시인 이상이 다녔던 학교 건물'이라는 푯말을 써 붙여 놓으면 안 될까.

# 다산(茶山)과
# 히치콕 영화

스토리텔링은 사람만이 아니라 사물의 가치도 높여준다. 지난 2015년 9월 서울 옥션 경매에서 국립민속박물관은 다산 정약용(丁若鏞)의 하피첩(霞帔帖)을 7억5천만 원에 사들였다. 다산이 강진에서 유배살이를 하고 있을 때 아내 홍 씨가 보내 준 다홍치마를 잘라 만든 첩(帖)이라고 한다. 우리 문화가 이미 한자에서 멀어진 터라, '하피'라는 말 자체도 마치 외국어처럼 이국적인데, 그것이 '노을 빛 치마'라는 뜻이라니 그렇게 문학적일 수가 없다. 수십 년 전 아내가 시집 올 때 입었던 치마이니 다홍색은 빛이 바래 노을 색이 되었을 것이다. 다산은 거기에 친필로 아들들에게 주는 교훈적인 글을 써놓았다. 그런데 그 중의 한 구절이 내 눈길을 끌었다.

"화(禍)와 복(福)의 이치에 대해서는 옛날 사람들도 오래도록 의심해왔다. 충(忠)과 효를 한다고 해서 꼭 화를 면하는 것도 아니고, 방종하

● 정약용 하피첩

여 음란한 짓을 하는 사람이라고 꼭 박복하지만은 않다. 그러나 착한 행동을 하는 것은 복을 받을 수 있는 당연한 길이므로 군자는 애써 착하게 살아갈 뿐이다."

선행을 하는 착한 사람이 반드시 복을 받는 것이 아니고, 악행을 저지르는 나쁜 사람이 반드시 벌을 받아 화를 당하는 것도 아니라는 얘기다. 권선징악의 종교 사상에서 벗어나 있고, 인륜 도덕을 강조하는 유학(儒學)의 전통에서도 벗어나 있다.

슬라보예 지젝도 이와 비슷한 의문을 표했다. 히치콕의 영화를 분석하는 글에서였다. 히치콕의 영화는 언제나 분명한 이유도 없이 주인공의 평화로운 일상생활이 완전히 악몽으로 바뀌는 잔인하고 불가해한 사건들을 보여준다. 여주인공 메리언이 모텔 주인에게 살해되는 영화

「사이코」(1962)도 마찬가지다.

　메리언은 그녀의 애인 샘과 결혼하고 싶어 하지만 샘은 빚을 갚을 때까지 기다리라고만 말한다. 그래서 그녀는 자신이 다니는 회사 사장이 은행에 입금하라고 맡긴 돈 4만 달러를 들고 도망친다. 도망치는 중 밤이 되자 그녀는 도로변에 있는 낡은 모텔에 들어선다. 모텔 주인 노먼은 그녀에게 친절하게 대해주며 자신은 모텔 바로 뒤 빅토리아풍의 큰 저택에서 몸이 불편한 어머니와 함께 살고 있다고 말한다. 그리고 욕실에서 샤워를 하던 메리언은 이유 없이 살해된다. 두 번째 살인이 벌어지는 '어머니의 집'은 에드워드 호퍼의 '기찻길 옆의 집'을 모델로 한 것이다.

　이 영화에서 여주인공 메리언과 연관된 사무실, 돈, 형사, 자동차, 고속도로, 경찰, 모텔 등은 1960년대 미국 사회의 일상성을 대변하는 세계이고, 별장, 박제 동물, 미라, 계단, 칼 등은 남자 주인공 노먼의 어두운 세계를 대변한다. 영화는 이 두 세계가 팽팽한 긴장감을 일으키며 펼쳐지는 스릴러였다. 메리언이 비록 회사 돈 4만 달러를 훔쳐 달아나고 있는 중이었다고 해도 그것이 잔혹한 살해의 이유는 될 수 없다. 그렇다면 이 무의미한 살해의 의미는 과연 무엇이란 말인가? 그저 우연일 뿐이다.

　이런 우연성을 슬라보예 지젝은 영국적 경험주의 전통과 연관 지어 생각한다. 영국적 경험주의에 의하면 모든 존재는 자신과 전혀 상관없는 외재적 관계망 속에 끼어 있다. 히치콕의 세계에서도 주인공의 행동과 직접적인 관련이 없는 운명이 우연하게 개입함으로써 주인공

● 히치콕의 영화 「사이코」의
스틸 사진. 이 집은 화가 에드
워드 호퍼의 그림에서 영감을
받아 만든 세트다.

의 삶을 송두리째 뒤흔들어 놓는다. 이때 그 운명은 물론 주인공의 내
재적 속성과 아무 관계가 없다. 이것이 바로 영국의 경험주의가 대륙
적 전통과 대립되는 지점이라고 슬라보예 지젝은 생각한다. 대륙적 전
통은 인간이건 사물이건 한 존재의 외부적 전개는 바로 그것의 내재적
잠재성의 표출이라고 상정하고 있기 때문이다.

결국 착한 사람에게 반드시 행복이라는 보상이 주어지지 않고, 악한 사람에게 반드시 불운이라는 징벌이 가해지지도 않는다는 것이 히치콕 영화의 기본 개념이라 할 수 있다. 이 개념은 가톨릭 교파 중의 하나인 얀센파의 구원 개념과 비슷하다. 17세기 벨기에의 신학자 얀센 (Jansen)은 인간의 구원이 개인의 선행에 달려 있지 않고 오직 신의 은총으로 외부에서만 올 수 있으며, 더욱이 그 은총은 모든 사람에게 주어지는 것이 아니라 오직 선택된 사람에게만 주어진다고 했다.

얀센파 신도였던 파스칼의 신학적 '내기(도박)' 이론도 바로 이와 같은 구원 개념에서 나온 것이다. 인간은 자신이 구원받도록 선택되었는지 여부를 알지 못하기 때문에 자포자기의 심정으로 악행을 저지르며 함부로 살 수 있다. 그러나 만일 자신이 신에게 선택된 사람인데, 평생 덕행을 실천하지 않고 악하게 살았다면 그는 최후의 심판에서 구원을 받지 못할 것이다. 그러므로 그에 대비해서 언제나 선하게 살아야 할 것이다. 일종의 '밑져야 본전'이라는 배팅의 개념이 파스칼의 내기 이론이다.

다산의 수수께끼 같은 글은 그의 천주교 신앙의 어떤 내밀한 흔적인지도 모르겠다.

# 마들렌의
# 추억

마르셀 프루스트(1871~1922)의 소설 제목 『잃어버린 시간을 찾아서』는 고급의 감성을 필요로 하는 상품들에 곧잘 패러디된다. 프랑스의 한 초콜릿 회사는 '잃어버린 미각을 찾아서'라는 구절을 소설 제목 인쇄체 그대로 로고 디자인에 쓰고 있다. 한국 영화 팬들에게 인기 있는 일본 영화 「러브레터」에서 죽은 애인이 중학교 때 짝사랑했던 여학생에게 도서관에 반납해달라고 부탁하는 책이 바로 『잃어버린 시간을 찾아서』의 일본어판이다. 시간 속으로의 탐구라는 책 내용도 그렇지만, '잃어버림'이니 '시간'이니 하는 것들이 아련한 추억을 불러일으키는 단어이기 때문일 것이다. 프랑스의 생과자 마들렌이 그토록 오랫동안 사람들의 사랑을 받는 것도 이 소설 덕분이다.

마들렌의 모티프는 총 일곱 권으로 이루어진 방대한 소설의 아주 중요한 단초이다. 스쳐 지나가듯 얼핏 떠오른 미세한 감각에서부터 세심하고 꼼꼼한 기억의 복원이 시작되기 때문이다. 어느 추운 겨울 날 오랜만에 어머니의 집을 찾은 아들은 어머니가 끓여준 따뜻한 홍차에 통통한 조가비 모양의 마들렌 과자 한 조각을 적셔 먹는다. 과자 조각을 적신 홍차 한 모금이 입천장에 닿는 순간, 이유를 알 수 없는 어떤 감미로운 기쁨이 마르셀의 온 몸을 휘감는다. 이 강렬한 기쁨은 도대체 어디서 오는 것일까? 두 모금, 세 모금 주의 깊게 음미하는 동안, 갑자기 그의 몸 안에서 마치 깊은 심연에 닻을 내린 어떤 것이 서서히 위로 올라오듯 미세한 떨림이 감지된다.

아, 그건 고모와 관련된 기억이다. 어린 시절 일요일 아침이면 고모에게 인사를 하러 갔고, 고모는 보리수차와 마들렌 과자를 주곤 했다. 그때의 미각과 지금의 미각이 서로 공명(共鳴)을 일으키면서, 고모가

• 프루스트(Marcel Proust)의 '잃어버린 시간을 찾아서'의 육필 원고

● 프루스트

살던 오래된 회색 집이 의식의 표면으로 떠올랐다. 그러자 신기하게 도 그 동안 잊고 살았던 어린 시절의 모든 것이 마치 물에 색종이를 넣 으면 온갖 모양의 꽃이 피어오르는 일본 종이놀이처럼 찻잔에서 솟아 올랐다. 정원의 꽃들, 이웃집 스완 씨의 거대한 저택, 순박한 사람들의 작은 집들, 아름다운 성당 건물 들이.

그 순간 갑자기 온 세상이 무의미해졌다. 자신의 보잘 것 없고 유한 한 삶조차 더 이상 비루하게 여겨지지 않았다. 이 고요하면서도 강렬 한 감동은 어디서 유래하는 것일까? 잃어버린 시간을 되찾았기 때문 이라고 우리는 흔히 해석한다.

그러나 홍차 잔에서 떠오른 콩브레가 옛날 그 당시의 콩브레일까? 우선 지금 마르셀이 차를 마시고 있는 현재의 시간이 있다. 그리고 그 가 어린 시절에 실제로 살았던 과거가 있다. 그런데 이번에는 마들렌이라는 공통 감각에 의해 떠올린 과거의 시간이 있다. 이렇게 떠올려진 과거의 콩브레는 엄밀히 말해 그 옛날 그 당시에 실제로 존재했던 그 콩브레는 아니다. 지금 마르셀이 되찾은 과거는, 실제로 존재했던 과거가 아니라 그 너머에 있는, 한없이 깊고 먼 과거이다. 현재도 아니고 그렇다고 과거도 아닌, 우리의 지각이 한 번도 체험해 보지 못한, 그런 완전히 새로운 형태의 순수 과거이다.

이 절대적 순수 시간을 들뢰즈는 '근원적 시간'이라고 불렀다. 우리에게 이런 근원적 시간을 되찾아주는 것은 예술 작품밖에 없다고도 했다. 예술 작품뿐이랴. 영화나 대중가요가 어느 순간 문득 우리에게 세상 모든 것을 무의미하게 만들어 줄 때 우리는 '근원적 시간'에 살짝 도달해 있는 것이다.

# 친부살해적
## 글쓰기

　예전에는 글 잘 쓰는 사람이 명성을 얻었지만 요즘에는 말 잘 하는 사람이 인기와 존경과 부(富)를 얻는다. 비록 철학책이라 하더라도 책만 써 가지고는 안 되고 북 콘서트나 강연회를 통해 달변으로 청중을 매혹시켜야만 책이 잘 팔린다. 그리하여 북 콘서트, 낭독회, 책 읽어주기, 저자 강연 등의 이벤트가 줄을 잇는다. 김제동 같은 일개 개그맨이 이념의 멘토 지위에까지 오른 것도 말을 중시하는 시대 덕분이다. 이제 사람들은 책을 읽는 게 아니라 책의 저자가 요약해 주는 말을 통해 지식을 얻고, 소설가나 시인이 읽어주는 작품을 통해 문학적 감수성을 키운다. 왜 그런가? 디지털 시대이기 때문이다.

　과거에 글이 말보다 우월했던 것은 대량의 전달성과 물질적 보존성 때문이었다. 아무리 유명한 석학의 담론도 강의실에서는 고작 수십 명의 학생에게 전달되지만 책으로 묶이면 수십만 명의 독자에게 전달되었다. 더군다나 말은 입에서 나오는 즉시 사라져버리지만 글은 견고한 물질성으로 남아 시간을 거슬러 보존되었다. 문자에 막강한 권위를 부여할 수밖에 없는 이유였다.

그러나 오늘날에는 말도 유튜브로, 소셜 미디어로 한없이 재생, 확산되고, 지우려야 지울 수 없는 완강한 물질성으로 남게 되었다. 굳이 글이 말보다 우위를 점할 이유가 없게 되었다. 디지털 매체는 과거 시대에 말이 가졌던 단점을 모두 무의미하게 만들었다.

디지털 공간에서 문자는 더욱 더 참을 수 없는 것이 되었다. 아무리 문자에 익숙한 세대도 디지털 공간에서는 긴 글을 끝까지 읽기 힘들고, 여차하면 다른 곳으로 클릭하거나 스크롤바를 내릴 만반의 태세가 되어 있다. 차분히 글을 읽기보다는 이벤트 공간에서 남의 말을 듣는 편안한 수동성에 너나 할 것 없이 길들여져 있다. 어쩐지 우리는 고대 그리스 시대로 되돌아간 듯하다.

고대에는 물론 글을 읽을 줄 아는 사람이 아주 적었고, 인쇄술이 나오기도 수천 년 전이므로 읽기보다는 말하기가 훨씬 더 중요했다. 호머의 『일리아드』 같은 서사시는 글 읽어 주는 사람이 청중 앞에서 읽어주던 흥미진진한 옛날 이야기였다. 우리의 조선 시대에도 마을 사람들에게 『장화홍련전』을 읽어주던 입담 좋은 전기수(傳奇叟)가 있었다.

평생 책 한 권도 쓰지 않고 순전히 말을 통한 변증술로 제자를 가르쳤던 소크라테스는 문자에 대한 불신이 대단했다. 그는 글을 쓰는 사람들을 소피스트라고 부르며 멸시했다. 문자란 영혼이 없는 기록에 불과하기 때문이라고 했다. 그러나 아이러니하게도 그의 철학은 모두 플

● 소크라테스와 파이드로스
(Socrates and Phaedrus).

라톤이 문자로 기록하여 후세에 남긴 것이다.

　그는 말과 문자를 적자(嫡子)와 사생아로 비유했다. 말은 '말하는 사람'이 직접 했으므로 그가 낳은 아들이지만, 글은, 그가 직접 한 것인지 어쩐지 알 수 없는 말을 다시 글로 옮긴 것이므로, 정체불명의 사생아 혹은 버린 자식이라는 것이다. 그래서 글은 '아버지의 부재'이며, 글에는 친부살해적 찬탈의 욕망이 들어 있다고 했다.

　보수적 가치를 말로 전파하는 데 능했던 한 시민운동가의 논문 표절 문제로 우파 진영이 시끄럽다. 음성 언어에 대한 과도한 가치 부여에서 비롯된 지극히 현대적인 해프닝이다. 말이 글보다 우위에 있는 시대이지만 그 말에 권위를 부여해주는 것은 여전히 글이라는 것을 새삼 확인시켜주는 사례이기도 하다. 글의 친부살해적 성격, 즉 자신을 생산한 사람을 되돌아서 죽이는 기능도 보여주고 있어 흥미롭다.

# 너무 시적(詩的)인
# 사회

"제가끔 서 있어도 나무들은 숲이었어. 그대와 나는 왜 숲이 아닌가."

무슨 얘긴가? 시(詩)니까 뜻이 안 통해도 되겠지. 무슨 소린지 몰라도 어쩐지 시적이면 뭔가 있어 보여 사람들이 좋아하는 것이겠지? "봄이 부서질까봐 조심조심 속삭였다 아무도 모르게 작은 소리로"라는 문장은 또 어떤가. 덜컹거리는 바닥과 자동차 소음, 3년 넘게 자리를 차지하고 있는 세월호 천막과 구호들 옆에서 참으로 뜬금없는 감성이다. 교보빌딩 글판 이야기다. 1991년에 시작되어 25년 간 꾸준히 노출되어 있었으니, 사람들은 광고인 줄도 모르고 해당 기업의 좋은 이미지를 스스로 머릿속에 심어 놓았을 것이다.

지하철역에 내려가면 모든 역 스크린 도어마다 이름도 모를 그 많은 시인의 '어쩌구저쩌구'의 시들이 큰 글씨로 게시되어 있다. "누가 알아

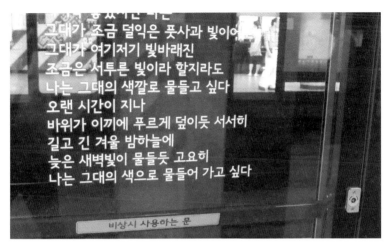

그대가 조금 덜익은 풋사과 빛이어도
그대가 여기저기 빛바래진
조금은 서투른 빛이라 할지라도
나는 그대의 색깔로 물들고 싶다
오랜 시간이 지나
바위가 이끼에 푸르게 덮이듯 서서히
길고 긴 겨울 밤하늘에
늦은 새벽빛이 물들듯 고요히
나는 그대의 색으로 물들어 가고 싶다

비상시 사용하는 문

● 지하철 스크린 도어에 적힌 시

주랴 그의 이름을. 그래도 그는 파란 생명의 등불을 켠다. 이름은 없어
도 신선한 등불"이기도 하고, 또 어느 때는 "사랑은 혁명적일 것, 백두
산 호랑이의 투쟁적 눈빛으로"처럼 괜히 운동권 이미지이기도 하고,
"내 설움을 비에 적시고 싶을 때 그때 너를 만나리라" 같이 철 지난 소
녀적 감수성이기도 하다. 2012년 12월 현재 서울 지하철역 스크린 도
어에 게시된 시 작품 수는 모두 4천6백86건이라고 한다.

지상으로 올라와 이 거대한 서울의 총 사령탑인 서울 시청 정문을
올려다보면 "나를 잊으셨나요?"라는 위안부 피해자의 문구로 정치의
감성화를 시도하고, "잊지 마세요. 당신도 누군가의 영웅입니다"라거
나 "괜찮아. 바람 싸늘해도 사람 따스하니"처럼 터무니없는 자존감과

희망을 불어넣어주기도 하고, "보고싶다 말하고, 어느 새 꽃은 피고" 같이 알쏭달쏭한 말로 감성을 희롱하고, "보고 싶다. 오늘은 꼭 먼저 연락할게"라고 공공의 건물을 미세한 사적 영역으로 치환한다. 그 중의 걸작은 갑자기 시청 건물을 유아용품 제조회사 같이 보이게 만든 "토닥토닥"이었다. 온 시민을 갑자기 유아 취급하는 듯해 불쾌했었다.

집에 와 신문을 펼치면 또 모든 신문이 거의 매일같이 평론가의 글과 함께 시를 한 편씩 게재하고 있다. 가히 지금 우리 사회는 시인들의 사회이고, 시 공화국이다. 교보문고가 전문 시인들의 시를 게시하고 있다면, 서울시는 시민 공모를 통해 선택한 일반인들의 창작 글귀를 게시하고 있다. 일상에 지친 시민들에게 위안과 희망의 메시지를 전달하기 위해서란다. 시민들은 왜 활기차게 있어서는 안 되고 반드시 지쳐 있어야만 하는지 모르겠지만 말이다. 문학은 높은 정신과 고귀한 감성의 영역이므로 일반에게 널리 확산시키면 사람들의 심성이 순화되고 평화로운 사회가 될 것이라 생각할 수도 있다. 그러나 정신적 성찰 없는 겉껍데기의 시어(詩語)만으로 감정의 순화나 고양이 일어나지 않는다는 것을 오늘날의 우리 사회는 보여주고 있다. 시적 감성은 오히려 상대를 공격하는 날카로운 무기가 되었다. "왜 울지 않느냐" "왜 슬퍼하지 않느냐"라는 반박 불가능한 감성의 언어들로 갈등과 증오가 증폭되고 있으니 말이다.

시민들에게 강제적으로 노출되어 있다는 점에서 공공장소의 시적 문구들은 상품 광고의 폐해와 다르지 않다. 앙리 르페브르가 광고를 비판했던 논리는 교보빌딩이나 시청의 글판에도 그대로 적용된다. 지하철 스크린 도어에는 감성적인 시구가 필요한 것이 아니라 냉정하고 이성적인 도시 행정의 개선이 필요하다. 이제 감성 과잉의 유아 단계에서 벗어나야 할 때이다.

# 작품에 대한 의미 부여를 경계한
# 프란시스 베이컨

　뒤로 몸을 꺾은 근육질의 여자가 오른 발을 뻗어 발가락으로 도어의 열쇠를 돌리고 있다. 열쇠 주변에 둘러쳐진 커다란 오렌지색 타원은 영락없이 빛을 발산하는 후광의 모습이다. 도어의 왼쪽에는 바닥까지 뚫린 작은 문이 반쯤 열려 있다. 아니 그건 문이 아니라 4각형의 고정 유리창인지도 모른다. 여하튼 그 4각형의 바닥에 제복을 입은 남자의 옆얼굴과 어깨가 보인다. 그의 어깨 높이가 아주 낮은 것으로 보아 그의 자리는 여자가 있는 방보다 두어 계단 아래에 있는 듯하다. 방바닥에는 불에 탄 신문지가 놓여 있는데, 각기 한 개씩의 빨간 화살표가 남자와 신문을 가리키고 있다. 다락방에 갇힌 여자가 발가락에 온 몸의 힘을 집중시켜 열쇠를 열고 탈출하려 하는 것일까? 그래봤자 열쇠는 견고하여 열리지 않을 것이므로, 감시인은 느긋하게 뒤돌아 앉아 있는 것일까? 분명 중세 때 성화(聖畫)를 연상시키는 후광과 화살표(성 세바티

아누스의 상징이다)는 또 무엇을 의미하는가?

모든 그림에서 사람들은 기필코 어떤 의미와 스토리를 만들어낸다. 지금 예술의 전당에서 전시 중인 프란시스 베이컨(1909~1992)의 회화는 더 말할 것도 없다. 잘려지고 훼손된 인체와 뭉개지고 지워진 얼굴들에서 사람들은 악착같이 어떤 메시지를 찾아내려 한다. 존엄성이 상실된 인간 존재의 허무함을 그렸다느니, 무자비한 폭력으로 고통받는 인간상이라느니, 한낱 고깃덩이로 전락한 현대인의 소외를 표현했다느니, 급기야는 나치 수용소의 악몽을 대변했다는 구체적인 이야기까지 나온다.

그로테스크한 그의 그림이 미스터리함을 불러일으키는 것은 사실이다. 평범하지 않은 인생 역정도 사람들의 호기심을 자극한다. 아일랜드계 영국인인 그는 10대 후반에 가출하여 런던, 베를린, 파리 등의 뒷골목에서 동성애 매춘으로 젊은 시절을 보냈다. 마초(macho)적인 아버지로부터 어릴 때 말채찍으로 맞은 적이 있는데, 나중에 생각해보니 그 순간 아버지에 대해 동성애적 사랑을 느꼈다고도 했다. 어느 날 그의 집에 도둑질하러 들어왔다가 평생의 연인이 된 조지 다이어는 프란시스 베이컨의 파리 전시회 오픈 하루 전날 호텔 방에서 자살했다. 주변부적 삶과 동성애, 그리고 아버지라는 권위 밑에서의 모욕감이 그의 그림에 어둡고 기괴한 그림자를 드리웠을 것이라고 사람들은 생각한다.

그러나 정작 그는 자신의 그림이 사회나 역사적 폭력과는 아무런 관계도 없다고 거듭 강조한다. 굳이 폭력성을 말하자면 그것은 색채의 폭력성 혹은 예술의 폭력성이지 구체적 역사나 사회의 폭력성은 아니라고 했다. 그런 점에서 그가 무수하게 그린 '고함지르는 입'은 뭉크의 「절규」와 정반대의 함의를 갖는다. 뭉크가 어떤 공포의 감정을 전달하기 위해 「절규」를 그렸다면 베이컨은 단지 '비명' 그 자체를 그리기 위해 「비명」을 그렸다. 그는 자신의 그림이 어떤 서사성(敍事性), 삽화성(揷畵性)으로 해석되는 것을 극도로 경계했다. 그의 관심은 좀 더 미학적이고 좀 더 형식적이다. 처절하게 기괴한 형상이 어떤 철학적 비극성을 띠고 있다 해도 그것은 좀 더 높은 차원의, 좀 더 근원적인 비극성의 표현이지 결코 현실 속 어떤 사건에 대한 고발은 아니다.

기괴함에도 불구하고 우리가 프란시스 베이컨의 작품에 강하게 끌리는 이유는 너무 동시대성만 강조하는 요즘 예술가들의 정파(政派)적 이념 과잉에 식상해서가 아닐까.

## 프란시스 베이컨, 그는 드물게도 우파 화가였다

　베이컨의 그림에는 입을 크게 벌리고 처절하게 고함을 지르는 인물화가 많다. 공포를 형상화한 것이라고 사람들은 해석한다. 하지만 정작 그는 공포가 아니라 단지 고함을 그리고 싶었다고 말한다. 부풀려지고 깎이고 일그러진 얼굴도 외관 밑의 내적인 운동 혹은 감각을 표현하고자 한 것이지 현실 속의 폭력과는 아무 상관이 없다고 했다.

그림에서는 일체의 서사성을 부인하지만 실제의 삶 속에서는 가끔 "인생은 아무 쓸 데도 없는 하찮고 헛된 것이다"라거나, 또는 "우리는 모두 정육점에 걸린 고깃덩어리다"라는 처연한 말들로 인생의 깊은 달관을 보여주기도 한다.

그는 한 인터뷰에서 자신이 언제나 우파에 투표한다고 말함으로써 또 한 번 우리의 상식을 배반했다. 전통적인 구상화를 그리는 화가가 아니라 비상식적이고 그로테스크한 그림을 그리는 화가가 우파라는 것이 우리를 매우 놀랍게 했다. "예술가는 당연히 좌파다"라는 상식이 통용되는 사회에서 우리가 살고 있기 때문인지도 모른다. 자신이 우파를 지지하는 이유로, 그는 가능한 한 자유로운 삶과 최적의 작업 환경이 화가에게는 필요한데 그것을 제공하는 것이 우파이기 때문이라고 했다. 좌파는 지나치게 이상주의적(idealistic)이어서 사람을 이념으로 억압한다고도 했다. 그래도 사회 정의라는 게 있지 않느냐고 다그치는 대담자의 질문에 그는 이렇게 답했다.

"우리가 수백 년 전 과거의 사회를 기억하는 것은 그 시대를 살았던 사람들이 창조해 낸 작품들 때문이지, 그 사회가 얼마나 평등했나의 여부로 기억하는 것은 아니지 않소."

좌파 사상을 가져야만 고상하고 지적으로 보이며, 특히 예술가는 당연히 좌파적이어야 한다는 고정관념이 팽배한 지금 여기 한국 사회에서, 베이컨의 철두철미한 예술가 정신과 인생의 통찰이 우리의 마음을 한없이 자유롭고 편안하게 해 준다.

2013년 11월 뉴욕 경매에서 그의 삼면화 한 점이 1억4,240만 달러(약 1,527억 원)에 팔려 미술품 경매 최고가를 기록했다.

# 쿨한
# 네덜란드 국민

반으로 잘린 빵과 나이프, 운두 높은 접시에 가득 담긴 체리와 유리잔, 메주만한 크기의 치즈 두 덩이, 영롱하게 빛나는 포도, 연두색과 빨간 색의 아직 덜 익은 사과들, 냅킨 위에 무심하게 던져져 있는 단단한 껍질의 빵 한 개, 은 식기 위에 껍질째 놓여 즙이 마구 흘러내릴 듯 신선한 생굴, 방금 깎아 껍질이 돌돌 말려 있는 오렌지, 지금 막 커피를 따르고 난 듯 아직 열려 있는 금도금 주전자, 만지면 사각하고 촉감이 전해올 듯 하얗고 빳빳한 식탁보.

완벽한 붓질로 정성을 다해 일상적인 식탁을 섬세하게 재현해낸 17세기 네덜란드의 장르화(풍속화)들을 보면 인생은 아름답고 살만하다는 긍정적인 기운이 절로 샘솟는다. 전통적으로 십자가에 못 박힌 예수나 성인들의 장엄한 종교화 혹은 왕이나 귀족들의 고귀한 초상화만이 회화라고 생각하던 서양 미술사에서 이제까지 아무런 가치가 없는 것으로 여겨졌던 일상적인 대상들을 이처럼 예술 작품의 주요 소재로 삼은 민족은 일찍이 없었다. 네덜란드 인들은 왜 그랬을까?

그들의 신산한 역사에서 설명을 찾을 수 있다. 둑에 난 구멍을 밤새 주먹으로 막아 둑이 무너지는 것을 막았다는 동화 속 소년의 이야기가 있듯이 바다보다 낮은 땅에 살았던 네덜란드 인들은 그들이 사는 땅 대부분을 스스로 개척했다. 신교도인 그들은 구교 국가인 스페인의 가혹한 탄압에 맞서 80년 간 저항했고, 마침내 1648년 베스트팔렌 조약을 맺음으로써 스페인으로부터 정치적·종교적으로 완전히 독립하였다. 다른 나라 사람들이 당연하게 여겼던 것을 그들은 자신들의 피와 땀과 노력으로 쟁취했다.

그래서 단순한 사물들도 그들에게는 한없이 소중했다. 우유를 따르고, 뜨개질을 하고, 체스 게임을 하는 사소한 일상생활에서, 그리고 하다못해 매일 차리는 식탁에서 그들은 자기 노동의 결과와 작품을 발견하고 뿌듯한 행복감을 느꼈다. 소소하고 자질구레한 것들로 이루어진 현재적인 삶을 즐겼고, 일상적인 생활은 쾌활함과 충일(充溢)함으로 가득 차 있었다. 집단과 개인들의 행복한 화해를 보여주었던 이 시대의 네덜란드를 가리켜 헤겔은 "인생의 일요일이었다"라고 표현했다. 「진주 귀고리 소녀」를 그린 베르메르나 위대한 빛의 화가 렘브란트와 동시대 사람인 그들의 생활은 근면하고, 품위 있고, 깔끔했으리라. 그러나 만족한 생활 속에서도 정물화 속에 해골을 그려 넣음으로써(vanitas) 인생은 유한하다는 것을 잊지 않은 국민이었다.

말레이시아 여객기 사고로 자국인 193명이 희생되었을 때(2014년 7

● 야곱 포펜스 폰 에스(Jacob Foppens von Es), '굴과 함께 먹는 아침 식사'(Breakfast with Oysters, 1645~1650).
●● 에드워드 콜리에(Edward Collier), '책, 원고 그리고 해골이 있는 정물화'(Still Life with Books, Manuscripts and a Skull, 1663)(도쿄 국립박물관 소장).

월) 네덜란드 사람들이 보여준 차분한 애도 분위기가 우리를 놀라게 한다. 유해가 귀환한 날 교회들은 조종을 울리고, 국민은 1분 간 묵념 했지만 아무도 검은 옷을 입거나 조기를 걸지 않았다. 로테르담 야외 음악 축제 '크레이지 섹시 쿨'에는 1만여 명이 모였고, 여러 도시의 주말 축제도 예정대로 열렸다. 그 누구도 타인에게 슬픔을 강요하거나 남의 일상생활에 손가락질하며 죄의식을 불어넣지 않았다. 그렇다고 그들의 마음속에 깊은 애도가 없다고 누가 말할 수 있겠는가? 풍요로운 식탁 위에 해골을 그려 넣어 인생의 덧없음을 표현했던 국민이 아니던가. 역시 네덜란드 인들은 쿨하다.

# 「태평성시도」
## 유감

깊은 산 후미진 골짜기나 안개 낀 강물이 가라앉은 색조로 그려진 조선 시대 산수화를 보노라면 잊혀진 DNA의 감수성이 일깨워지는 듯 마음이 푸근해지는 게 사실이다. 그러나 조금만 자세히 들여다보면 그림 속의 집은 벽에 둥근 창이 뚫려 있거나 처마 없이 직선으로 경사진 지붕이거나, 여하튼 우리 전통 양식의 집은 아니다. 낚시질을 하거나 탁족을 하는 선비는 뒤통수에만 머리칼이 남아 있는 대머리에 저고리는 다 풀어헤쳐 맨 가슴이 드러나 있다. 풍로에서 차를 끓이는 동자는 우리 조선 시대 사내아이의 땋은 머리가 아니라 머리 위로 좌우 대칭의 쪽을 얹어 마치 미키마우스의 귀를 연상시키는 중국의 동자(童子)상이다. 한마디로 중국의 산하, 중국의 집, 중국의 신선, 중국의 아이들이다.

하기는 조선조 5백 년 간 줄기차게 그려진 우리의 전통 회화는 11세기 북송의 송적(宋迪)이 처음으로 그린 「소상팔경도(瀟湘八景圖)」, 남송

● 조선시대 화가 고람(古藍) 전기(田琦 · 1825~1854)의 '매화초옥도(梅花草屋圖 · 국립중앙박물관 소장)'. 매화를 아내 삼고, 학(鶴)을 자식 삼아 은거하고자 했던 송(宋)나라 시인 임포(林逋)의 삶에 대한 헌사로 그려진 그림이다. 단원이나 혜원 같은 예외가 있기는 하지만 조선의 주류 그림은 주제에 있어서나 기법에 있어서나 이처럼 중국 산수화의 아류를 벗어나지 못했다.

대(12세기) 주자가 노닐던 무이산(武夷山)의 「무이구곡도(武夷九曲圖)」, 나대경(羅大經, 12~13세기)의 산거 생활을 그린 「산정일장도(山靜日長圖)」, 도연명(陶淵明)(4~5세기)의 「귀거래도(歸去來圖)」 혹은 「도화원기(桃花源記)」등 중국 그림 일색이다. 단원 김홍도, 혜원 신윤복의 풍속화가 없었더라면 우리는 우리의 전통 복식과 머리 스타일 그리고 가옥이 완전히 중국과 같은 것으로 잘못 알고 있을 뻔했다.

겸재(謙齋) 정선(鄭敾)의 진경산수와 단원, 혜원의 풍속화가 있다고는

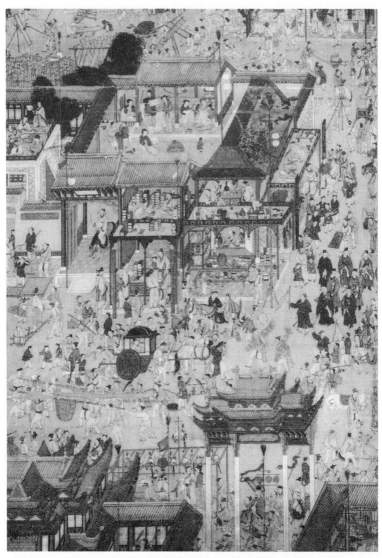

● 태평성시도(太平城市圖)(18세기 조선). 중국식 패루가 등장하고 사람들의 머리 모양과 옷차림이 완전히 중국식이어서, 조선시대의 도시를 묘사한 것으로는 생각할 수 없다.

● 태평성시도가 원본으로 삼은 청명상하도(淸明上河圖). 중국 북송때 장택단(張擇端)이 처음 그린 후 원(元), 명(明), 청(淸)을 거쳐 비슷한 그림들이 꾸준히 그려졌다.

해도 그들의 작품들은 크기가 작고 가짓수가 적으며, 후대에 사조를 형성하지 못했다는 점에서 조선 시대 회화사의 큰 흐름을 바꾸지는 못했다. 더군다나 화제(畵題)는 전원에서의 선비들의 풍류나 연애담에 한정되어 있고, 일상생활이라야 아이들이 서당에서 공부하거나, 미장이가 기왓장 올리는 장면 등 몇 가지에 지나지 않는다. 보부상(褓負商)도 있었을 테고, 버들고리를 이고 다니는 방물장수 노파도 있었을 것이며, 종로에는 육의전(六矣廛)이 있었고, 지역마다 열리는 5일장에는 떠돌이 남사당패도 있었을 텐데, 당대 사람들의 경제 활동을 알 수 있는 그림은 하나도 없다. 우리가 전통 문화에 대한 집단 기억을 갖고 있지 못한 것은 이와 같은 회화의 빈약성 때문이 아닌가 싶다.

지금 국립중앙박물관에서 전시 중인 「태평성시도(太平城市圖)」도 그런 점에서 매우 실망스럽다. 화려한 건물을 배경으로 18세기 조선 시대 도시의 다양한 삶이 적극적으로 부각되었다고 관련 학자들은 말한다. 여러 가지 물품을 파는 상점들이 실감나게 표현되어 도시적 삶에 대한 기대를 반영하고 있다고도 했다. 그러나 거리에는 패루(牌樓)가 우뚝 솟아 있고, 건축물은 자를 사용해 반듯하게 그린 계화(界畵) 화법이며, 화면에 등장한 수많은 사람의 옷과 머리 모양은 더도 덜도 없이 그대로 중국 양식이다. 두루마리 그림에서 병풍으로 옮겼다는 형식상의 차이만 있을 뿐, 북송 시대와 명나라 대의 소주·항주 거리를 정밀하게 묘사한 「청명상하도(淸明上河圖)」의 모사판이 아닌가?

우리의 전통 회화가 중국 그림과 거의 구별되지 않는다는 것을 솔직하게 인정할 때가 된 듯하다. 그래야만 진정 우리는 한민족의 문화적 정체성을 확립할 수 있을 것이다.

## 「태평성시도」

중국에서는 이미 12세기 북송 때부터 물자가 풍부하고 활력이 넘치는 상업 도시가 발달해 있었음을 우리는 당시의 풍속화가 장택단(張擇端)의 세밀화에서 확인할 수 있다. 그 후 이 풍속화 양식은 명·청대 중국 강남 지방에서 크게 유행하였다.

그 중 16세기경 명나라의 구영(仇英, ?~1552)이 그린 「청명상하도」가 유명하다. 10미터 가까이 되는 긴 두루마리 그림인데, 당시의 대도시 소주(蘇州)가 무대다. 축제 기간 사람들로 가득한 시장, 둥그런 다리 위에 자리를 펴고 뭔가를 파는 사람들, 길거리 음식을 사 먹는 사람들, 물동이를 양쪽 어깨에 지고 가는 사람들, 다리 아래로 부지런히 물건을 실어 나르는 배들의 모습이 보인다.

「고소번화도(姑蘇繁華圖)」는 이보다 2백 년 뒤 18세기 청대(淸代)의 그림이다. 여전히 최고의 번영을 누리던 대도시 소주(蘇州)의 일상이 파노라마처럼 담겼다. 무려 12.4미터의 두루마리에 시장에서 물건을 파는 장사꾼, 소리치는 뱃사람, 말 탄 사람, 다리 건너는 아이의 이목구비까지 생생하게 그려져 있다. 사냥, 유람, 행상, 혼례, 놀이, 싸움 등 중국 청나라 때의 풍속이 대추씨보다 작은 인물 약 4,800명, 배 300여 척, 건물 2,600여 채, 다리 40여 개와 함께 그림을 가득 메우고 있다. 청 황제 건륭제(재위 1735~1795)의 명으로 소주 출신 궁정화가 서양(徐揚, 1712~1779)이 그린 그림이다.

그 양식을 따른 조선식 버전이 18세기 조선의 「태평성시도」다. 중국 「청명상하도」 명대본(明代本)과 「패문재경직도(佩文齋耕織圖)」의 도상을 조선적 상황과 생활 양식에 맞게 변모시키고, 여기에 중국 사행(使行)의 견문과 첨단 문물에 대한 정보를 가미하여 여덟 폭 병풍으로 만든 것이다. 수레와 인파가 가득한 도로, 문전성시를 이루고 있는 시장, 담뱃잎 썰기, 서화 감상, 베 짜기, 기와 올리기 같은 풍습 들이 섬세한 필치로 그려져 있다.

국립중앙박물관은 이 세 그림을 2014년에 이어 2016년 10월에 다시 '미술 속 도시, 도시 속 미술'이라는 이름으로 전시하였다. 「태평성시도」에 대해 박물관의 학예관은 "각종 상업 활동에 종사하는 인물들이 등장하고, 여러 가지 물품을 파는 상점이 나열되어 있으며, 판매자와 구매자가 자유로이 만나는 상업 공간이 실감나게 표현되어 도시적 삶에 대한 기대를 반영하고 있다. 풍요롭고 부강한 사회에 대한 희망이 담겨 있다"라고 설명하고 있다. 신문의 청소년판 필자도 「태평성시도」에 대해 "옛 서울의 모습을 생생하게 보여준답니다. 이렇게 조선 시대에도 도시는 볼거리와 사람들로 북적이는 활기찬 모습이었어요"라고 말하고 있다.

그러나 중국식 성문인 패루, 또는 계화 기법으로 그려진 기와지붕들, 그리고 그 안에 오밀조밀 재미있는 움직임을 보이고 있는 사람들의 옷과 머리 모양은 아무리 뜯어보아도 중국 도시, 중국 사람, 중국의 풍속이다. 도저히 조선 시대의 실제 모습을 그렸다고는 생각할 수 없다. 그래서인지 박물관의 학예관은 "조선 후기 사람들이 꿈꾸었던 사회의 청사진이다. 현실에서 이루지 못한 이상향의 모습이지만 역으로 이들 작품을 통해 당시 사회가 이런 사회에 대한 지향성을 가졌다고 이해할 수 있다"라는 말로 얼버무리고 있다.

그림의 형상들 자체가 현실의 재현이 아니라면 과연 조선에 활기찬 상업 도시가 발전해 있었다는 말을 믿을 수 있을까?

## 계화 기법

계화(界畵) 기법은 건물, 배, 수레 등을 그릴 때, 하나의 점, 하나의 필획(筆劃)일지라도 자나 컴퍼스와 같은 도구를 사용하여 정확하게 그리는 방식이다. 진대(晋代)의 고개지(顧愷之, 344~406)를 거쳐 수대(隋代)에 그 양식이 본격화되었다. 북송(北宋)의 곽충서(郭忠恕), 명대(明代)의 구영(仇英)이 대표적인 작가이다.

# SF 영화와
# 숭고 미학

만약 당신이 어느 날 과천 국립현대미술관의 캄캄한 전시실 안에 우연히 들어갔다고 치자. 환하게 밝은 반대편 벽면에서 폭포처럼 물이 쏟아져 내리고 그 아래 대리석 대(臺)에는 하얀 수의를 입은 사람이(아마도 시체가) 흘러 내리는 물줄기를 맞으며 누워 있다. 물소리 가득한 어둠 속에서 관람객들이 앞을 응시하고 있지만 좀처럼 장면의 변화는 없다. 참을성 없는 몇몇 관객이 자리를 뜨려 할 즈음 마침내 흰 옷 입은 사람이 누운 자세 그대로 빳빳하게, 낙하하는 물을 거슬러, 아주 천천히 위로 올라가기 시작한다. 매우 느린 슬로 모션이다. 단조로운 상승의 운동 끝에 드디어 인간이 사라진 화면은 다시 세차게 내리 꽂히는 물과 물소리로 가득 찬다. 세계적 비디오 아티스트 빌 비올라의 작품 「트리스탄의 승천」이다.

또 혹은 강원도 오크밸리의 '뮤지엄 산'이나 일본의 나오시마 아니면 미국 관광길에서도 당신은 우연히 캄캄한 방의 벽면을 손으로 더듬어 들어가 본 적이 있을 것이다. 그 때 어둠 속에서 갑자기 빛의 사각 프레임이 나타나면서 방 전체가 투명하고 얇은 막으로 덮여 있는 것 같은 착시 현상을 느꼈을 것이다. 빛의 사각 프레임은 역시 빛으로 된 삼각형 쐐기 모양의 장막과 선(線)들로 분할돼 마치 빛으로 가득 찬 또 하나의 방이, 또는 무한대의 공간이 저 너머에 펼쳐지는 듯한 환영(幻影)을 주었을 것이다. 그러나 사실 그 곳은 아무것도 없는 텅 빈 방이다. 빛의 조각가로 일컬어지는 제임스 터렐의 작품들이다.

모든 것이 정신없이 빠르게 돌아가는 이 디지털 세상에서 한없이 느린 속도로 삶과 죽음, 시간과 초월성을 고통스럽게 형상화하고, 존재와 비존재, 또는 물질과 비물질의 경계에 있는 빛을 이용해 우리 눈의 착시를 끌어내는 이 작품들은 분명 당황스럽기 그지없는 미학적 체험이다. 은총, 계시, 황홀, 원시성, 숭고 같은 단어들이 떠오르지만, 그러나 거기 어디에도 미는 없다. 예쁘고 아름다운 것들 앞에서 느끼는 즐거움[快]을 우리는 이 작품들 앞에서 느낄 수 없다. 즐거움은커녕 오히려 처음에는 불쾌감을 느낀다. 예술 작품이란 미의 추구이며, 미의 표현이라고 우리는 배웠는데, 그렇다면 이것들은 예술 작품이 아니란 말인가?

그러나 놀랍게도 다음 순간 더욱 강렬한 쾌감이 우리를 사로잡는다. 일순간 억눌렸던 생명력이 곧 이어 한층 더 강력하게 분출하는 것 같은 강한 쾌감이다. 이것을 칸트는 '미'와 엄격하게 구분하여 '숭고'라고 불렀다. 그러니까 미와 숭고는 우리의 예술적 체험을 구성하는 중

● 빛의 화가 제임스 터렐의 작품. 관객들은 환상적인 빛의 세계로 직접 들어갈 수 있다.

요한 두 가지 성질이다.

　예컨대 장미꽃은 미를 발생시키고, 우리에게 미적 쾌감을 준다. 그러나 쓰나미 같은 거대한 파도는 '숭고'다. 그것은 우리의 구상력을 훌쩍 뛰어 넘어 우리를 우선 좌절시키고 불쾌하게 만들지만 이어서 더욱 강하게 우리를 끌어당긴다. 구상력이란 뭔가를 표현하는 표상의 능력이므로, 결국 숭고란 우리가 도저히 말로 표현할 수 없는 어떤 대상에 대한 감정이다.

　「인터스텔라」를 비롯한 오늘날 SF 블록버스터 영화들의 유례없는 인기도 숭고 미학에서 그 설명을 찾을 수 있다. SF 영화들은 거대한 우주와 고도의 테크놀로지 앞에서 현대인들이 느끼는, 뭔가 알 수 없는 미지의 불안감, 도저히 표현할 수 없는 어떤 디스토피아적 예감을 형상화하고 있는데, 그것은 그대로 숭고 미학과 부합하는 것이다.

## 숭고 미학

'숭고(sublime)'가 예술을 해석하는 중요한 단어가 된 것은 17세기 프랑스의 문필가 니콜라 부알로(Nicolas Boileau)의 『숭고론(Du Sublime)』(1674)에서부터였다. 부알로는, 로마 시대의 수사학자 롱기누스(Longinus, 213~273)가 그리스어로 쓴 수사학 교본을 번역하는 과정에서 인간의 감정을 강력하게 움직이는 예술적 효과에 관심을 갖게 되었다. 롱기누스는 예술과 인생에서 '뭐가 뭔지 분명히 알 수 없기 때문에 어쩐지 무섭게 느껴지는' 어떤 것을 확인했을 때 그것이 바로 고귀함이라고 주장했다. 그러니까 우리의 이해 능력을 넘어서는 어떤 것, 또는 우리를 경이로 가득 채워주는 어떤 것이 예술 안에 있을 때 그 예술은 숭고한 것이 된다.

부알로의 『숭고론』이 나온 지 백 년 후 아일랜드의 정치이론가이며 철학자인 에드먼드 버크가 미와 숭고의 이념을 분리시켜 생각함으로써 근대적 미학의 초석을 놓았다. 버크에 의해 비로소 미(美)와 숭고는 예술적 감정의 중요한 두 범주가 되었다. 그는 미(美)란 단순히 한 순간의 예쁨일 뿐이라며, 미의 중요성을 낮게 평가한 반면, 숭고의 체험은 자아를 변모시키는 힘을 갖고 있으므로 더 높은 단계의 감정이라고 했다. 『숭고와 미의 근원을 찾아서(A Philosophical Enquiry into the Origins of Our Ideas of the Sublime and Beautiful)』(1757)라는 책에서였다.

버크에 의하면 일종의 스릴 혹은 전율적 쾌감을 주는 체험이 바로 '숭고'다. 결국 '숭고'란 공포와 환희가 한 데 뒤섞인 감정이다. 예를 들어 광활하고 어두워 도저히 아름답다고 간주될 수는 없는, 오히려 우리 마음을 두려움으로 떨게 하는 어떤 자연 현상 앞에서 우리는 숭고를 체험한다. 롱기누스와 마찬가지로 버크도 두려움이 야기하는 전율에서 어떤 고상함을 본 것이다.

미는 포지티브한 쾌감을 주며, 숭고는 네거티브한 쾌감을 준다고도 했다. 왜냐하면 미(예쁜 것, 아름다운 것)는 우선 우리에게 만족감을 준다. 직접 느껴지는 쾌감이라는 점에서 그것은 포지티브한 쾌감이다. 그러나 숭고는 처음에는 불쾌감을 준다. 무섭고 두려워 심한 거부감을 야기한다. 그러나 그 다음 순간 이 불쾌하고 무서운 것이 미보다 더 자극적이고 강렬한 쾌감을 일으킨다. 공포 영화를 왜 그토록 많은 사람이 좋아하는지를 생각해 보면 이해할 수 있는 일이다. 이와 같은 쾌와 불쾌의 혼합이 바로 숭고의 감정이다. 미의 직접적인 쾌감 대신 숭고는 한 번의 부정(否定)을 거친 후의 쾌감이므로 네거티브한 쾌감이다.

숭고는 미가 주는 만족보다 더 강한 열정을 불러일으키는, 전혀 다른 종류의 쾌감이다. 이것은 주로 공포에서 발생한다. 모든 공포는 숭고의 원천이다. 공포는 상실과 연결되어 있다. 빛의 상실은 어둠의 공포를 낳고, 타자의 상실은 고독의 공포를 낳으며, 언어의 상실은 침묵의 공포를, 그리고 사물의 상실은 텅 비어 있음에 대한 공포를 일으킨다. 마지막으로 당연히 생명의 상실은 죽음의 공포를 낳는다.

그런데 이상한 것은 공포 그 자체보다 공포가 막 일어날 듯 말 듯한 상황이 더 무섭다. 공포 영화에서 막상 살인자가 모습을 드러내면 사실 더 이상 무서울 것이 없다. 뭔가 일어날 듯 일어날 듯하면서 아직 일어나지 않은, 도무지 정체를 알 수 없는 어떤 미지의 것이야말로 최대치의 공포감을 야기한다. 버크는 공포가 쾌감과 혼합되기 위해서는, 그리고 쾌감과 함께 숭고의 감정을 생산하기 위해서는 공포를 야기하는 위협 자체가 불안하게 한 중간에 멈춰 서 있어야 한다고 했다. 스릴러 영화의 키워드인 서스펜스(미결정의 상태)가 바로 그것이다. 이 서스펜스가 네거티브한 쾌감을 촉발한다. 그것은 여전히 상실감이지만, 버크는 이 이차적인 쾌감을 포지티브한 쾌감과 구별하여 네거티브한 쾌감이라고 했다. 그리고 그것을 환희(delight)라고 명명했다.

칸트도 『판단력 비판』(1790)에서 취미판단이라는 이름으로 미(美)와 숭고에 대한 이론을 개진하였다. 그의 이론은 근대 미학의 원형으로 일컬어진다. 그러나 사실 이 논의는 근원적으로 버크의 가설에 근거를 두고 있다. 특히 숭고란 쾌와 불쾌가 합쳐진 모순적인 감정이라는 인식이 그러하다. 다만 그의 말마따나 경험론 또는 생리학적 수준에 머문 버크의 분석에 고도의 정교한 논리를 부여한 것이 칸트의 위대성이라 할 만하다.

칸트에 의하면 숭고는 근본적으로 우리의 인식의 '한계(limits)' 앞에서 우리가 느끼는 네거티브한 체험이다. 우리가 이해하거나 제어할 수 없는, 어떤 과도한 것과 마주쳤을 때 우리는 인식의 한계를 느낀다. '도저히 이해할 수 없다'라는 느낌은 쓰나미로 밀려오는 바다나 깎아지른 높은 산봉우리 같은 자연의 무서운 양상에 의해 촉발된다. 또는 너무나 복잡해서 우리가 그것에 대해 분명한 개념을 도저히 형성할 수 없는 어떤 사태 앞에서 우리는 우리의 상상 능력이 부적합함을 깨닫고 좌절한다. 이와 같은 체험과 인식 사이의 넓은 간극에 의해 촉발되는 감정이 숭고다.

숭고는 높은 산봉우리나 거대한 피라미드 혹은 성(聖) 베드로 성당 같은 웅장한 건물 앞에서 야기되는 감정이다. 그 크기를 가늠할 상상력이 부적합하다는 것을 인식할 때 우리는 불쾌감을 느낀다. 이것은 우리의 감각이 이성의 이념에 맞지 않는다는 판단에서 오는 불쾌감이다. 결국 우리가 통제하거나 제어할 수 없는 대상 앞에서 우리는 좌절하고 불쾌감을 느끼지만 곧 이어 우리에게는 이것을 뛰어넘는 이성도 있다는 것에 생각이 미치면서 우리는 안도감을 느낀다. 이때 느끼는 만족감이 바로 숭고의 감정이다.

결국 어떤 체험을 우리의 생각 안에 포섭하여 그것을 구분하거나, 이름붙이거나, 확정짓지 못하고, 결정지을 수도 없을 때, 한 마디로 표상(represent)할 수 없을 때 느끼는 감정, 이것이 바로 숭고의 감정이다. 많은 사람이 알고 있듯이 초월성(transcendence)은 물론 숭고의 가장 전통적인 근원이다. 신적(神的)인 세계나 주술적인 세계 앞에서 우리는 숭고의 감정을 갖는다. 자연 세계가 숭고 체험의 원초적 근원이라는 생각은 18~19세기의 낭만주의 사조가 되었다. 그러나 현대의 포스트모던 미학은 '표상할 수 없음(the unpresentable)'이라는 개념을 숭고의 가장 중요한 개념으로 삼는다. 이 개념 덕분에 현대 사회에서는 기술(technology)이 숭고의 영역에 포함되게 되었다. 과거에 자연에서 느꼈던 불가사의한 두려움의 감정을 우리는 오늘날 기계라는 인공적 세계에서 본다. 기계와 인간의 조합이나, 기계가 지배하는 미래 세계를 묘사하는 SF 영화들이 미학적 가치를 획득하는 것은 바로 이 때문이다.

# 칸트와 튤립

꽃밭에 앉아 꽃잎을 보며 고운 빛이 어디서 왔을까, 묻는 정훈희의 「꽃밭에서」부터, 내가 이름을 불러 주었을 때 비로소 내게 와 꽃이 된 김춘수의 「꽃」을 지나, 근대 미학의 기초가 된 칸트의 꽃까지, 꽃의 스펙트럼은 한없이 넓고 다채롭다. 과연 꽃은 인간의 모든 심리를 표상하는 상징이고 은유이며, 인식의 도구이다. 긴장 풀린 긴 연휴 끝, 편안하게 꽃 이야기 한 번 해보고 싶다. 마침 꽃 피는 봄도 바짝 눈앞에 다가왔으니. 하지만 꽃 이야기라고 다 편한 것은 아니다. 게다가 그것이 칸트의 꽃이라면.

정훈희의 꽃은 무슨 꽃인지, 김춘수의 꽃은 또 무슨 꽃인지, 가수와 시인은 우리에게 말해주지 않는다. 그러나 칸트의 꽃은 장미도 해바라기도 금작화도 아닌 튤립이다. 한 송이의 튤립은 아름답다. 왜 그럴까? 거기에는 어떤 목적(end)의 개념도 들어있지 않기 때문이다. 주

전자나 냄비 같은 실용적인 도구는 아름답지 않다. 왜 그럴까? 거기엔 목적의 개념이 들어있기 때문이다. 한 송이의 튤립이 아름다운 것은 거기에 아무런 객관적 목적이 없기 때문이다. 그러니까 하나의 대상은 목적이 있으면 아름답지 않고 목적이 없을 때 아름답다.

튤립이 아름답다고 말할 때 우리는 그 내용의 아름다움을 말하는 것이 아니다. 튤립에 관해 모든 것을 철저하게 알고 있는 식물학자가 있다 해도 그가 튤립에 대해 단 한 가지 모르는 것이 있으니, 그것은 튤립의 아름다움에 대해서이다. 그가 만일 튤립의 아름다움에 매료되어 그윽한 눈길로 튤립을 바라본다면 그 순간 그는 식물학자이기를 그치고 미학자가 되는 것이다. 아직 튤립을 본 적도 없는 어린아이가 유치원에서부터 그리기 시작하는 예쁜 튤립 꽃봉오리는 그 형태의 완벽성이 우리를 매혹시키는 것이지, 그것에 대한 식물학적 지식이 우리의 미감을 자극하는 것은 아니다. 우리가 뭔가를 아름답다고 생각하는 것은 그것의 형식에 대해서이지 그것의 내용에 대해서가 아니다.

유려한 곡선이 팽팽한 긴장감으로 조여져 있는 튤립 꽃봉오리의 형태는 너무나 완벽하여 이것이 아무런 목적 없이 아무렇게나 만들어졌다고는 도저히 믿기지 않는다. 신앙인이라면 신의 뜻에 맞게 만들어졌다고 생각할 것이고, 냉정한 인문학자라면 자신의 주관적 인식 능력에 딱 맞게 만들어졌다고 생각할 것이다. 어떤 목적에 부합한다는 것을 철학 용어로는 합목적적(final to~)이라고 말한다. 하나의 대상은 비록 겉으로 드러나는 객관적인 목적은 없지만 우리의 마음의 능력에 딱 부합되는 주관적 합목적성을 가질 때 아름답다.

● 프랑스 판화가 니콜라 로베르(Nicolas Robert, 1614~1685)의 튤립 그림.

'목적'과 '합목적성' 그리고 '형식'이라는 세 개의 키워드를 합치면
칸트의 그 유명한 '목적 없는 합목적성의 형식(form of finality without an
end)'이라는 미의 정의가 나온다. 겉보기에는 아무런 실용적인 목적이
없지만 최소한 우리의 주관성에 대해서는 합목적적인 한 대상의 형식,

그것이 바로 미(美)이다.

개념 미술이 대세를 이루고 있고, 남성용 소변기도 화가가 서명만 하면 예술 작품이 되는 시대에 칸트의 미학은 보편타당성이 있을까? 그러나 정치적 프로파간다임이 분명한 창작물을 예술 작품이라고 우기는 예술가들에게 우리는 칸트 미학의 기본으로 돌아가라고 말하고 싶다.(칸트의 『판단력 비판』에서 튤립이라는 단어가 등장하는 것은 §17의 끝 부분 주(註)에 서이다).

# 에드워드 호퍼, 데이빗 호크니
# 그리고 이우환

미술 전공 대학원에 출강하면서 학생들의 작품을 오며 가며 참 많이도 보았다. 언젠가는 지하 주차장에서 나와 강의동 쪽으로 걸어 올라가는데 멀리 건물 벽면에 수십 개의 나무 책상과 걸상이 쌓여 있었다. 기발한 작품에 익숙했던 터라 "아, 저것도 작품이구나" 생각하며 걸었다. 중간 쯤 가보니 그건 작품이 아니라 정말로 책·걸상들을 옮기려고 쌓아놓은 거였다. 내 감각이 너무 앞섰나? 조금 멋쩍어 하며 계속 걸었는데, 웬 걸, 가까이 가보니, 책·걸상은 전면을 향해 가지런하게 쌓여 있고 거기에 하얀 페인트가 드문드문 칠해져 있었다. 역시 작품이었다!

종이 또는 캔버스 위에 화가가 물감으로 그려놓은 작품이 곧 미술이라고 대부분의 사람은 알고 있지만, 사실 현대 미술이 4각형의 평면을 벗어난 지는 오래 되었다. 1917년 마르셀 뒤샹이 남성의 소변기에 R. Mutt라는 가공의 이름을 사인하여 공모전에 출품한 이래 세상의 모든 물건은, 화가라는 직업을 가진 사람이 어떤 특정의 장소에 가져다 놓기만 하면, 그리고 그것을 작품이라고 선언하기만 하면, 그대로 미술 작품이 된다.

앤디 워홀은 브릴로 상자들을 마구 쌓아놓았고, 데이미언 허스트는 포름 알데히드에 담긴 상어의 시체를 유리 상자에 넣어 전시했으며, 한국의 설치미술가 이불은 구슬을 꿴 생선들이 전시장에서 썩어가는 냄새까지를 미술의 요소로 삼았다. 문학이나 음악이 아무리 변해도 문자와 소리라는 매체에 변함이 없는 것과는 달리 미술은 캔버스와 물감이라는 매체를 이미 백 년 전에 탈피하고 세상의 모든 물질적 요소를 전부 자신의 매체로 삼고 있다.

일본 나오시마(直島) 지추(地中) 미술관에 가면 빛 그 자체를 작품의 질료로 삼은 제임스 터렐의 작품이 아름다운 색의 빛으로 화면을 가득 채운다. 단색 회화처럼 보이는 거대한 액자 속으로, 마치 그림 속을 뚫고 들어가듯 걸어 들어가면, 우리는 또 다른 색깔의 빛 속에 잠기게 된다.

대지(大地) 미술가 월터 드 마리아의 작품을 전시한 또 다른 방은 우리를 더욱 전율하게 만든다. 광활하게 탁 트인 넓은 홀에 거대한 둥근 화강암이 까마득히 높은 대 위에 올려져 있는데, 그 거대한 구(球)를 향해 계단을 걸어 올라가면서 우리는 '아! 이것이 바로 숭고 미학의 체험이로구나' 하고 깨닫게 된다.

백남준이 TV를 미술의 매체로 삼은 이래 모든 동영상, 비디오, 영화, 디지털이 미술의 영역에 편입되었다. 쏟아지는 물속에서 마치 순

● 데이빗 호크니(David Hockney), '틱센데일 근처의 나무 세 그루, 겨울'(Three Trees near Thixendale, winter).

교자처럼 고통스러워하는 사람의 모습을 슬로 모션으로 한없이 천천히 보여주는 빌 비올라의 비디오 작품, 인류의 종말이라는 스토리를 동영상으로 옮긴 2012년 카셀 도큐멘타 초청 작가 문경원-전준호의 「News from Nowhere」, 아시아 여성 노동자의 문제를 다룬 영상물로 2015년 베니스 비엔날레 은사자상을 받은 임흥순의 「위로 공단」 등이 모두 영상물이다. 옛날 같으면 각기 예술 영화 혹은 다큐멘터리라는 타이틀이 붙었을 작품들이 지금은 그저 간단하게 모두 미술이다.

미국의 미술사학자 클레멘트 그린버그에 의하면 한 사회가 발전해 가는 과정에서 이때까지 일반적으로 받아들여지던 형식들의 불가피성을 더 이상 정당화할 수 없게 될 때, 예술가들은 과거의 관습들을 깨뜨린다고 했다. 이것이 아방가르드이다.

아방가르드 한 작품들만 보다 보면 평면의 캔버스 위에 현실을 재현한 사실적 그림들은 어쩐지 맥 빠지고 시시하게 보인다. 그러나 또 반드시 그렇지만도 않다. 1920~30년대의 미국의 도시 풍경을 아주 쓸쓸하고 금욕적인 터치로 그린 에드워드 호퍼의 작품들은 재현이라는 낡은 기법과 시기적으로 오래 되었다는 약점을 가지고 있음에도 불구하고 여전히, 아니 점점 더 사람들의 사랑을 많이 받고 있다. 오스트리아 감독 구스타프 도이치는 호퍼의 그림 열석 장의 구도를 그대로 사용해 영화(「셜리에 관한 모든 것」)를 만들었고, 한국의 SSG 닷컴도 호퍼 이미지를 차용하여 동영상 광고를 찍었다.

한편 영국 요크셔 지방의 아름다운 전원 풍경을 빨강, 보라, 초록의 아름다운 색채로 과감하게 그려낸 데이빗 호크니의 「더 큰 그림」 연작들은 풍경화라는 진부한 장르임에도 불구하고 우리를 한없이 감동시킨다. 호퍼의 그림, 호크니의 그림에는, 그것이 벤야민의 아우라이건, 칸트의 숭고건 간에 여하튼 우리를 아련한 감정으로 이끄는 무엇인가가 있다. 단순히 호퍼의 그림에는 '도시인의 소외와 고독이 있다'라거나, 호크니의 그림은 '강렬한 색채의 사용으로 원근감을 없앤 풍경'이라고 말해 보았자, 그렇게 말하는 순간 오히려 기체처럼 날아가버리는, 도저히 말로는 표현할 수 없는 어떤 감정의 울림이 있는 것이다.

2016년 여름 우리 사회를 뜨겁게 달군 위작 시비 논쟁에서 그 진실이 무엇이든, 소박한 미술 소비자의 소박한 의문은, '과연 그 작품들에 그런 울림과 떨림이 있는 것인가?'이다.

이우환 위작 시비는 2015년 12월에 터졌다. 문제의 그림은 이우환의 「점으로부터 No. 780217」이었다. 이 그림은 서울 강남 K옥션 정기 겨울 경매 매물로 나와 4억 9,000만 원(수수료 포함 5억 7,085만 원)에 개인 컬렉터에게 낙찰되었다. 그러나 경매 직후 위작이라는 주장이 제기 되었다. 해당 그림의 감정서에 기재된 접수번호는 '20010616'인데, 감정서 발행처였던 한국화랑협회 사본을 확인한 결과, 이 접수번호는 김기창 화백(1913~2001)의 「청록산수」였기 때문이다.

위작 시비로 들끓던 8개월이 지난 뒤(2016년 8월) 작가는 "나만의 호흡, 리듬과 색채로 만든 분명한 나의 그림"이라고 주장함으로써 위작 설을 일축했다. 그러나 1년 후인 2017년 8월, 결국 그림은 위작임이 판명되었다. 위작을 진품처럼 그린 위작범은 징역 3년, 위작을 팔아넘긴 화상은 징역 7년의 실형을 선고받았다. 이들은 2012년부터 2014년까지 이 화백의 「점으로부터」와 「선으로부터」 등 총 9점의 위작을 만들어 이 중 일부를 갤러리나 개인 소장자에게 팔아넘겨 52억 원을 챙겼다. 이들의 죄목은 특정경제범죄가중처벌법상 사기죄였다.

이우환 작품의 위작 논란은 결국 씁쓸한 뒷맛을 남겼다. 작품의 위작자와 유통자가 사기 및 서명위조 혐의로 기소되었는데도, 정작 피해자인 작가는 진품이라고 주장했기 때문이다.

고(故) 천경자 화백의 미인도 진위 논란도 미스테리다. 해외의 유명한 감정기관과 국립현대미술관 등이 얽혀 있는 이 논란은 결론이 나지 않았지만, '작가가 진짜라고 하면 진짜인가'라는 문제를 야기 시켰다.

이우환, 천경자 위작 시비와 더불어, 조수를 통한 대작(代作) 행위로 물의를 일으킨 가수 조영남 씨의 경우도 2016년의 미술계를 뒤흔든 사건이었다. 미술계의 관행이라고 알려진 대작 행위에서 새삼, 창작의 개념은 무엇이며 어디까지를 창작의 범위로 보아야 할까, 의 문제가 제기되었기 때문이다.

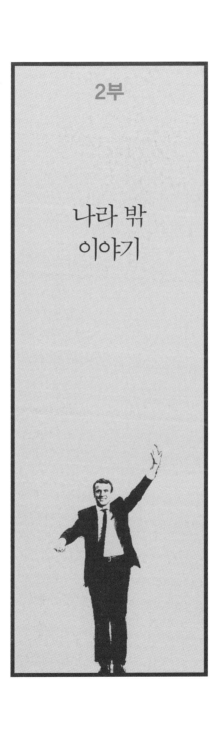

2부

나라 밖
이야기

# 프랑스 사회당의
## 친기업 정책

"나는 기업을 사랑한다!"

총리가 선언하자 앞에 앉은 재벌 총수와 기업인들이 박수와 환호를 보냈다. 총리가 이어서 "프랑스는 당신들을 필요로 한다!"라고 말하자 다시 한 번 터지는 박수 소리. 2014년 8월 25일 우리나라 전경련에 해당하는 Medef 모임에서 젊고 잘 생기고 에너지 넘치는 스페인 계 프랑스 총리 마뉘엘 발스가 두 번에 걸쳐 열렬한 기립 박수를 받는 장면이었다. 아니! 프랑스는 사회당 정권이 아니던가. 프랑스가 발칵 뒤집혔다.

바로 전날 총리는 탈세계화의 기수였던 아르노 몽트부르 경제산업부 장관을 해임하고, 36세의 젊은 은행가 출신 엠마뉘엘 마크롱을 새 장관으로 임명했다. 유복한 의사 부모 밑에서 자란 젊은 수재 엠마뉘엘 마크롱은 한 술 더 떠서 "기업이 돈을 버는 것은 바로 프랑스가 돈

● 피케티 열풍

을 버는 것이다"라고 기업과 국가를 동일시했다. 자신의 사상을 '사회 자유주의(소셜 리버럴리즘)'로 명명하는 그는 2013년 한 잡지와의 인터뷰에서 "끊임없이 권리의 확대만을 주장하고, 정기적으로 봉급을 올려야 한다고 주장하는 전통적 좌파는 죽은 별과 같다. 전통 좌파 이데올로기는 사람들로 하여금 현실을 있는 그대로 보지 못하게 한다"라고 말했었다. 지금 근 2세기 동안 세계를 지배했던 이데올로기가 와해되는 순간인 듯하다.

프랑수아 올랑드 대통령 당선 이후 사회당 정부는 상위 1% 부자에게 75%의 세금을 부과하는 등의 정책을 기세 좋게 밀어붙였다. 하지만 루이비통 그룹 회장인 베르나르 아르노가 벨기에에 귀화 신청을 하고(나중에 취소했지만), 배우 제라르 드파르디유가 러시아 국적을 따는 등, 현실의 벽이 만만치 않음을 알고 부자 증세 정책을 곧 철회했다. 그 후 줄곧 세계화를 받아들일 것인가 싸울 것인가가 사회당의 쟁점이었다.

그러나 시간만 허비했을 뿐 2년간의 경제 정책은 완전한 실패였다. 엄청난 실업률이 치명적이었다. 잘 나가는 독일에 대한 굴욕감도 참을 수 없는 것이었다. 프랑스는 재정 적자가 6백10억 유로인데 비해, 독일은 1천9백80억 유로의 흑자를 기록하고 있으니 말이다. 그런데도 2013년의 시간당 임금은 잘 사는 독일이 31.3유로인데 비해, 실업과 적자에 허덕이는 프랑스는 그보다 3유로나 많은 34.3유로였다. 주 노동 시간도 독일이 40.7시간, 유럽연합이 40.4시간인 데 비해 프랑스는 35시간이다. 과거에 '유럽의 병자'였던 독일이 유럽 경제의 '수퍼스타'로 뛰어 오르는 동안 세계화 논쟁만 하고 있던 프랑스는 정체의 내리막길을 걷고 있는 것이다. 이것이 올랑드로 하여금 사회주의 노선을 바꾸게 했다.

2014년 새해 연두 교서에서 올랑드는 '책임, 연대 협약' 정책을 발표했다. 노동 비용 감소, 세금 개혁, 일자리 창출 등 한 마디로 친기업적 정책이었다. 좌파를 울부짖게 만들고 기업가들을 만족시켰던 이 정책은 '세계화에 적응하지 못하면 좌파가 죽을 수도 있다. 분배하기 위해서는 생산해야 한다. 생산하기 위해서는 경쟁력의 문제를 해결해야 한다'라는 위기감에서 나온 것이었다. 그 후 8개월 간의 내부 투쟁 끝에 완강한 반대자였던 경제산업부 장관을 잘라냄으로써 좌파 친기업 정책은 본격 가동될 전망이다.

그럼, 극소수 부유층에만 부가 집중되고 가난한 사람들은 점점 더 가난해진다는 프랑스 경제학자 토마 피케티의 '21세기 자본론'은? 본 고장 프랑스에서는 아예 언급하는 사람조차 없다. 우리의 좌파들은 도대체 언제, '분배하려면 먼저 생산이 있어야 한다'라는 것을 깨달을까?

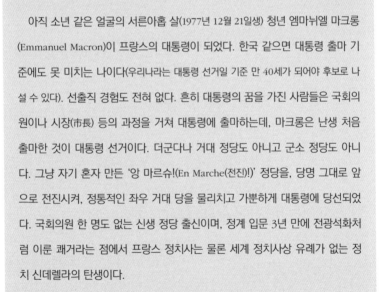

## 마크롱 이야기

아직 소년 같은 얼굴의 서른아홉 살(1977년 12월 21일생) 청년 엠마뉘엘 마크롱 (Emmanuel Macron)이 프랑스의 대통령이 되었다. 한국 같으면 대통령 출마 기준에도 못 미치는 나이다(우리나라는 대통령 선거일 기준 만 40세가 되어야 후보로 나설 수 있다). 선출직 경험도 전혀 없다. 흔히 대통령의 꿈을 가진 사람들은 국회의원이나 시장(市長) 등의 과정을 거쳐 대통령에 출마하는데, 마크롱은 난생 처음 출마한 것이 대통령 선거이다. 더군다나 거대 정당도 아니고 군소 정당도 아니다. 그냥 자기 혼자 만든 '앙 마르슈!(En Marche(전진)!)' 정당을, 당명 그대로 앞으로 전진시켜, 정통적인 좌우 거대 당을 물리치고 가분하게 대통령에 당선되었다. 국회의원 한 명도 없는 신생 정당 출신이며, 정계 입문 3년 만에 전광석화처럼 이룬 쾌거라는 점에서 프랑스 정치사는 물론 세계 정치사상 유례가 없는 정치 신데렐라의 탄생이다.

그의 공직 경력은 대통령 비서실 경제보좌관 2년(34세에서 36세까지)과 경제산업디지털부 장관 2년(36세에서 38세까지)이 전부이다. 물론 프랑스 최고의 정통 엘리트이다. 파리의 명문고인 앙리4세 고교를 졸업했고, 파리10대학 낭테르 대학에서 철학 전공으로 DEA 학위, 파리 정치대학(시앙스포)에서 정치학으로 석사 학위를 받았다. 27세 때인 2004년에 국립행정학교(ENA)를 졸업했다. 고위 공무원이나 정치가가 모두 거쳐 간 프랑스 최고의 엘리트 학교이다. 31세에 유명한 로트실드 은행에 입사하여 기업 인수·합병 전문가로 활동했다. 그때 우연히 만난 올랑드가 이 젊은 엘리트에게 반했고, 마침내 대통령이 된 2012년 34세의 마크롱을 경제보좌관으로 채용했다.

　잘 생긴 얼굴에 머리 좋고 예의 바르고 친화력 있는 마크롱은 철학에 해박하고, 자크 아탈리 등 좌파 지식인들과의 친교도 넓고 두터웠다. 낭테르 대학과 시앙스포에서의 학위 논문 제목은 각각 〈공익 : 헤겔 법철학원리 읽기(L'Intérêt général : lecture et principes de la philosophie du droit de Hegel)〉, 그리고 〈마키아벨리에 있어서의 정치적 사건과 역사의 표상(Le Fait politique et la Représentation de l'histoire chez Machiavel)〉 등이다. 이중 낭테르 대학에서 '헤겔의 법철학 논문 읽기'를 지도한 교수는 유명한 마르크스주의 철학자 에티엔 발리바르(Étienne Balibar)였다.

　마크롱은 에스프리지 편집위원을 지냈고, 사회당 싱크탱크인 장 조레스 재단 프로젝트에도 참여했다. 1999년에는 프랑스의 원로 철학자 폴 리쾨르(Paul Ricoeur, 1913~2005)의 마지막 저서 『기억, 역사, 망각(La Mémoire, l'Histoire, l'Oubli)』의 출간을 도와 편집보조원으로 일하기도 했다. 그가 맡은 부분은 주(注)와 서지(書誌)사항이었다.

보좌관 시절 그는 올랑드의 급진적 선거 공약을 철회시킨 사건으로 두각을 나타냈다. "상위 1% 부자에게 75%의 세금을 부과하겠다"라는 것이 올랑드의 선거 공약이었는데, 마크롱은 만약 이 공약이 실천되면 프랑스는 마치 쿠바 같은 나라가 될 것이라고 대통령을 강력하게 설득하여 공약을 철회하게 했다. 이때부터 그는 일관되게 사회당 정부 내에서 우파 정책을 밀어 붙였다.

기존의 좌파 정치인들을 '낭만적 좌파'로 규정하면서, "좌파는 현실을 바꾼다고 생각하지만, 그러나 그들이 부과하는 수많은 제약은 오히려 현실을 바꾸지 못하게 만든다"라고 비판했다. 좌파의 선의를 인정한다 해도 "프랑스가 경쟁력, 유연성, 유동성이 부족한 것은 엄연한 사실 아니냐. 따라서 기업들에게 좀 더 많은 행동과 선택의 여지를 주어야 한다"라고 그는 역설했다. 시장(市場)의 자유로운 역할을 중시하는 그의 실용주의적 노선에 올랑드는 신선한 충격을 받았다. 올랑드도 문제는 사회주의 이념에 있다는 것을 인정하지 않을 수 없었다. 이것이 올랑드로 하여금 마크롱을 경제산업부 장관으로 발탁하게 한 계기였다. 2014년 마크롱은 서른여섯의 젊은 나이에 전격적으로 경제산업부 장관이 되었다.

마크롱이 경제산업부 장관이 된 2014년은 당시 2년차였던 올랑드의 사회당 정권이 경제 정책의 완전한 실패로 엄청난 실업률을 기록했고, 잘 나가는 이웃나라 독일에 대한 굴욕감으로 깊은 좌절감에 빠져 있었던 해였다. 그런데도 정치인들은 세계화를 받아들일 것인가 아니면 맞서 싸울 것인가의 한가한 논쟁으로 날밤을 새웠고, 아르셀로르미탈 제철소가 파산의 위기를 맞았을 때는 국유화를 통해 종업원들의 실업을 막아야 한다고 주장했다.

장관이 된 마크롱은 정치권에 돌풍을 일으켰다. "기업이 번 돈은 바로 프랑스가 번 돈이다. 기업은 곧 프랑스다"라는 말로 기업의 기를 북돋아 주었고, 관광

● 프랑스 대통령 선거 1차 투표에서 1위를 기록한 후 부인과 함께 연단에 올라 지지자들에게 환호하는 에마뉘엘 마크롱(2017년 4월 23일). 부인 브리지트 트로뉴는 마크롱보다 24세 연상이다.

지구 내 상점들이 일요일이나 심야 시간에 영업을 할 수 있도록 규제를 풀었으며, 기업 부담을 경감시키고 노동 비용을 감소하기 위해 세금을 개혁했다. 독일의 노동 시간은 주 40.7시간, 유럽연합은 40.4시간인데 프랑스의 노동 시간은 주 35시간(1998년에 결정된 것)이라는 사실을 제시하며 노동자의 근로 시간을 늘리는 법안도 관철시켰다. 기업들에게 노동 시간을 지키지 않아도 된다고 허용함으로써 사회당 정권의 지지 기반인 노조와 맞선 것이다.

당시 마크롱은 "이데올로기를 정화해야 한다"라는 말을 입에 달고 살았다. 프랑스 경제는 현대화해야 하며, 세계화에 적응하지 못하는 좌파는 죽을 수도 있다고 경고했다. 분배하기 위해서는 생산해야 하며, 생산하기 위해서는 경쟁력의 문제를 해결해야 한다고도 했다. 과도한 세금, 과도한 규제, 공공지출의 저효율성, 연금 적자가 문제라고 했다. 사회당 정부의 한 복판에서 나온 이와 같은 주장에 집권 여당인 사회당이 발칵 뒤집혔다. 장-크리스토프 캉바렐리스 같은 사람은 "우리 사전에 소셜 리버럴리즘이란 없다"라고 말하기도 했다. 그러자 마크롱은 "실업률 증가, 마이너스 성장은 사회당의 어휘사전에는 없겠지만 현실 안에는 있다"라고 맞받아쳤다.

마르크시스트 철학자인 에티엔 발리바르 밑에서 논문을 썼고, 사회당 정권에서 정치를 시작했지만 그는 정통 사회주의자는 아니다. 로트실드 은행에서의 경력이 말해주듯 그는 친 기업적이고, 친 금융적이며, 친 미국적이고, 매우 실용주의적이다. 2013년 메디아파르와 가진 인터뷰에서 그는 "끊임없이 권리의 확대를 주장하고, 외국인 추방에 반대하고, 정기적으로 월급을 올려야 한다고 주장하는 전통적 좌파는 죽은 별과 같다. 전통 좌파 이데올로기는 우리에게 현실을 있는 그대로 보지 못하게 한다"라고 말했다. 기업을 계급 투쟁의 장으로 보는 좌파의 고정 관념을 혁파해야 하며 프랑스의 가장 시급하고 절박한 문제는 국가 경쟁력이라고 했다.

이번 대선에서도 기업의 자유로운 활동을 돕고 비효율적인 복지는 줄이겠다는 경제 정책으로 일관하여 완전히 우파 자유주의자의 면모를 보여주고 있다. 화학 무기 공격을 자행한 시리아의 아사드(Assad) 정권에 대해서는 유엔군의 군사적 개입을 지지함으로써 미국의 편에 섰다. 이민자에 대한 문호 개방과 톨레랑스를 강조하는 점에서는 좌파에 가깝지만, 이민자 유입이 경제 발전에 긍정적 효과를 가져 올 것이라는 주장에서는 우파 실용주의적 자세가 엿보였다.

그런데도 2016년 11월에 쓴 책 『혁명』에서 그는 자신을 좌파(gauchiste)로 규정했다. 자신은 또 자유주의자이기도 한데, 그것은 인간에 대한 신뢰가 있기 때문이라고 했다. 더 정확히 말하면 자신은 좌우 분리를 초월한다고 말했다. 역사 문제에서 알제리 식민화를 반-인류적 범죄라고 규정한다거나 반-기성체제 레토릭을 구사한다는 것 정도가 좌파적 색채일 뿐 나머지는 모두 보수 우파적 성향인데, 자신을 우선 좌파라고 말하는 것은 매우 이례적이다. 아마도 프랑스 사회의 좌파적 문화 성향을 확인시켜 주는 또 하나의 생생한 사례가 아닐까 싶다. 좌파가 아니고는 지식인으로 행세할 수 없는 나라가 프랑스 사회이기 때문이다. 그가 샤이 우파라는 말이 아니라 "지식인이라면 좌파여야 한다"는 사회 통념을 그가 내면화하고 있을 것이라는 얘기다.

한국의 심상정 정의당 후보가 자신을 마크롱에 은근히 비교하는 발언을 했지만, 거대 정당 후보가 아니라는 점만 빼고 정책 노선에서는 아무런 유사성이 없다. 마크롱은 부유세 폐지, 근로자와 기업의 세금 감면, EU 강화 등 미래지향적 정책과 비전으로 승부를 건 정치인이기 때문이다. GDP의 50%가 넘는 공공 부문을 축소하고, 노동 시장 개혁과 규제 완화로 국가경쟁력을 높여야 한다고 주장하고, 개혁 실패는 노동자들의 저항 때문이라고 과감하게 말할 줄 아는 정치인이다. "포퓰리즘적 공약이 초래할 국가 경쟁력 저하와 예산 출혈 문제는 어떻게 해결할 것인가?"라고 상대 후보에게 따져 묻는 그런 정치인이다.

우리나라 젊은이들이 개천에서 용 나지 못하는 한국을 헬조선이라고 개탄하며 가끔 은근히 프랑스를 선망하고 있지만, 그들이 존경해 마지않는 프랑스는 저성장, 고비용, 고실업의 늪에 빠져 '유럽의 병자'가 된지 오래다. 실업률(10%)은 영국과 독일의 두 배이고, 그 중에서도 청년 실업률은 25%에 육박하며, 학교를 졸업해도 일자리를 찾기 힘든 젊은이들은 최저임금에 시달리며 비정규직과

정규직 사이를 오락가락하고 있다. 세계 5위였던 국내 총생산은 지난 해 인도에 뒤져 7위로 밀려났고, 1인당 국민소득은 세계 22위이다.

한국의 청년들이 특권 없는 세상, 학력 차별 없는 세상, 평등한 세상을 부르짖으며 엘리트를 저주하지만 그들이 선망하는 프랑스야말로 엘리트 코스를 거치지 않고는 사회적 성공을 하는 것이 거의 불가능한 나라이다. 역대 모든 대통령과 고위 관료, 경제계 거물이 모두 그랑제콜의 선후배 동문들이다. 한국의 좌파 젊은이들이 기업을 악으로 규정하고 저주하지만 좌파 이념의 본거지인 프랑스에서는 사회주의자들마저 좌파 이념을 버리고 친기업 정책에서 국가 경쟁력을 찾아 나서고 있다는 것을 한국의 좌파들은 너무 모르고 있다.

마크롱에서 가장 특이한 사항은 부인이 스물네 살 연상이라는 점이다. 부인 브리지트 트로뉴는 프랑스 북부 소도시 아미앵에서 고등학교 교사였고, 그 학생 중에 마크롱이 있었다. 브리지트는 연극반 지도 선생이었고, 열다섯 살이던 마크롱은 이 연극의 주인공이었다. 당시 브리지트는 아이가 셋이고 남편도 있었다. 딸 로랑스는 마크롱과 동급생이었고, 아들 세바스치안은 마크롱보다 두 살 위였다. 둘이 연인 관계로 발전한 것을 알고 깜짝 놀란 부모가 마크롱을 파리로 유학 보내 둘 사이를 떼어놓았다. 그러나 마크롱은 브리지트에게 "꼭 다시 돌아와 선생님과 결혼하겠다"라고 맹세했다. 브리지트도 이혼하고 아예 파리에 교사 자리를 구했다. 그리고 마침내 10년 전인 2007년 둘은 결혼했다.

세 의붓 자녀에서 마크롱은 일곱 명의 손주를 두고 있다. 변호사인 30세의 막내딸 티펜은 이번 대선에서 마크롱의 유세를 도왔다. 마크롱은 "전통적인 가정은 아니다. 부인할 수 없는 현실이다. 그러나 그렇다고 우리 가족 사이에 사랑이 부족하다고 말할 수는 없다(There is no less love in our family)"라고 말했다.

그리고 자신이 이 사회에 "새로운 가족 관계를 만들어 내고 있다"면서 자신의 이례적인 가족 관계를 적극적으로 옹호했다.

둘이 함께 있는 사진을 보면 모자(母子)지간 같다. 160센티미터 키의 브리지트는 짙은 선탠의 갈색 피부, 짙은 금발 머리, 그리고 값비싼 명품 핸드백을 들고 높은 구두를 즐겨 신는다. 한 라디오의 유머작가는 다리가 긴 브리지트를 '갱년기의 바비인형'이라고 말하기도 했다. 지난 달 대선 1차 투표 결과 발표 날 무대에 올라 대중 앞에 처음으로 모습을 보인 브리지트는 데님 자켓에 스키니한 검정 바지를 입고 있었다.

친화력 있고, 거리낌 없이 말하는 그녀는 선거 캠페인을 세심하게 기획하고, 선거 유세 연설문을 작성했으며, 아젠다 세팅도 조언한 것으로 알려져 있다. 장관일 때도 정책 미팅에 참여했다. "그녀가 없었으면 나는 지금의 '나'가 되지 못했을 것이다"라고 마크롱은 부인의 역할을 솔직하게 인정하면서, 대통령이 되면 부인에게 급료 없는 공식 직위를 맡기겠다고도 했다.

미테랑 대통령의 연인 안 팽조는 스물여섯 살 차이로, 미테랑이 마흔다섯, 그녀가 열아홉 살 때 만났다. 현재 트럼프 대통령과 부인 멜라니아의 나이 차이도 24년이다. 두 경우 모두 사회 통념에 전혀 어긋나지 않는다. 나이 많은 성공한 남자와 젊고 예쁜 여자의 커플은 인류 역사 이래 당연한 관습으로 받아들여지고 있기 때문이다.

영화 '연인'으로 유명한 여성 작가 마르그리트 뒤라스(Margueritte Duras, 1914~1996)의 마지막 연인 얀 앙드레아는 서른여섯 살 연하로, 뒤라스의 말년 16년 간을 연인으로 살았다. 약간 이례적인 사례이지만 이 역시 통념에서 별로 어긋나지는 않는다. 문화 예술계 명사인 노년의 여자가 젊은 남자를 비서로 두었을 때 일어나는 내연의 관계이고, 성년의 사이에서 일어난 일일 뿐이다. 더군다나 정식 결혼 관계는 아니었다.

　그 어느 것도 마크롱의 경우와 비교할 수 없다. 미국에서 가끔 남자중학생이 성년의 여교사와 성적 관계를 맺는 사건이 일어나지만, 그것은 거의 성추행으로 처벌 받는 범법 수준의 시례일 뿐 평생의 빈려자로 결혼까지 했다는 얘기는 거의 들어 본 적이 없다. 그러므로 마크롱의 경우는 인류 역사에서 결혼 제도가 생긴 이래 최초의 현상이라고 해도 좋겠다. 남의 이목이 두려워 중도에서 포기하기 십상인 관계를 결혼까지 이어갔다는 점에서 두 사람의 용기는 거의 상상을 불허한다. 이런 담대함의 이미지가 마크롱의 빠른 성공의 한 요인이었음을 부인하기 어려울 것 같다.

# 유럽행 난민

2015년의 유럽에서는 사상 초유의 민족 대이동이 일어나고 있었다. 서유럽으로 물밀 듯이 밀려드는 서아프리카, 시리아, 이라크, 아프가니스탄 등 난민의 행렬이 그것이다. 흡사 AD 5세기에 일어났던 게르만 민족의 대이동을 연상시킨다. 훈족의 침략과 인구 증가로 살기가 어려워진 게르만 족이 남쪽 로마의 선진 문화와 경제적 풍요를 동경하여 남으로 남으로 내려왔다면, 지금의 난민들은 부유한 유럽을 동경하여 북으로 북으로 올라가고 있다.

푸른 바다 한 가운데 수백 명의 사람 머리가 촘촘히 박힌 고무보트 사진은 이미 몇 년 전부터 우리에게 익숙한 이미지가 되었다. 콩나물시루 같은 보트는 뒤집히기 일쑤여서, 2014년 한 해 동안에만 지중해에서 3천5백여 명이 익사했고, 22만여 명이 인근 해안 국가들에 구출되었다. 마테오 렌치 이탈리아 총리 말마따나 지중해는 완전히 무덤이 되었다.

'지중해 루트'가 위험해지자 최근에는 터키를 거쳐 그리스, 마케도니아, 세르비아, 헝가리를 지나는 '발칸 루트'에 난민들이 몰리고 있다. 이들이 헝가리를 일차 목표로 삼는 것은 헝가리에만 들어가면 EU로 진입할 수 있기 때문이다. 그들의 최종 목표는 독일이고, 그 다음이 스칸디나비아 국가, 그것이 여의치 않으면 프랑스나 영국이다. 마케도니아나 세르비아는 통과 지역이기 때문에 전혀 국경 통제를 하지 않고 기꺼이 열차편까지 내어준다. 동글동글한 사람들의 머리로 차창이 가득 메워진 기차가 전원을 달리는 광경 또한 전형적인 난민 이미지의 하나로 추가되었다.

• 지중해 바닷가에서 숨진 채 발견된 쿠르디의 모습. 이 가슴 저미는 모습이 난민에 대한 세계인들의 동정 여론을 고조시켰다.

그러나 육로도 위험하기는 마찬가지다. 2015년 8월 27일, 차량 통행이 붐비는 오스트리아의 고속도로에서 71명의 난민 시신이 들어 있는 7.5톤짜리 냉동 트럭이 발견되었다. 남성 59명, 여성 여덟 명, 어린이 네 명인 이들은 대부분 시리아 인으로 좁은 공간 안에 포개져 있다가 질식사한 것이다. 유럽은 충격에 빠졌다. 바다에서 익사하던 난민 참사의 패턴이 이제는 고속도로 화물 트럭 속 질식사로까지 이어졌기

● 철조망 너머로 아이를 건네는 난민들

때문이다. 그리고 마치 레고 인형처럼 빨간 티셔츠에 청색 반바지를 입은 다섯 살짜리 소년의 시신이 터키의 바닷가로 떠 밀려온 기막힌 광경까지 우리는 목도하고 말았다.

앙겔라 메르켈은 독일이 2015년에 80만 명 이상의 난민을 받아들이 겠다고 제안했다. 극우파의 반-이민 시위가 격렬하게 일어나고 있는 독일이지만 메르켈의 정책은 강력한 여론의 지지를 받고 있다. 보름 전 여론조사에서 응답자 3분의 2가 독일은 모든 난민을 받아들일 여 력이 있다고 말했다. 주요 일간지 빌트(Bild)는 난민 돕기 캠페인을 벌 이고 있고, 축구장 관중석에서도 "우리는 난민을 환영한다"라는 플래

카드가 심심치 않게 보인다. 인도주의적 측면만이 아니라 경제적 측면에서도 이민은 긍정적인 효과가 있는 것으로 여겨진다. 고령화 사회로 인해 줄어든 경제 활동 인구를 메꿔줌으로써 경제에 활력을 줄 것이라고 독일 기업가들은 입을 모은다.

살아남은 자들은 이렇게 선진국에 통합되어 인구학의 지도를 바꾸고 역사의 한 장을 새로 쓸 것이다. 그러나 그 개개인들의 목숨을 건 탈출의 신산함이 너무나 애처롭지 않은가. 국가가 자기 국민을 먹여 살리지 못하고 보호하지 못할 때 이런 일이 생기는 것이다.

헬(hell)이란 이런 데에 쓰는 말이다. 우리 젊은이들이 한국을 비하하며 즐겨 쓴다는 '헬 조선'은 결국 바깥 세상에 대한 무지의 소산에 다름 아니다.

# 파리가
# 세계의 수도(首都)가 된 날

프랑수아 올랑드 대통령의 인기가 하늘을 찌를 듯 치솟고 있다. 마이너스 경제 성장과 유례없는 청년 실업 그리고 악화 일로의 재정 적자에 빠져 허둥지둥 우파의 친기업 정책까지 채택했던 그는 2015년 1월 초까지만 해도 지지율 19%로 역대 대통령 중 가장 인기 없는 대통령이었다. 그런데 1월 19일 발표된 여론 조사에서 그의 지지율은 2주 전보다 무려 21%가 상승한 40%로 나왔다. 샤를리 엡도 테러 사건이 그를 영웅으로 만들었다.

사건이 터지자 그는 즉각 국민 앞에 나서서 확신에 찬 어조로 단호한 대응을 약속했다. 실제로 경찰특공대(RAID)와 대테러 헌병특수부대(GIGN) 그리고 경찰 병력 8만 명 이상을 동원하여 테러와 인질극을 단숨에 진압했다. 진압이 끝나자 프랑스 전역에서 370만 시민이 거리로 뛰쳐나와 테러 규탄 시위를 벌였고, 경찰관들에게 뜨거운 박수를 보냈

• 유럽 정상들의 파리 시가 행진. 프랑수아 올랑드 대통령과 앙겔라 메르켈 총리의 얼굴이 보인다.

다. 아마도 프랑스 대혁명 이래 처음이라고 해도 좋을 시민과 공권력 사이의 행복한 화합이었다. 잠재적 테러범들도 시민들의 기세에 눌려 감히 추가 범행을 저지르지 못했다.

　정치인들의 자세도 감동적이었다. 좌와 우가 따로 없이 한 마음을 보여주었고, 전직 우파 대통령인 사르코지도 엘리제 궁을 찾아 지지와 격려를 선언했다. 국제 사회도 화답했다. 1월 11일에는 캐머런 영국 총리, 메르켈 독일 총리 등 세계 34개 국 정상급 인사가 파리로 달려와 함께 팔짱을 끼고 행진하며 연대감을 과시하였다. 올랑드의 말마따나 과연 "파리가 세계의 수도(首都)가 되는 날"이었다. 그는 19일 기업가들 앞에 다시 서서 모처럼 단결된 이 시민적 활기를 경제 활성화의 동력으로 이어가자고 역설했다. 오랜만에 국가적 일체감과 자존심을 되찾은 프랑스 국민이 적극 지지하는데 어느 기업인이 그의 말에 반대할 것인가?

그가 만일 사건 초기에 우유부단하게 '미국이 주도하는 세계 체제에서의 아랍인들' 또는 '일자리 없고 희망 없는 변두리 무슬림 청년들'에 대한 공감 어쩌고 하면서 우물쭈물 시간을 허비했더라면 어찌 되었을까? 만일 교황처럼 "타 종교를 조롱해서는 안 된다. 누가 내 어머니를 욕했다면 그는 나로부터 한 대 맞을 각오를 해야 한다"라고 말하며 테러범 소탕 작전에 소극적이었다면 어떻게 되었을까?

자칭 약자에 공감한다는 모든 좌파 포퓰리스트와 그에 반대하는 극우파 인종주의자들이 격렬한 싸움을 벌였을 것이고, 정부의 허약한 틈새에 고무된 테러리스트들은 여기저기서 폭탄을 던지고 인질극을 벌였을 것이다. 외국인들은 "역시 프랑스는 할 수 없어"라며 경멸적인 시선을 보냈을 것이고, 난장판이 된 일상 속에서 불안에 떨던 국민들은 조국에 대한 신뢰와 애정을 버리기 시작했을 것이다.

올랑드는 단호한 리더십으로 국민 통합을 이루었고, 국제적 존경심을 되찾았다. 재난은 반드시 재앙만은 아니라는 것, 평상시 같으면 도저히 풀 수 없는 난제를 단숨에 해결해주는 긍정의 기능이 거기에 있다는 것을 우리는 새삼 확인하였다. 단 권력다운 권력의 행사가 있어야만 가능한 일이라는 사실과 함께. 역시 수백 년 간 근대 자유주의 체제를 경험한 서구 사회는 만만치 않았다.

과도한 언론 자유를 비판하며 테러 행위를 슬며시 옹호하는 사람들도 있다. 물론 어느 사회건 그 사회에 필요한 질서 유지를 위해, 또 혹은 그 사회 고유의 보편적 이념을 위해 언론의 자유는 어느 정도 제한될 수밖에 없다.

그러나 사람들을 마구 잔인하게 죽이는 세력을 비판할 자유는 절대적이어야 하지 않을까?

# 파리 테러 사태가 보여준
# 선진국 언론의 모습

'프랑스' 하면 영화에서는 늘 연애나 하고, 거리에서는 매일같이 온 갖 직종의 사람들이 데모나 하는 유약한 이미지가 등장하곤 했다. 그 런데 2015년 파리 테러 사건은 우리의 머릿속에 각인된 이 국가 이미 지를 단숨에 바꿔놓았다. 올랑드 대통령은 132명이 사망한 테러 사건 을 '범죄'가 아니라 '전쟁'으로 규정하고 즉각 보복 조치에 나섰다. 범 죄가 아니라 전쟁으로 규정한다는 것은 테러리스트가 재판에 회부될 시민이 아니라 현장에서 즉각 사살해야 할 적군으로 간주된다는 의미 이다.

외부적으로는 핵 항공모함 샤를르 드골 함을 지중해에 파견하여 시 리아 연안에 배치했고, 라팔 전투기, 미라지 전투기 등 최신예의 전투 기 38기로 시리아와 이라크의 IS 본거지를 폭격하기 시작했다. 무서운 굉음의 전투기와 핵을 탑재한 거대한 항공모함은 온 국민이 연애만 하고 살 것 같은 나라와 전혀 어울리지 않는 그림들이었다. 프랑스는 세계에서 미국 빼고는 핵항공모함을 소유한 유일한 나라이다.

테러 용의자의 은신처를 하루 이틀 만에 정확히 파악하여 용의자 세 명을 사살하거나 자폭시키는 데 5천여 발의 총을 쏘았고, 건물 하나를 거의 쑥대밭으로 만들었다. 정확한 정보력, 단호함, 그리고 치밀한 응징은 거의 전율을 불러일으킬 정도였다. 역시 프랑스는 세계 최대 강대국 중의 하나라는 사실을 새삼 깨우쳐 주는 순간이었다.

올랑드의 강경한 대응 앞에서 900여 명의 상하 의원은 여·야 구분 없이 국가(國歌)인 '라 마르세예즈' 합창으로 지지를 보냈고, 평소 아랍 이민 정책에 반대했던 극우 정당 국민전선(FN)도 대통령을 전폭적으로 지지했다. 놀라운 것은 국민의 자세였다. 농민들은 걸핏하면 수확한 곡식이나 과일을 고속도로에 싣고 와 쏟아버리는 시위를 하고, 도시 고속철과 지하철은 다반사로 파업하여 교통 대란이 일어나는 나라가 프랑스였다. 교사와 약사, 의사들까지 어느 직종 하나 가만히 있지 않고 늘 데모로 일을 해결하여, 마치 온 국민이 자기 이익 외에는 아무 관심이 없는 듯한, 극도의 이기주의와 자유분방함이 팽배한 나라였다. 그런데 테러가 일어나자 파리 시민들은 거리에서의 불심 검문이나 영장 없는 가택 수색 같은 살벌한 분위기 속에서 아무 불평 없이 양처럼 순하게 복종했다.

더 놀라운 것은 언론의 자세였다. 사건 직후 우리가 TV 뉴스에서 본 것은 축구 경기장에서 폭발음이 들렸을 때 선수들이 잠시 멈칫한 것, 관중석에 앉아 있던 대통령이 언뜻 보였던 불안한 표정, 라 마르세예

• 130명의 사망자와 350명의 부상자를 낸 바타클랑 콘서트장 테러(2015년 11월 13일) 이후 파리 시내에서는 무장한 군인들의 모습을 일상적으로 볼 수 있게 되었다.

즈를 합창하며 경기장을 질서정연하게 빠져나가는 관중들, 그리고 테러리스트 은신처에 대한 무자비한 소탕 작전 등 지극히 질서 있게 통제된 몇 개의 화면뿐이었다.

우왕좌왕하는 무질서한 군중의 모습이나, 선혈이 낭자한 폭력적인 장면, 또는 억울하게 죽었다고 땅을 치며 통곡하는 희생자 가족의 모습은 단 한 번도 비친 적이 없다. 관중들에게 아무 고지(告知)도 하지 않은 채 대통령만 먼저 빠져나갔다고 지적하는 언론은 한 군데도 없었으며, 테러 현장에 자칭 타칭 기자가 천여 명 달려들어 중구난방의 미확인 정보를 쏟아내는 모습도 없었다. 만일 그랬다면 정부는 그 어떤 정책도 자신 있게 추진하지 못했을 것이다.

일단 위기가 닥치면 일체의 선정성을 자제하고, 정부의 이성적인 통제에 자발적으로 협조하는 언론, 이것이 바로 선진국 언론의 모습이었다.

# 중학교 동창

시간은 밤 열 시, 장소는 뉴욕. 습기 머금은 차가운 바람 속에 사람들의 발길은 끊기고, 상점들은 서둘러 문을 닫아 거리는 황량하다. 순찰 중인 경찰관이 철물점 앞에 서 있는 한 남자를 발견한다. 남자는 경관을 안심시키려는 듯 황급하게 자신이 친구를 기다리고 있는 중이라고 말한다. 20년 전 열여덟 나이에 서부로 떠나던 밤, 뉴욕에 남게 된 친구와 함께 저녁을 먹으며, 아무리 먼 곳에 살더라도 신분이 어떻게 바뀌더라도 정확히 20년 후 이 시간 이 자리에서 다시 만날 것을 약속했다고. 담배 불을 붙일 때 남자의 창백한 얼굴과 모 난 턱, 날카로운 눈매 그리고 오른쪽 눈썹 옆의 하얀 칼자국이 불빛에 선명히 드러난다. 경찰관이 된 친구는 20년 만에 만난 친구가 시카고 경찰에서 협조 의뢰해 온 지명 수배자라는 것을 알아차린다. 오 헨리의 단편 소설 『20년 후』의 이야기다.

● 판사와 절도 피의자로 20년 만에 만난 중학교 동창.

현실이 허구를 닮는 것일까. 2015년 6월 30일 마이애미 법정에서 판사와 도둑으로 만난 두 중학 동창생의 기막힌 사연이 가슴을 뭉클하게 한다. 판사는 백인 여성이고, 피고는 흑인 남성이다. 두 사람의 나이는 49세, 그러니까 1966년생이다. 심리를 마친 후 잠시 머뭇하다가 판사는 "혹시 노틸러스 중학교에 다녔나요?"라고 묻는다. 얼굴을 든 피고가 "아 이런!" 하고 놀라며 오랜 친구를 만난 반가움에 천진한 미소를 짓는 것도 잠시, 곧 자신의 기막힌 처지를 깨닫고는 통곡에 가까운 울음을 터뜨린다. 해맑은 얼굴의 판사는 어조의 변화도 없이 담담하게 계속해 말한다.

"난 언제나 네 소식이 궁금했어. 여기서 이렇게 만나다니, 참 마음

아프네.”

그리고는 방청석을 향해 3인칭 화법으로 말했다.

“중학교 때 이 친구 참 성격 좋고 공부 잘 하는 학생이었어요. 늘상 나하고 축구도 같이 했죠(This was the nicest kid in middle school, he was the best kid in middle school. I used to play football with him.).”

레토릭의 배제가 가장 효과적인 레토릭이라고 말한 롱기누스의 수사학 교본을 증명이라도 하는 듯하다. 일체의 감상이 배제된 너무나 평범한 몇 마디 말 속에 그 어떤 과장된 표현보다 더 진한 향수(鄕愁)가 묻어난다. 늘 함께 축구를 하곤 했다는 한 문장 안에는 열다섯 살짜리 소년 소녀들의 풋풋한 한 시대가 압축해 들어 있다. 웃음소리 가득 찬 운동장에서 그들은 모두 미래에 대한 꿈과 야망이 있었을 것이다. 그리고 35년이 지난 후 여학생은 판사가 되었고 남학생은 도둑이 되어 다시 만났다. 한 사람은 백인이고 한 사람은 흑인이라는 사실이 요즘에 고조되는 흑백 갈등과 관련하여 예사롭지 않게 다가온다. 유튜브 동영상에도 미국의 인종주의를 비판하는 댓글이 많이 달려 있다. 그러나 나는 이 동영상이 흑백 화합을 향한 힘들고도 긴 여정의 의미 있는 출발점이 될 것이라고 생각한다. 여기엔 인간의 무한한 선의(善意)와 인간에 대한 아름다운 존중이 들어 있기 때문이다.

민디 글레이저 판사는 피고이며 동창인 아서 부스를 향해 마지막으로 이렇게 말한다.

“어떻게 이런 일이 있을 수 있니. 슬프게도 우린 벌써 이렇게 늙었어(What's sad is how old we've become). 잘 됐으면 좋겠어. 이번 일 잘 끝

내고, 앞으론 모범적으로 살기 바랄게."

늙어감의 슬픔을 무심하게 언급하는 그녀는 놀랍게도 인생 무상(無常)의 철학적 통찰까지 보여주고 있다. 이 지성적인 여성이 나는 정말 존경스럽고 아름다웠다.

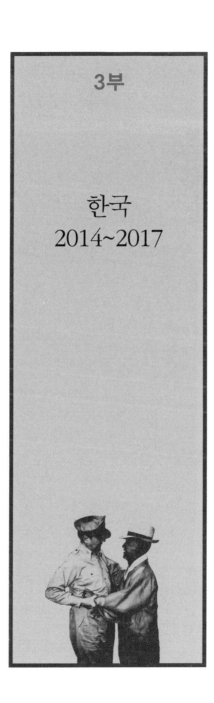

3부

한국
2014~2017

# 유아적 사회

국민은 참으로 피곤하다. 죽는다는 건 모든 인간의 운명인데, 이르거나 늦다는 차이만 있을 뿐 조만간 모든 사람은 다 죽게 마련인데, 조금 일찍 조금 많이 함께 죽었다고 이렇게 오랫동안 사람들을 다그치고 죄의식을 주고 고문할 수 있는가. "산 사람은 살아야지"라고 얘기하면 즉각 "늬 자식도 죽어봐"라는 저주를 퍼부어 자식을 사랑하는 평범한 보통 사람을 모두 두려움으로 입 다물게 만든다. 이런 권리를 도대체 누구한테서 부여 받았다는 말인가. 무서운 사람들이다.

"무서워하는 얼굴은 무서운 얼굴이다"라는 말이 있다. 그들은 미국을 무서워하고 국정원을 무서워하고 청와대를 무서워한다. 인천과 제주도를 오가는 열악하기 짝이 없는 연안선 한 척을 거대한 미 항공모함이 와서 부딪쳐 침몰시켰다고 생각하고, 국정원의 선거 개입 여론을 돌리기 위해 청와대의 지시로 국정원이 각본을 짜서 배를 침몰시켰다고 생각한다. 이런 엄청난 일이 밝혀지면 미국이, 국정원이 또는 청와대가 곤란해질 것이기 때문에 사실을 은폐하려 유가족들에게 수사권과 기소권을 주지 않으려 한다는 것이다. 참으로 어처구니없는 상상력이다. 그들은 마치 시커멓고 형체를 알아볼 수 없는 어떤 거대한 악마의 그림자를 미국에, 국정원에, 청와대에 덧씌워 놓고 있다. 자기 몸보다 훨씬 큰 제 그림자에 놀라 몸을 떠는 어린아이와도 같다.

그들이 반복해 하는 말은 "도대체 우리 아이들이 무엇 때문에 죽어야 했는지를 알고 싶다"라는 것이다. 그걸 모른다는 말인가? 그들을 제외한 일반 국민들은 다 알고 있다. 종이 신문, 라디오, TV, 1인 언론, SNS 등 온갖 매체의 쓰레기 정보에서 고급 정보에 이르기까지 모든 정보를 다 섭렵하고 걸러내고 수긍하면서 마침내 우리는 소상하게 알게 되었다.

자기 눈으로 직접 보지 않아 모른다는 말은 유아(乳兒)적 인지(認知) 방식이다. 그것은 타자를 인정하지 않고 자신과 대상과의 양자(兩者) 관계밖에 모르는, 미성숙한 어린아이의 단계이다. 자신의 지각을 통해서만 대상을 인식할 수 있다면 우리의 지식이라는 것은 지극히 제한적일 수밖에 없고, 학문이라는 것도 존재할 수 없으며, 아예 사회라는 공동체도 존립할 수 없을 것이다. 타자라는 제3자가 있어야만 우리는 뭔가를 인식할 수 있다. 우리는 우리 눈으로 보지 않는 전 세계의 모든 일을 실시간으로 알고 있고, 수백 년 전 사람들의 머릿속 생각까지 생생하게 느낄 수 있다. 모두 타자의 매개를 통해서이다.

야당의 원내 대표가 '김영오'라는 멀쩡한 이름을 놔두고 한 유가족을 '유민 아빠'라고 불렀을 때, 그리고 진지한 언론들, 국회의원들, 관리들을 비롯해 온 나라가 이 유아적인 호칭을 따라 했을 때 한국 사회는 유아적 단계로 한 단계 디그레이드(degrade) 되었다. 첨예한 대립으로 엄정한 공공성이 요구되는 공적 사건을 지극히 가족적이고 유아적인 호칭과 뒤섞으면서 사태 수습은 더욱 더 먼 길을 돌아가게 되었다. 한 나라의 대통령에 대해 마치 집 나간 자기 아내 대하듯 비속어를 사용했던 그 가장의 언행은 박영선 대표가 그에게 입혀준, 마치 집안에서 입는 편안하고 헐렁한 옷 같은, 내밀함의 호칭 때문이었을 것이라고 우리는 짐짓 생각해 본다.

앞으로는 유아적 옹알이의 언어를 말하는 모든 정치인을 경계해야 한다고 다짐하면서!

# 「국제시장」

눈보라 몰아치는 광활한 부두, 수만 명의 군중이 거대한 군함을 향해 달려가는 첫 장면부터 내 가슴은 쿵쿵 뛰기 시작했다. 호머의 대서사를 능가하는 장관이요, 스펙터클이었다. 아버지를 등에 업고 피란민들 사이에 끼어 불타는 트로이 성을 탈출한 아이네이아스처럼 먼 훗날 한국의 신화는 금순이 혹은 막순이로 불리는 한 소녀와 오빠와의 헤어짐을 애틋하게 그릴 것이다. 그리고 그들의 만남의 징표는 수놓인 저고리 소매였다고 말할 것이다.

1950년 12월 12일에서 24일 사이의 어느 날. 매서운 한파가 몰아치는 흥남 부두. 열 살 남짓한 소년은 다섯 살짜리 여동생 손목을 잡고 사람들 틈새에서 엄마 아빠 뒤를 따라 달려간다. 힘들게 갑판에 오른 소년이 동생을 잡아끌어 올리는 순간 저고리의 소매만 남고 여동생은 바다로 떨어진다. 딸을 찾기 위해 다시 배에서 내리면서 아버지는 소년에게 "너는 장남이니까 집안의 가장이 되어야 한다"라는 마지막 말을 남긴다. 아버지의 말을 평생 가슴에 간직한 이 소년 가장은 구두닦이도 하고, 국제시장에서 장사도 하고, 파독 광부, 파월 기술자도 되어 동생들을 다 키우고, 자신의 가정도 행복하게 일군다. 지금은 고집불통의 할아버지가 되어 자식들에게 살짝 따돌림 받는 쓸쓸한 노인이 되어 있다.

헤어진 여동생은 1980년대 초 이산가족 찾기에서 만났다. 여동생은 미국에 입양되어 영어밖에 할 줄 모르는데, 헤어지던 순간 오빠가 하던 말, "여기는 운동장이 아니야. 우린 놀러가는 게 아니야"라는 말을 한국말로 하여 좌중을 눈물바다로 만든다. 그리고 결정적 알아봄의 징표인, 소매가 찢긴 작은 저고리 한 개를 들어 올릴 때 관객들은 울음을 삼키느라 목이 멘다.

'흥남 철수 작전'. 미군 제10군단과 대한민국 국군 제1군단이 중공군의 대규모 공세를 피해 선박편으로 물자와 병력을 남으로 철수시킨 군사 작전이다. 이때 10만 명의 피란민도 함께 내려왔다. 한국인 군의관 현봉학이 에드워드 포니 대령과 미 10군단장 에드워드 아먼드 소장을 설득하여 군수 물자를 버리고 사람을 태운 결과였다. 영하 20도의 날씨에 배 안에는 마실 물도, 화장실도, 전기도, 의사도 아무것도 없었다. 하다못해 움직일 공간조차 없었다. 미국 군인과 피란민 사이에 말이 통할 리도 없었다. 그러나 레너드 라 뤼(La Rue) 선장의 지휘 아래 사람들은 일사불란하게 움직여 희생자는 한 명도 없었고, 오히려 배 안에서 아이가 다섯이 태어나 승선 인원이 다섯 명 더 늘어났다. 식

● 영화 「국제시장」의 흥남철수 장면.

량도 없는 극한의 상황에서 단 한 명의 희생자도 내지 않은 기적 같은 사건이었다. 2004년 기네스북은 '한 척의 배로 가장 많은 생명을 구한 세계 기록'으로 인정했다.

당시 한국의 경제 규모는 세계 120개 국 중 119위. 이 가난한 사람들의 의연한 자세는 거의 숭고감을 불러일으킨다. 당시 1등선원이었던 뉴욕 주 변호사 로버트 러니는 죽음의 공포와 두려움 앞에서도 전혀 동요하지 않고 함께 고통을 감수하는 한국인들의 놀라운 용기에 한없이 감동했다고 회고했다. 미국인들의 유연한 실용주의적 정신과 청교도적 휴머니즘 그리고 한국인들의 성실한 삶의 자세가 만들어낸 신화적 사건이었다.

러시아의 1차 혁명을 그린 에이젠슈타인의 「전함 포템킨」을 보고 괴벨스가 이렇게 말했다던가?

"이 영화를 보면 누구나 볼셰비키가 되지 않을 수 없다."

대척점에서 나는 이렇게 말하고 싶다.

"「국제시장」을 보면 누구나 대한민국을 존경하고 사랑하지 않을 수 없다."

# 국군은
# 죽어서 말한다

영화 「연평해전」을 보았다. 솔직히 말하면 그렇게 보고 싶은 영화는 아니었다. 아이들과 점심을 함께 먹은 비 오는 일요일, 딱히 할 일은 없었고, 식당의 바로 옆이 영화관이었고, 「연평해전」을 보자는 젊은 아이들의 생각이 가상해 그냥 보았다. 그러나 보기를 잘 했다. 홀을 가득 메운 관람객이 거의 모두 울었고, 나도 눈이 퉁퉁 붓도록 울고 나왔다.

희미하게 잊혔던 사건이 다시 생생하게 살아났다. 한일 월드컵이 한창이던 2002년 6월 29일 북한군이 서해 NLL을 침범했고, 당시 좌파 정권이 미리 정해 놓은 '선제 사격 금지', '기동 차단'이라는 교전 규칙을 따르다가 젊은 나이의 해군 장병 여섯 명이 아깝게 희생되었다. 빨간 티셔츠의 붉은 악마 물결이 광화문과 시청 앞 광장을 메우고, 서울의 거리가 함성으로 들썩이며 온통 축제 분위기였던 바로 그 순간 서

● 영화 「연평해전」 포스터.

해의 망망대해에서는 배 한 척이 아무런 지원군도 없이 북한군의 기습 공격 앞에서 고군분투하고 있었다.

전투가 벌어진 다음 날 김대중 대통령은 한일 월드컵 결승전을 참관하러 일본으로 떠났고, 일본에서 돌아온 다음 날 전사자의 장례식이 열렸지만 대통령은 참석하지 않았다. 이한동 국무총리, 김동신 국방부 장관, 이남신 합참의장 그 누구도 참석하지 않았다. 나라를 지키다 전사한 군인들을 국군통수권자인 대통령은 싸늘하게 외면했고, 국토를 수호하기 위해 목숨을 던진 용사들에게 정부는 예를 갖추지 않았으며, 군 최고 수뇌부는 국민을 위해 희생한 하급 장병들 가족의 아픔을 위로하지 않았다. 참으로 이상한 일이었다.

영화도 이 부분은 애써 모른 척하고 지나갔다. 영화 개봉 전 TV 인터뷰에 나온 감독은 이 영화가 반공 영화냐는 질문에 펄쩍 뛰며 부인했다. 이 영화는 오로지 인간과 가족에 대한 이야기라는 것이다. 반공이라는 말이 주홍글씨라도 되는 듯한 사회, 김대중 · 노무현 대통령에 대한 비판이 금기로 여겨지는 사회, 이것이 우리 사회, 특히 문화계의 현상임을 단적으로 보여주는 순간이었다. 감독은 유일하게 현실과 다르게 박동혁 병장의 어머니를 말 못하는 농아(聾啞)로 설정했는데, 그 답답한 울부짖음이 혹시 마음대로 말 못하는 영화감독의 내면을 보여주는 알레고리가 아닐까.

집에 와 나는 모윤숙(毛允淑)의 장시(長詩) '국군은 죽어서 말한다' (1951)를 다시 읽어 보았다.


– 나는 광주 산곡을 헤매다가 혼자 죽어 넘어진 국군을 만났다 –


산 옆의 외따른 골짜기에 / 혼자 누워 있는 국군을 본다.

아무 말 아무 움직임 없이 / 하늘을 향해 눈을 감은 국군을 본다

누런 유니포옴 햇빛에 반짝이는 어깨의 표지 / 그대는 자랑스런 대한민국의 소위였구나.

가슴에선 아직도 더운 피가 뿜어 나온다.

장미 냄새보다 더 짙은 피의 향기여!

엎드려 그 젊은 죽음을 통곡하며 / 듣노라! 그대가 주고 간 마지막 말을……

나는 죽었노라 스물다섯 젊은 나이에 / 대한민국의 아들로 숨을 마치었노라 /

질식하는 구름과 원수가 / 밀려오는 조국의 산맥을 지키다가 / 드디어 드디어 숨지었노라

내 손에는 범치 못할 총자루, / 내 머리엔 깨지지 않을 철모가 씌워져 / 원수와 싸우기에 한 번도 비겁하지 않았노라 / 그보다도 내 피 속엔 더 강한 혼이 소리쳐 / 달리었노라 산과 골짜기 무덤과 가시 숲을 / 이순신(李舜臣) 같이 나폴레옹 같이 시이저 같이

조국의 위험을 막기 위해 밤낮으로 앞으로 앞으로 진격! 진격!

원수를 밀어가며 싸웠노라 / 나는 더 가고 싶었노라 저 머나먼 하늘까지 / 밀어서 밀어서 폭풍우같이 / 뻗어 가고 싶었노라

내게는 어머니 아버지 귀여운 동생들도 있노라 / 어여삐 사랑하는 소녀도 있었노라

내 청춘은 봉오리지어 가까운 내 사람들과 / 이 땅에 피어 살고 싶었었나니 / 내 나라의 새들과 함께 / 자라고 노래하고 싶었노라 / 그래서 더 용감히 싸웠노라 그러다가 죽었노라 /

아무도 나의 죽음을 아는 이는 없으리라 / 그러나 나의 조국 나의 사랑이여!

숨지어 넘어진 이 얼굴의 땀방울을 / 지나가는 미풍이 이처럼 다정하게 씻어주고

저 푸른 별들이 밤새 내 외롬을 위안해주지 않는가

나는 조국의 군복을 입은 채 / 골짜기 풀숲에 유쾌히 쉬노라 / 이제 나는 잠시 피곤한 몸을 쉬이고 / 저 하늘에 날으는 바람을 마시게 되었노라 / 나는 자랑스런 내 어머니 조국을 위해 싸웠고 / 내 조국을 위해 또한 영광스레 숨지었노니 / 여기 내 몸 누운 곳 이름 모를 골짜기에 / 밤이슬 내리는 풀숲에 아무도 모르게 우는 / 나이팅게일의 영원한 짝이 되었노라

바람이여! 저 이름 모를 새들이여!

그대들이 지나는 어느 길 위에서나 / 고생하는 내 나라의 동포를 만나거든 / 부디 일러다오, 나를 위해 울지 말고 조국을 위해 울어달라고 / 저 가볍게 날으는 봄 나라 새여 / 혹시 네가 날으는 어느 창가에서 / 내 사랑하는 소녀를 만나거든 / 나를 그리워 울지 말고, 거룩한 조국을 위해 / 울어 달라 일러다오

조국이여! 동포여! 내 사랑하는 소녀여!

나는 그대들의 행복을 위해 간다. / 내가 못 이룬 소원 물리치지 못한

원수 / 나를 위해 내 청춘을 위해 물리쳐다오 / 물러감은 비겁하다 항복보다 노예보다 비겁하다 / 둘러싼 군사가 다 물러가도 대한민국 국군아! 너만은 / 이 땅에서 싸워야 이긴다, / 이 땅에서 죽어야 산다. / 한번 버린 조국은 다시 오지 않으리라, / 다시 오지 않으리라

보라, 폭풍이 온다 대한민국이여!
이리와 사자 떼가 강(江)과 산(山)을 넘는다. / 운명이라 이 슬픔을 모른 체 하려는가 / 아니다, 운명이 아니다, 아니 운명이라도 좋다 / 우리는 운명보다 강하다! 강하다!
이 원수의 운명을 파괴하라 내 친구여!

그 억센 팔다리 그 붉은 단군의 피와 혼 / 싸울 곳에 주저 말고 죽을 곳에 죽어서 / 숨지려는 조국의 생명을 불러일으켜라 / 조국을 위해선 이 몸이 숨길 무덤도 내 시체를 담을 / 작은 관도 사양하노라

오래지 않아 거친 바람이 내 몸을 쓸어가고 / 젖은 땅의 벌레들이 내 몸을 즐겨 뜯어가도 / 나는 유쾌히 이들과 함께 벗이 되어 / 행복해질 조국을 기다리며 / 이 골짜기 내 나라 땅에 한 줌 흙이 되기 소원이노라

산 옆 외따른 골짜기에 / 혼자 누운 국군을 본다. / 아무 말 아무 움직임 없이 / 하늘을 향해 눈을 감은 국군을 본다.

누런 유니포옴 햇빛에 반짝이는 어깨의 표지 / 그대는 자랑스런 대한민국의 소위였구나.

가슴에선 아직 더운 피가 뿜어 나온다. / 장미 냄새보다 더 짙은 피의 향기여!

엎드려 그 젊은 죽음을 통곡하며 / 나는 듣노라, 그대가 주고 간 마지막 말을.

# 1950년 6월 29일,
## 그리고 「인천 상륙 작전」

마치 쿠르베의 그림 「안녕하세요, 쿠르베 씨」처럼 두 사람의 역사적 만남은 시골 길 논밭 한 가운데에서 이루어졌다. 미국군 최고 사령관 맥아더와 한국의 최고 통치자 이승만의 이야기다. 북한의 기습 공격을 받은 지 나흘 만인 6월 29일 맥아더는 자신의 전용기 바탄(Bataan) 호를 타고 도쿄로부터 수원으로 날아왔다. 구름이 낀 하늘에서는 비가 내리고 있었고, 적의 치열한 공격을 받은 수도 서울은 이미 이틀 전에 함락되었다. 바탄 호는 방금 적군의 폭격과 기총소사를 받아 파괴된 수송기들이 내뿜는 기름 냄새와 연기 사이를 뚫고 서울 남쪽 20마일 지점에 있는 수원에 착륙했다. 비행기가 착륙하는 동안에도 간이 활주로는 북한의 소련제 아크 전투기에서 퍼붓는 기총소사와 폭탄의 포연으로 자욱했다.

임시 수도 대전에서 이륙한 이승만의 비행기도 적 항공기의 요격을 피해 저공 비행으로 계곡을 굽이굽이 돌아 수원으로 왔다. 태평양 전쟁의 영웅이며 일본 점령군 최고 사령관이었던 백전의 노장 맥아더는 70세, 이제 막 나라를 세운지 2년 만인 평생의 독립운동가 이승만은 75세였다. 아직 포탄 세례를 받지 않은 논두렁의 벼들은 무심하게 푸르렀고, 야전 사령관 맥아더가 서 있는 곳은 하필 논바닥이었다. 이승만은 의례적 인사말을 건네기도 전에 다급하게 "장군 조심하세요. 귀하의 신발이 못자리를 밟고 있군요"라고 말해야만 했다.

북한 비행기들이 계속 기총소사를 퍼붓는 가운데 두 사람은 수원에 있는 서울대 농과대학으로 들어가 강의실 한 귀퉁이에 앉아서 한 시간 동안 사태를 논의하였다. 이 자리에서 맥아더는 이승만에게 '준비가 갖추어지는 대로' 미국이 전폭적인 지원을 해 줄 것을 약속했다(『6.25와 이승만』, 프란체스카 지음).

온 국민의 지적 수준이 높아져 바깥 세상에 대한 문리(文理)가 트인 요즘에 와서야 우리는 비로소 깨닫는다. 아직 시스템이 갖춰져 있지 않은 초 저개발의 신생 국가에서 불시에 전쟁이 터졌을 때, 영어에 능통하고 서양 학문과 관습에 대한 고도의 이해를 가진 대통령이 아니었다면 아마도 이처럼 신속한 미국의 지원을 받아내기가 쉽지 않았으리라는 것을.

이승만과의 면담을 끝낸 맥아더는 수행원 10여 명을 대동한 채, 징발한 지프에 몸을 싣고 한강으로 향하였다. 한강 연변에서 벌어지는 전투는 대한민국의 방위 능력이 이미 소멸되었음을 보여주었다. 그는 한국군이 포진한 고지에 올라 한강 너머 멀리 바라보이는 남산과 그

• 맥아더와 이승만

주변을 한참 동안 망원경으로 살펴보았다.

그러다가 갑자기 참호를 지키고 있는 한 병사에게 말을 걸었다.

"자네는 언제까지 이 호 속에 있을 것인가?"

맥아더를 수행한 김종갑 대령(시흥 지구 전투 사령부 참모장)이 통역을 했고, 부동자세의 병사가 또박또박 대답했다.

"저희 직속상관으로부터 철수하라는 명령이 내려질 때까지입니다!"

"명령이 없을 때는 어떻게 할 것인가?"

"죽는 순간까지 여기를 지킬 것입니다!"

"오, 장하다. 자네 말고 다른 병사들도 같은 생각인가?"

"예, 그렇습니다. 각하, 우리는 지금 맨주먹으로 싸우고 있습니다. 우리에게 무기와 탄약을 주십시오."

"알았네. 여기서 자네 같은 군인을 만날 줄 몰랐네!"

맥아더가 병사의 손을 꼭 쥐면서 몸을 돌려 김 대령에게 말했다.

"대령, 이 씩씩하고 훌륭한 병사에게 전해주시오. 내가 도쿄로 돌아가는 즉시 지원군을 보내줄 것이라고. 그리고 그 때까지 용기를 잃지 말고 훌륭히 싸우라고!"

6.25전쟁 개전 초기 한국군을 총지휘했던 정일권의 회고담이다(『사진과 함께 읽는 대통령 이승만』, 안병훈 엮음). 영화 「인천 상륙 작전」에 삽입된 이 에피소드를 누군가는 작위적 허구라고 폄하하기도 했지만, 이것은 엄연히 실화다.

도쿄로 돌아간 맥아더는 이튿날 새벽 네 시 워싱턴의 트루먼에게 다음과 같은 지급 전문을 보냈다.

"한국이 당면하고 있는 최악의 위기는 미 지상군의 지원 없이는 기사회생이 불가능함을 현지 시찰로 확인했음. 재일(在日) 미8군의 보병 3개 사단을 긴급 출동할 수 있도록 재가해 주실 것을 앙망함."

하늘은 스스로 돕는 자를 돕는다고 했던가. 전쟁에서는 훌륭한 무기와 병력만큼이나 애국심과 전투 의지가 중요하다는 것을, 애국심이 한없이 조롱당하는 오늘에 와서야 우리는 깨닫는다. 죽지 않고 사라져 간 노병(老兵), 그리고 영화에 부재(不在)한 노 정객이 영원히 한국인의 영웅으로 남게 될 것이라는 것도.

# 김구와 이승만을 바라보는
# 시각의 비대칭성

드라마 「징비록」을 비분강개하며 열심히 보고 있던 2015년 6월 초. 한 신문의 청소년 페이지에 '징비록' 이야기가 나왔다. '징비록'은 임진왜란 당시 재상이었던 유성룡이 7년 간의 왜란을 겪은 후 이에 대한 참회와 반성을 기록한 책으로, 수군통제사 이순신의 활약이나 명나라와의 갈등 같은 당대의 역사가 소상히, 객관적으로 기록되어 있다고 했다. '침략의 낌새도 채지 못한 채 허망하게 당한 조선 시대 지도층의 무능한 역사를 돌아보게 만들어 청소년들에게 올바른 역사관과 국가관을 고취하려는 글인가'라고 짐짓 흐뭇해 한 순간, 웬 걸? 끝 부분에 가서 이야기는 뜬금없이 백범 김구로 넘어간다.

"서로 하는 말은 달랐지만 유성룡과 김구의 나라 사랑은 모두 애틋했어요. 『백범일지』에 담긴 김구 선생의 이야기를 들어볼까요?"

유성룡 이야기가 왜 마지막에 김구로 끝나는지 황당하기 짝이 없었다.

그로부터 2주 후, 같은 신문, 같은 면에 또 김구가 등장한다. 김구가 암살당한 6월 26일을 기념하여 서울 효창동에 있는 백범 김구기념관에 가 본다는 콘셉트이다.

"여러분의 소원은 무엇인가요? 여기 평생 '대한 독립'을 소원하던 사람이 있어요. 바로 대한민국 임시정부 주석이었던 백범 김구 선생이죠. 이곳은 김구 선생의 삶과 사상뿐만 아니라, 우리나라 근현대사와 독립 운동사를 배우고 이해할 수 있는 곳이기도 해요."

그로부터 3주 후인 8월 12일, 역시 똑같은 신문, 똑같은 면, 다시 한 번 김구 특집, 이번에는 광복절을 기념해서이다.

"광복절이 돌아올 때마다 독립을 위해 헌신했던 수많은 독립운동가와 기쁨을 함께 나눈다면 얼마나 좋을까 하는 생각이 들어요. …… 이러한 시기에 다시 꺼내 읽어야 할 책이 바로 『백범일지』예요. 이 책은 민족의 독립을 위해 평생을 바친 백범 김구 선생이 직접 집필한 책이지요."

불과 두 달 사이에 똑같은 신문, 똑같은 시리즈에 존경심이 행간에 가득 담긴 어조의 백범 기사가 무려 세 번 등장하는 동안, 청소년판의 그 어디에서고 건국 대통령 이승만은 단 한 글자도 찾아볼 수 없다. 대표적인 보수 신문이 보수 독자들의 구독료와 광고비를 가지고 청소년들의 사고를 좌파 이념으로 세뇌시키고 있는 형국이다. 이념의 문제에 앞서 우선 균형감의 문제이다. 광고 이론으로 말해 보자면 노출이 한 번도 안 되는 대상과 하루가 멀다 하고 매체에 노출되는 대상이 청소

● 김구(일러스트레이션)

년 소비자들의 머리에 각인되는 강도가 어떠하리라는 것은 두 말할 필요가 없다.

서로 다른 필자의 두 기사가 『백범일지』의 다음 구절을 똑같이 인용하고 있는 것을 보면 아마도 이 문장이 그들 진영에게는 가장 인상적인 것인 듯하다.

"나는 우리나라가 세계에서 가장 부강한 나라가 되기를 원하는 것은 아니다. 내 나라가 남을 침략하는 것을 원치 아니한다. 우리의 부력(富力)은 우리의 생활을 풍족히 할 만하고, 우리의 강력(强力)은 남의 침략을 막을 만하면 족하다……."

남을 침략하기는커녕 만날 당하고 있고, 생활 수준이 한없이 높아져 '풍족'의 기준은 하늘만큼 치솟아 있으며, 적(敵)은 핵무기를 곧 개발할 태세에 있는 지금 오늘의 한국적 상황에서 이 무슨 반 산업적이고, 공허하며, 어리석은 담론이란 말인가. 이런 비현실적이고 시대착오적인 경구에 열광하는 젊은이들이 대세를 이루고 있다는 것은 참으로 불행한 일이다.

정부 수립에 반대한 사람을 영웅시하고, 성공적인 국가의 초석을 놓은 건국 대통령 이승만을 TV나 신문에서 찾아보기 어려운 나라, 그의 동상도, 그의 이름을 딴 공원도, 그의 업적을 보여줄 기념관 하나 제대로 못 만드는 나라, 이건 도저히 문명국이라 할 수 없다.

# '좋은 일자리'에 대한
# 참을 수 없는 불쾌감


요즘에 이슈가 되고 있는 은유적 표현들을 보면 한국 사회는 지금 완전히 조선 시대로 퇴행하고 있는 듯하다. 헬 '조선'이 그렇고, '죽창'이 그렇고, '개천에서 용' 나지 못하는 사회가 그러하다. 물론 '금수저' '흙수저' 등의 수저 시리즈는 '은수저를 물고 태어난다'라는 서양의 격언에서 차용한 것이기는 하지만 말이다.

러시아 인이면서 한국 유명 좌파 인사가 된 박노자는, 150년 전 조선의 한양 북촌 권문세도가 자녀들이 입에 금수저를 물고 태어났듯, 오늘날 '강남족'도 세습적 카스트를 이루어 거주지, 통혼권, 학습·유학 루트, 언어(영어 상용 선호), '웰빙' 등의 차원에서 배타적인 세습 신분 계층을 형성하고 있다고 주장한다. 그런데도 젊은이들이 '팔자' 타령만 할 뿐, '헬조선'을 타도할 죽창의 그림자가 보이지 않아 안타깝다고 말한다. 그는 대놓고 현대판 동학농민혁명을 부추기고 있는 것이다. 5

• 금수저, 흙수저를 정의한 한 신문의 그래픽 이미지.

년마다 정권이 바뀌는 자유 민주 사회에서 혁명을 선동한다는 것은, '죽창'이라는 구식 무기의 이미지만큼이나 시대착오적이다.

그럼 소위 '삼포 세대'인 젊은이들의 생각은 어떠한가? 그들이 장난삼아 자조적으로 한다는 빙고 게임에서 자신이 흙수저임이 증명되는 것은 '집에 비데가 없다', '고기를 주로 물에 끓여 먹는다', '식탁보가 비닐이다' 등의 항목이 한 줄로 이어질 때라고 한다. 최첨단 IT 관련 일을 하는 한 젊은 여성은 몸이 아파도 쉬지 못하고 일해야 하는 자신의 처지가 금수저 아닌 20~30대의 일반적인 상황이라고 말한 후, 여기에 '애 낳으라'라는 말은 과로해서 죽으라는 말로밖에 들리지 않아 열 받는다고 SNS에 글을 올렸다. 또 다른 여성은 "아이 낳고 키우는 것을 국가가 해 줄 것도 아니면서 남에게 결혼을 권하는 인간들이 과연 제 정신일까? 도대체 그 애와 부모의 삶을 무슨 수로 보장한다고 무책임하게 출산을 강요하는지 모르겠다. 남에게 쉽게 시집가라, 장가 가라 …… 그러는 거 아니다. 정말 못된 인간들이다"라고 기성세대를 준엄하게 꾸짖었다.

한 칼럼니스트는 이제 개천에서 용은 나지 않고, 용은 부모가 제공하는 '엘리베이터'를 타고 올라간다고 말하며, 서울 시내 유명 국제중 한 곳에서 특목고, 자사고 등 명문고에 보내는 숫자가 일반중의 약 아홉 배이고, 'SKY' 명문대의 절반이 자사고, 특목고 출신이라고 했다.

그러나 '개천에서 용 난다'라는 이야기는 구체적으로 무엇을 뜻하는가? 찢어지게 가난한 움막집 아들이 사법고시에 합격하여 판검사가 되었을 때 우리 신문들은 언제나 감격하여 '개천에서 용 났다'라는 성공 스토리를 길게 싣곤 했었다. 그러니까 우리 국민들의 의식 속에서 '용'이란 과거(科擧)에 급제하여 벼슬길에 오르는 조선 시대의 선비상이다. 더럽고 천한 일은 노비나 천민이 담당하고, 양반은 손에 흙을 묻히지 않고 공부만 했으며, 노비는 자신이 아무리 노력해도 결코 노비에서 벗어날 수 없었던, 그 가혹한 신분제 사회의 계급의식이다.

대통령에서 좌파에 이르기까지 지금 누구나 하는 말 중에 가장 듣기 민망한 것은 '좋은 일자리'라는 말이다. 힘들고 천한 일이 아니라 30대 재벌 기업에서 양복 입고 사무 보는 직종만을 '좋은 일자리'라고 말하는 것이다. 아예 인권의 개념이 없는, 시대착오적이고 부도덕한 이 단어를 들을 때마다 나는 언제나 한없는 거부감과 불쾌감을 느낀다.

# 긍정의 힘

신문 세 개를 뒤적이다 보니 청년 실업 문제의 진단과 처방이 다 나와 있다. 우선 통계 숫자. 4년제 대학 졸업생이 매년 35만 명씩 쏟아져 나온다. 이들이 대학에 들어갈 때 고교 졸업생의 대학 진학률은 80%였다. OECD에서 "통계를 잘못 준 것 아니냐"라고 문의할 정도였다는 윤증현 전 재정기획부 장관의 말이 바로 그것인가 보다. 우리보다 인구는 2.4배 많고 경제 규모는 세 곱절 큰 일본의 4년제 대학 졸업자는 고작 56만 명이다. 그런데도 일본 역시 비정규직 비율이 40%에 가깝고, 청년들이 결혼도 안 하고 아이도 안 낳아 큰 사회 문제가 되고 있다. 대학 진학률이 세계에서 2위(55%)로 높은 나라이기 때문이다. 대학 진학률은 청년 실업 문제와 정비례하는 모양이다. 그럼 대학 진학률 세계 1위는? 물론 한국이다. 2015년에 대학 진학률은 71%였다.

대학 졸업자들의 실제 상황은 어떠한가? 취직 보장을 내세워 수강

생을 유혹하는, 실속 없는 민간 자격증이 17,000개나 난립하고 있다는, 한 신문의 1면 톱기사가 우리의 이해를 돕는다. 인터뷰에 응한 한 취업 준비생은 지방대 출신이라는 약점을 메우기 위해 2년 전부터 인성지도사, 소비자전문상담사, 레크리에이션 지도사, 독서논술지도사 2급 등 자격증을 네 개 땄다고 한다. 학원 수강비, 교재비 등으로 지출한 돈만도 250만 원 가량, 그러나 정작 취업 인터뷰에서는 "직무와 관계없는 자격증을 따는 데 시간만 낭비했다"라는 핀잔만 들었다고 했다. 삼포 세대의 눈물을 열심히 닦아주고 있는 어른들은 늘 '사상(史上) 유례없는 실력과 스펙을 갖춘 우리 젊은이들⋯⋯'이라고 말하는데, 그 실체적 진실이 이런 것이었나?

이번에는 부모의 상황. 일본의 가족사회학자 야마다 마사히로가 제시한 일본의 사례는 매우 흥미롭다. 결혼도 하지 않고 부모의 연금 수입에 의존해 사는 35세에서 44세까지의 부모 동거 미혼자 수가 300만 명 정도인데, 이들 상당수는 부모가 세상을 떠나면 극빈자로 전락할 가능성이 크다는 것이다. 일본의 부모들은 이런 자녀들을 자립시키기 위해 노력하기보다는 대책 없이 부양만 하고 있다고 야마다 교수는 개탄한다.

그에 의하면, 일본과 한국의 대졸 취업난은 경제 불황에도 이유가 있지만 보다 근본적인 것은 대학 진학률이 높기 때문이다. 그리고 대학 진학률이 높은 가장 큰 이유는 부모가 학비를 부담하기 때문이다. 두 나라 모두 '대학 등록금은 부모의 책임'이라고 생각한다. 비용을 본인들이 부담하는 유럽이나 미국에서는, 학문에 굳이 뜻이 없다면, 비

• 장사익

싼 돈을 내고 대학에 가는 학생이 거의 없다. 대학에 가봐야 취업에 도움도 되지 않고 돈만 낭비라는 것을 잘 알기 때문이다.

　마흔다섯에 유명 가수가 된 장사익의 스토리는 우리의 마음을 푸근하게 해 준다. 딸기장수, 외판원, 카센터 허드렛일 등 열다섯 가지가 넘는 직업을 전전했지만 천성이 낙천적이어서 한 번도 좌절은 하지 않았다고 했다.

바로 이것이다. 내 나라가 지옥이다 생각하고 항상 얼굴 찌푸리고 살면 결국 내 나라는 지옥이 된다. '내 나라는 좋은 나라, 나는 여기서 태어나기를 잘 했어!'라고 긍정적으로 생각하며 밝은 얼굴로 살면, 언젠가 자신이 바라던 모습이 되어 있을 것이다.

우리 어른들은 발랄하고 예쁜 젊은이들의 얼굴을 보고 싶다.

# 가면의 미학과
# 정치학

  예술의 차원에서 가면은 고도의 미학적 장치이다. 벨기에의 초현실주의 화가 르네 마그리트는 인물의 얼굴을 꽃다발, 비둘기, 사과 혹은 나무판으로 가림으로써 강박적으로 사람의 얼굴을 지웠다. 「연인들」에서 두 연인은 얼굴을 헝겊으로 감싼 채 서로 부둥켜안고 있고, 「삶의 발명」에는 마치 무슬림의 부르카처럼 온 몸에 검은 천을 뒤집어 쓴 인물이 그려져 있다.

  바로크 시대 이미지에서 우리를 매혹시키는 것도 가장(假裝) 무도회의 검은 가면이다. 자신의 정체성을 숨기고, 상대에 대한 욕망의 시선을 숨기는, 그리하여 더욱 강렬하게 상대를 매혹시키는 남자 혹은 여자 주인공들의 가면 뒤의 시선은 거의 치명적으로 아름답다. 역사, 사회적으로는 우리의 탈춤처럼 지배 계층의 위선과 부도덕을 마음껏 비판하는 해학의 수단이기도 했다.

2015년 11월 14일 폭력적인 광화문 시위로 복면이 문제 된 이후 복면에 대한 상반된 생각은 그대로 우리 사회의 양대 진영을 지시하는 기호가 되었다. 그레마스의 기호 4각형 툴(tool)에 거칠게 집어넣어 보면, 복면을 무섭다고 말하는 사람은 우파요, 감동적이라고 말하는 사람은 좌파라 할 수 있다. 대통령이 IS의 복면을 언급하고, 여당이 복면금지법을 발의하자 야당은 "참으로 어이없는 결정이다. 국민을 협박하고 있다", "집회 참가자는 복장을 자유로이 결정할 수 있다는 2003년 헌법 재판소의 결정에 반하는 명백한 위헌적 발상이다"라고 소리를 높였다.

SNS에는 뽀로로 가면을 얼굴에 쓴 심상정 의원의 얼굴이 등장했고, 대통령이 국민을 IS 취급했다느니, 「복면가왕」 프로그램도 폐지시켜야겠다느니, 복면만 쓰면 잡아가는 무서운 인권 탄압이라느니, 국가의 폭력이라느니, 세상이 1970년대로 되돌아가는 것 같다느니 등 저주와 조롱의 언사들이 넘쳐났다. 12월 5일 복면금지법에 반대하는 뜻으로 시위대가 온갖 종류의 가면을 쓰고 거리를 누비자, 한 사회학자는 이를 '국가 법치'에 대한 해학적 풍자라고 찬양하면서, '풍자는 민란의 징후'라는, 불길한 의미를 부여했다.

그럼 다른 나라들은 어떤가? 6천5백만 인구 중 5백만 명이 무슬림인 프랑스는 2010년에 '공공장소에서의 복면 금지법'을 통과시켜, 2011년 4월부터 시행하고 있다. 오토바이 운전자와 공사장 인부의 안전용 복면 같은 것은 물론 허용된다. 카니발 같은 특정의 축제 기간에도 복면이 허용된다. 그러나 무슬림들은, 얼굴을 내놓고 머리만 감싼 스카프는 괜찮지만, 얼굴을 완전히 가리는 히잡이나 몸 전체를 가리는

● 르네 마그리트(René Magritte), '연인들'(The Lovers, 1928).

부르카는 입을 수 없게 되었다. 무슬림이 아닌 백인이 시위에서 복면하는 것도 물론 당연히 금지된다. 이 법을 어기면 150유로 상당의 벌금을 물어야 한다. 독일, 오스트리아, 스위스, 캐나다 등에서도 모두 가면 시위는 법으로 금지되어 있다.

며칠 전 사진작가 황규태는 부처님 얼굴에 가면을 씌운 합성 사진을 페이스북에 올렸다. 그리고는 "무섭다. 사람은 마스크를 쓰면 뭐든지 할 수 있는, 이중(二重) 거짓말 능력을 가진 직립 보행 동물이다"라고 썼다. 재미있는 생각이다.

한 번도 생각해 보지 않았던, 가면을 쓴 부처, 또는 가면을 쓴 예수를 떠올려본다. 인디아나 존스 같은 분위기 혹은 쾌걸 조로나 산적 로빈 후드 같은 이미지가 나올 뿐 인류 전체를 품는 자애로운 성인의 이미지는 사라지고 만다.

가면은 역시 예술과 엔터테인먼트에 한정되어 있는 것이 좋겠다.

## 그레마스의 기호사각형

모든 의미는 이항 대립이다. 남자와 여자, 흑과 백, 삶과 죽음, 저기와 여기, 안과 밖, 과거와 미래……. 두 항은 서로 반대되는 것이어서 상반(相反)적 관계라고 한다. 이 각각의 항에는 유사한 항목이 무수하게 포함되어 있다. '안'에는 중심에서부터 한 발짝 떨어져 있는 가까운 곳도 있고, '밖'의 경계선까지 거의 나아간 '안'도 있다. '삶'에는 에너지가 펄펄 넘쳐 최고의 생명력을 구가하는 젊은 이의 삶도 있고, 노쇠한 늙음의 삶도 있으며, 식물인간이 되어 생명은 있으나 더 이상 삶이라 할 수 없는, 그저 '죽음이 아닌' 상태의 삶도 있다. 이처럼 '삶'이라는 의미 항에는 갓난아기의 삶에서부터 시작하여 무수한 삶의 형태를 지나 마지막으로 식물인간의 '죽음이 아닌' 삶까지 포함된다. 이 유사한 것들은 서로 보완하거나 일치하거나 또는 서로를 포함한다는 점에서 합치, 상보(相補) 또는 함축의 관계라고 한다.

아까 삶과 죽음은 서로 반대되는 상반의 관계라고 했지만 삶의 제일 끄트머리

항목은 죽음과 모순 관계가 된다. '죽음'과 '죽음이 아님'은 서로 모순이기 때문이다. 그러면 이것을 사각형으로 시각화해 보자. 삶과 죽음을 윗변의 양 꼭짓점으로 삼고, 삶의 무수한 변용을 삶 항목의 아랫부분에 수직으로 주욱 배치하고, 그 끄트머리에는 '삶이 아님'을 놓는다. 마찬가지로 죽음의 항목 밑에도 죽음의 무수한 변용을 수직으로 배치하고, 제일 끝 부분에 '죽음이 아님'을 놓는다. 선으로 다 연결하면 사각형이 된다. 그리고 사각형의 네 꼭짓점을 X자로 연결시킨다. 윗변과 아랫변 두 개의 수평선은 상반 관계이고, 내부 두 개의 X선은 모순 관계가 된다. 이것이 바로 그레마스(Algirdas Julius Greimas)의 기호사각형(Semiotics Square) 이다. 뭐든지 말로 설명하면 더 어려워진다. 그래픽의 장점이 거기에 있다.

위의 꼭짓점 S1과 S2는 서로 상반되는 개념들이다(예 : 흰색과 검은색). 아래 꼭짓점 −S1과 −S2는 단순한 이항 대립으로 설명될 수 없는 개념 즉 비(非)S1, 비(非)S2이다(예 : 흰색이 아닌 것과 검은색이 아닌 것). 윗변과 아랫변을 구성하는 두 개의 수평선은 각기 상반되는 개념들의 대립 관계를 보여준다. 두 줄로 된 좌우 두 개의 수직선은 '상보' 혹은 '함축' 관계이다.

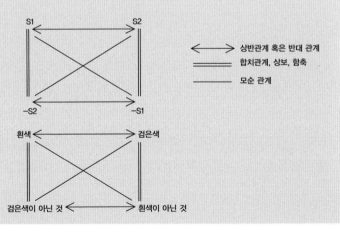

# 지방시 김민섭의
# 건강한 탈주

한 주에 여섯 시간 내지 여덟 시간 강의하면 1년 연봉이 1천만 원 내외다. 건강보험도 없다. 연구실 책을 나르다 몸을 다쳤지만 누구 하나 신경 써주는 사람 없고, 치료비도 전액 자기가 부담했다. 대학 시간 강사의 열악한 환경을 써낸 서른두 살 김민섭 씨의 책 『나는 지방대 시간강사다』(일명 지방시)는 가슴 뭉클한 한 편의 성장소설이면서, 동시에 우리 사회의 거대한 허위의식을 통렬하게 비판한 사회학 개론서라 할 만하다. 결혼을 하고 아들이 태어났지만 도저히 대책이 서지 않아 그는 맥도날드 아르바이트를 시작했다. 새벽에 나가 매장에 들어오는 150여 개의 물류 박스를 차에서 내리고 그것들을 창고에 다시 옮겨 쌓는 일이었다. 최저 시급 5,580원에, 월 60시간 이상 일하면 직장가입자로서 4대 보험이 보장되었다. 이렇게 해서 새벽엔 맥도날드 아르바이트, 낮엔 시간 강사 생활이 시작되었다. 몸은 고달팠지만 이것으로 생계를 해결할 수 있었고, 부모님에게 건강보험의 혜택도 드릴 수 있었다.

그가 이번 학기를 끝으로 대학을 아주 떠났다. 맥도날드 아르바이트도 함께 그만뒀다. 맥도날드는 그에게 퇴직금을 지급하겠지만, 대학은 그렇게 하지 않을 것이다. 가족의 생계를 위해 맥도날드에는 다시 가게 될 수도 있지만 대학에는 다시 돌아가지 않겠다고 그는 말한다. 그에게 대학은 "정말 차가운 곳이다". 그는 자신을 '노동자'도 '사회인'도 아닌 채 대학을 배회하는 유령이었다고 자조했다. 그리고 '309동 1201호'라고 숫자로만 쓰던 자신의 이름도 실명으로 밝혔다.

그 동안 그에게 맥도날드는 신자유주의의 표상이었다. 모든 젊은이처럼 아마 그도 신자유주의는 악(惡)이며, 맥도날드는 미 제국주의의 첨병이라고 생각했을 것이다. 그러나 아르바이트를 하면서 대학과 맥도날드의 차이점이 선명하게 눈에 들어왔다. 맥도날드에는 '일하는 사람'을 위한 제도나 매뉴얼이 꼼꼼하게 갖춰져 있었다. 그러나 흔히 합리성의 표상으로 여겨지던 대학에는 그런 것이 전혀 없었다. 고담준론을 논하는 교수들 밑에서 대학의 하부 구조를 이루는 시간 강사, 조교, 아르바이트생들은, '학문의 길'이라는 편리한 변명 속에 가혹한 착취를 당하고 있었다.

그에게 대학은 자신의 '모든 것'이었다. 그런데 책을 쓰고 거리에서 많은 사람을 만나면서 "대학 밖에 더 큰 강의실과 연구실이 있다"라는 것을 새삼 깨달았다. 이전까지는 대학만이 지식을, 또는 학문을 생산한다고 생각했는데, 대학 밖의 세상에 더 큰 강의실과 연구실이 있고, 이 연구실에 더 큰 '학문'의 가능성이 있다는 믿음을 갖게 됐다. 더 놀라운 것은 이 체험이 그에게 노동의 가치를 깨우쳐 주었다는 사실이다.

"패스트푸드점에서 일하면서 노동이 가진 힘을 알게 됐습니다. 노동에는, 모든 사람의 삶에 공감하게 만들어주는, 타인의 입장에서 사유할 수 있게 만들어주는 건강한 힘이 있더군요."

세상의 모든 지식과 정의를 독점한 듯 사회를 마구 조롱하고 호령하던 대학 사회의 알량한 '지식'이 하찮고 비루한 '현실' 앞에서 얼마나 위선적이고 무기력한 것인지, 그의 글은 생생한 몸의 언어로 보여주고 있었다. 그가 그어 놓은 사소한 한 줄의 금은 아마도 우리 사회를 한 단계 성숙시키는, 작지만 힘 있는 탈주선이 될 것 같다.

# 「역사 저널, 그날」
# 유감

KBS의 프로그램 「역사 저널, 그날」을 재미있게 보고 있다. 전공자와 비전공자로 구성된 패널들이 우리 역사의 한 주제를 놓고 함께 이야기하는 형식인데, 이미 서로 친숙해진 패널들 간의 대화가 마치 화목한 이웃집 대화를 엿보는 듯 편안하다. 거기에 비주얼과 엔터테인먼트 요소가 가미되어 재미있게 역사 상식을 얻을 수 있는 훌륭한 프로그램이다. 그러나 가끔은 이 자리를 이념 전파의 장으로 삼아야겠다고 작심한 듯한 패널의 발언 때문에 마음이 편치 않다.

지난 주 방영된 흑치상지(黑齒常之) 편이 그랬다. 흑치상지란 백제 멸망기 당나라 군대에 맞서 3만의 군사로 성(城)을 200여 개나 회복했던 백제 부흥 운동의 장군이다. 백제 부흥군은 왜군 2만과 함께 백강에서 나당(羅唐) 연합군과 치열한 전투를 벌였으나, 끝내 패하여 당나라에 항복했다. 흑치상지는 단순히 항복만 한 것이 아니라 자기의 근거지였던 임존성을 공격하여 부흥군을 완전히 멸망시켰다. 그 공로로 당나라 장군이 되었고, 이어서 북쪽 오랑캐를 토벌하는 공을 세움으로써 당시 당나라의 서열 12위인 우무위위대장군까지 승급했다. 말년에는 반역죄에 몰려 60세의 나이에 처형되었다고 한다.

패널들은 그를 '민족의 배신자'라고 불렀다. '민족의 배신자'라는 단어에서 나는 마음이 불편해지기 시작했다. 아직 민족 개념이 형성되기 이전('민족'이란 개념은 서양에서 18세기에 만들어진 것이다) 시대인데 '민족'이라는 말을 붙이는 것도 거북한 일이지만, '민족의 배신자'라면 그건 최근의 인기 영화 「암살」의 키워드가 아닌가. 같이 독립 운동을 했지만, 월북해서 6.25 남침에 앞장 선 김원봉은 순수 애국자이고, 남쪽에서 김일성 세력을 공격한 염석진은 민족의 배신자라고 낙인찍은 영화 말이다. 영화 리뷰에 "친일파 싹 다 죽었으면……" "친일 인사가 주요 요직에서 떵떵거리며 살고 있는 현 시대……" 등의 댓글이 줄을 이었던 영화다.

과연 이어지는 패널들의 발언도 그 연장선상에 있었다. 한 시대의 리더가 자신이 누린 권리에 상응하는 책임과 의무를 저버리고 변절했다느니, 이런 역사적 선례가 있어서 후대에 기회주의자들이 발호하게 되었다느니…… 그리고 급기야는 일제강점기 최남선, 이광수가 바로 흑치상지와 같은 경우라는, 어이없는 발언까지 나왔다.

모든 역사는 현재의 역사고, 우리는 역사에서 교훈을 얻어야 한다고 역사학자들은 말한다. 하지만 그것은 3~4백 년 전 역사에만 유효한 이론이다. 역사적 교훈이라는 것이 개인적 도덕의 차원이 아니라 공동체 즉 국가 차원의 것이기 때문이다. 가령 임진왜란에서 우리는 왜 그

• '역사 저널 그 날' 화면.

토록 처절하게 일본에게 당했는지, 그 30년 후에 아무런 대비 없이 왜 또 청나라에 당했는지에 대해서는 뼈아픈 반성과 교육이 이루어져야 한다. 그러나 1천3백 년 전 인물이라면 그것은 호사(好事) 취미의 재야 역사가들의 재미있는 이야깃거리는 될 수 있을지언정 현재를 사는 우리에게는 사실상 무의미하고 부질없는 이야기이다.

그것을 굳이 최남선, 이광수까지 연결시키는 것은 '대한민국=친일 세력'이라는 이념을 기회만 있으면 확대시키겠다는 좌파적 진지전 (陳地戰)이라고 볼 수밖에 없다. 과거의 역사에 발목이 잡혀 한 걸음도 미래로 나가지 못하는 작금의 우리 현실이 가슴 아픈데, 재미로 봐야 할 TV 프로그램에서마저 그 지겨운 주장들을 다시 듣고 싶지는 않다.

## 민족의 개념

지금은 너무나 그 의미가 견고하여 마치 태초부터 있었던 것으로 여겨지는 많은 단어가 사실은 모두 어느 특정 시기, 특정 사람들에 의해 명명된 것이다. 명명이라는 말도 정확한 표현은 아닐지 모른다. 명명이란 실체가 먼저 있고, 다음에 거기에 이름을 붙인다는 의미인데, 어떤 집단이나 현상의 명칭은 그 순서가 뒤바뀌어 이름이 먼저 있고 그 다음에 실체가 생겨나기 때문이다. 계급의 개념이 그러하고 민족(nation)도 마찬가지다.

근세 이전까지 민족은 존재하지 않았다. 설혹 단일한 땅 위에 사는, 비교적 단일한 언어와 풍습, 그리고 단일한 법을 가진 다수의 개체로 이루어진 집단이 있었다고 해도 그것은 민족이 아니었다.

관습과 언어의 같음과 다름이 혼재하면서 희미한 국경선을 서로 넘나들던 아득한 중세의 사람들이 나중에 누군가 민족이라는 말을 만들어내자 헤쳐 모이기의 바쁜 동작 속에서 그 중 가장 비슷한 사람들끼리 한 데 모여 집단을 형성했다. 하나의 용어가 누군가에 의해 만들어지는 것이라면 그 용어가 지칭하는 실체도 그것을 만든 사람의 의도에 따라 결정될 것이다. 만일 같은 용어를 여러 사람이 각기 다르게 정의했다면 그 중에서 역사적으로 확고하게 살아남는 정의가 결국 헤게모니를 장악할 것이다.

오늘날 민족의 정의는 대체로 프랑스 대혁명 당시의 정치가인 시예스(Sieyès)의 것이다. 그에 의하면 우선 하나의 민족이 존재하기 위해서 반드시 왕이 있을 필요는 없다. 그리고 정부가 있을 필요도 없다. 정부가 구성되기 전에, 군주가 생기기 전에, 권력의 대표가 만들어지기 전에 이미 민족은 존재한다. 다만 하나의 민족이 있기 위해서는 우선 명시적인 법이 있어야 하고, 그것을 제정하는 기관이 있어야 한다. 즉 법과 입법기관의 존재는 민족이 성립되기 위한 필수적이며 형식적인 조건이다.

그러나 그것이 민족을 정의하는 유일한 조건은 아니다. 하나의 민족이 존속하고, 그들의 법률이 적용되고, 그들의 입법기관이 인정받고, 그들이 역사 안에서 실제로 존재하기 위해서는 다른 조건들이 필요한데, 그것이 바로 '직업'과 '직책'이다. 직업은 농업, 수공업, 공업, 상업, 자유업 등이고, 직책은 군대, 사법, 교회, 행정부 등이다. 요컨대 민족에 대한 법률적 정의가 지배적이었던 시대에 시예스는 농업, 상업, 공업 등을 민족의 실체적 조건으로 제시했다. 그는 민족이란 농업, 공업, 상업 등의 직업과 공통의 법률 및 입법기관을 갖춘 집단이라고 했다.

법률이라는 형식적 조건에 기능이라는 역사적 조건을 덧붙임으로써 그는 왕당파의 가설이건, 루소주의적 가설이건 여하튼 그때까지 나왔던 모든 민족의 개념을 뒤집었다. 한 마디로 직업이나 직책, 기구들을 다른 모든 것에 우선 시켰다. 하나의 민족은 자체적으로 상업, 공업, 수공업의 역량이 있을 때에만, 그리고 군대, 사법부, 교회, 행정부를 구성할 능력이 있는 개인들을 가지고 있을 때에만 민족으로 존재할 수 있고, 또 역사 안에 진입해 역사적으로 존속할 수 있다는 것이다.

그런데 농업, 수공업, 상업, 자유업 같은 직업을 실제로 수행하는 사람들은 누구인가? 당시에 제3신분이라고 일컬어졌던 시민 계급(부르주아)이다. 누가 군대, 교회, 행정부, 사법부를 움직이는가? 물론 상층의 중요한 직위는 귀족이 차지하고 있었다. 그러나 대혁명이 일어나기 직전에 이 기구들의 10분의 9는 제3신분에 의해 그 기능이 수행되고 있었다.

결국 그는 "제3신분이 완벽한 민족이다"라는 메시지를 보내고 있는 것이다. 그의 주장에서 물 흐르듯 자연스럽게 유도된 결론은 민족이 하나의 국가를 형성한다는 것과, 민족의 역량은 부르주아 계급만이 갖고 있다는 생각이었다. 결국 민족이라는 개념 하나로 부르주아는 근세 이후 보편 계급으로 우뚝 올라섰다. 현재 우리 사회에서 '민족'을 유난히 강조하는 사람들의 민족 개념도 실은 어느 진영의 헤게모니 쟁취의 전략일 뿐이다.

지극히 객관적으로 보이는 역사 기술(記述)이 사실은 언제나 그 기술자의 이해와 밀접한 관련이 있다. 그리고 이를 유지하기 위해 끊임없는 신화화 작업이 이어진다. 50년대 우리나라 교과서에도 실렸던 마리 퀴리(1867~1934)의 전설적 에피소드가 그런 예이다. 프랑스로 귀화하여 라듐 발견으로 노벨상까지 받은 여류 핵물리학자 마리 퀴리는 조국 폴란드에서 여학교를 다닐 때 아주 공부 잘 하는 학생이었다. 우리의 일제시대가 그러했듯 학교에서는 폴란드어가 금지되고 식민 종주국 러시아의 언어만 가르쳤다. 그러나 민족의식에 투철한 한 교사가 은밀하게 국어 수업을 진행하고 있었다. 바로 그때 제정 러시아의 장학사가 들이닥친다. 여학생들은 황급하게 모두 수예품을 끄집어내 수를 놓는 척 한다. 장학사가 러시아 역사와 관련된 질문으로 학생들을 테스트하려 하자 공부 잘하는 마리 퀴리가 일어나 거침없는 대답으로 위기를 모면한다.

민족주의를 고취하는 감동적인 일화로 자주 인용되지만, 그러나 이 이야기는

19세기 폴란드의 실제 역사와 조금 거리가 있다고 한양대 임지현 교수는 말한다. 1830년 폴란드의 귀족 계급인 슐라흐타(szlachta)들이 러시아에 반항하여 봉기를 일으켰을 때 당시 농민들이 장원에 불을 지르고, 슐라흐타의 지도자를 붙잡아 점령군에게 넘겨버린 기록이 있다는 것이다. 러시아의 차르가 농노를 해방시켜줬는데, 다시 슐라흐타들이 지배하는 세상이 되어 농노제로 돌아갈 것이 두려웠기 때문이다. 그러니까 당시 폴란드 민중에게는 민족이라는 추상적 이념보다 개인의 안락한 삶이 더 중요했던 것이다. 민족을 절대시하는 민족지상주의가 얼마나 허약하고 근거 없는 가치인지를 잘 보여주는 역사적 사례이다.

그러고 보면 한국사 또는 동아시아 역사에서의 민족주의 논쟁처럼 위험하고 시대착오적인 것도 없다. 예를 들어 중국이라는 실체도, 한국이라는 실체도 없던 2천 년 전의 역사에 근대 국민 국가의 개념을 적용하여 '민족의 반역자' 운운한다든가, 고조선의 영토가 현재의 중국 베이징 동남부에서 만주벌판에까지 이르렀다고 주장하는 것들이 모두 왜곡된 민족주의의 발로이다. 한나라가 고조선을 무너뜨린 뒤 설치한 행정 구역인 한사군 중 가장 오래 존재했던 낙랑군의 위치가 평양이라는 것을 주류역사학이 밝혀냈음에도, 이들은 그것이 요동에 있었다고 무리하게 주장한다. 한사군이 요동에 있었다고 해야만 고조선이 중국과 만주에 이르는 넓은 영토를 가졌다는 학설이 성립되기 때문이다.

이런 허구적 자기애(自己愛)적 민족 개념이 지금 우리 사회에서 반일, 반미와 결합하여 한국인의 객관적 정체성 확립을 방해하는 것이 아닐까? 민족이란, 동아시아의 경우에는 20세기에 와서야 등장했고, 본거지 서구에서도 고작 200년 전에 태어난 개념이다. 게다가 교통과 통신의 발달로 온 세계가 쉽게 소통하고 있는 오늘날 이 단어는 아마도 곧 지구상에서 사라져 버릴 것 같다.

# 금수저의
# 정신분석

"우리 엄마 아빠는 내 진짜 부모가 아닐지 몰라. 아마 나는 굉장한 집 자식인데 어떻게 잘못 돼서 이런 가난한 집에 맡겨져 키워지고 있을 거야."

어린 시절 누구나 잠시 생각했을 법한 이런 '허구의 가족사'를 프로이트는 '가족 소설'(프랑스어는 roman familial, 영어는 family romance)이라고 명명했다. 어린이 신경증 환자들이 자기 부모를 친부모가 아니라고 생각하는 데에 흥미를 느꼈던 프로이트는 처음에는 이 허무맹랑한 거짓말을 병리학적 징후로 간주했다. 그러나 그는 차츰, 인간은 누구나 어린 시절에 그런 이야기를 의식적으로 지어낸다는 것, 하지만 어른이 되면 그 허구의 이야기를 스스로 억제한다는 것을 알게 되었다. 그러니까 이 현상은 모든 어린이가 겪는 정상적이고 보편적인 경험이었던 것이다. 다만 어른이 되어서도 그것을 계속 믿고 집착한다면 그것은 병리적인 현상이 된다.

　'가족 소설'이란 결국 오이디푸스 콤플렉스가 그렇듯이 인격 발달 과정에서 부딪치는 하나의 위기를 해결하기 위해 인간이 동원하는 상상의 기제이다. 인생의 최초 단계에서 부모는 아이에게 절대적인 존재다. 부모 역시 아이에게 절대적인 사랑을 베푼다. 그러나 동생이 태어난다든가 해서 이때까지 혼자 독차지하던 가족의 사랑이 상대적으로 약해진다면, 아이는 자신이 부당하게 뭔가를 박탈당했다는 느낌을 갖게 될 것이다. 이 감정적인 실망과 굴욕감이 부모에 대한 그의 절대적 신뢰를 비판으로 돌려놓는다.

　마침 지적 능력도 발달하면서 관찰과 비교를 통해, 그는 자신의 어머니, 아버지만이 이 세상에서 유일한 부모는 아니라는 사실을 어렴풋이 알게 된다. 게다가 다른 많은 부모가 자신의 부모보다 훨씬 더 훌륭하고, 훨씬 더 재산이 많고, 훨씬 더 높은 신분을 갖고 있다는 것까지 알게 된다. 부모에 대한 맹목적인 숭배는 거기서 끝난다.

　이 첫 번째 실망을 극복하기 위해 아이가 의존하는 기제가 바로 '가족 소설'이다. "나는 이런 집에서 살 사람이 아니야. 내게는 어떤 출생의 비밀이 있을지 몰라"라고 아이는 상상의 스토리를 꾸며낸다. 이는 사실 자신의 보잘것없는 태생과 제대로 사랑받지 못한 수치심을 만회하기 위한 하나의 우화에 다름 아니다. 이 허구의 이야기가 아이에게는 위로와 복수의 수단이 된다. '모든 소설은 가족 소설이다'라는 문학 이론도 여기에서 나왔다.

　아이가 빈한(貧寒)한 자기 집과 상류 계급의 어느 가족을 대비시킨다

● 엑토르 말로(Hector Malot)의 동화 '집없는 천사'(Sans famille) 표지.

는 것이 의미심장하다. 인간 심리의 개체 발달과 신분 상승의 욕구라는 사회적 주제가 한 데 통합되었기 때문이다. 프로이트의 정신분석학이 '20세기 초 오스트리아의 부르주아 계급 가정에 국한되는 이야기'라는 가설이 설득력을 갖는 대목이다. 이때 '부르주아 계급'이란 현재 우리가 생각하는 부자 계층이 아니라, 귀족 계급을 영원히 선망하는 중류 계급으로서의 한 계급의 이름이다.

운이 따르지 않아 사회에서 부당하게 취급되고 버림받았다고 느끼는 요즘 젊은이들의 금수저론은 '가족 소설'의 역(逆)이미지라는 느낌을 지울 수 없다. 사회 문제라는 큰 틀에 넣음으로써 부모에 대한 부정(否定)이라는 죄의식에서는 벗어났지만 결국 부모 잘못 만나 자신이 괴로움을 당한다고 생각하는 방식은 여전히 또 하나의 '가족 소설'이기 때문이다. 이 단계에서 빨리 벗어나는 것만이 개인적으로는 건강한 인격체, 사회적으로는 성숙한 공동체가 되는 길일 것이다.

# 크라잉넛에서
# 칸트까지

내지르듯 박력 있게 노래하는 펑크록밴드 크라잉넛이 부른 '룩셈부르크'라는 노래가 있다. 꿈을 펼치기 위해 세계 지도를 같이 보자는 내용이다. 나라마다의 특색을 한 마디씩으로 규정했는데, 예를 들면 이런 식이다.

"다 같이 불러보자 룩셈부르크 / 석유가 넘쳐나는 사우디 / 사람이 너무 많은 차이나 / 월드컵 2연패 브라질 / 전쟁을 많이 하는 아메리카 / 하루 종일 레게하네 자마이카 / 하루 왼 종일 해 떠있는 스웨덴 / 신혼여행 많이 가는 몰디브 섬 / 이제 곧 하나가 될 코리아".

모두가 긍정적이거나 중립적인 내용인데 유독 미국만은 '전쟁을 많이 하는 나라'다. 젊은이들의 꿈을 이야기하는 경쾌한 노래 속에 슬쩍

● 영국 화가 크리스토퍼 네빈슨(Christopher Nevinson, 1889~1946), '첫 폭격 이후의 이프르'(Ypres after the first bombardment, 1916).

끼워 넣은 야비한 반미 사상이다.

　우리나라 좌파의 이념은 반미주의, 평화주의, 통일지상주의다. 그러나 최근 김정은의 광적 행태로 체제가 붕괴할지 모른다는 기류가 형성되자 좌파 인사들은 현 체제 유지가 중요하고 통일은 그 다음 순서라고 한 발 물러섰다. 결국 그들이 바라는 통일이 어떤 성격의 것인지를 그대로 보여주는, 미세하지만 매우 중요한 지형학적 변화다. 크라잉넛의 노래도 만일 요즘 만들어졌다면 '하나 될 코리아'가 아니라 '둘이서 평화로운 코리아'가 되었을 것이다.

북한의 핵무기 개발과 장거리 미사일 발사 후 정부가 개성공단을 폐쇄하자 좌파의 평화주의 공세가 일제히 포문을 열었다. 문재인 더불어민주당 전 대표(현재 대통령)는 페이스북에 "정부가 국민을 이렇게 불안하게 해도 되는 것인가. 진짜 전쟁이라도 하자는 것인지, 자식을 군대에 보낸 부모들과 국민을 안중에 두고 있는지 의심스럽다"라는 글을 올렸다. 백낙청 씨는 현 상황이 진보와 보수의 대결이 아니라 평화를 둘러싼 상식과 비상식 간의 충돌이라며, 정부는 평화를 뒤흔드는 비상식적 행동을 하고 있다고 주장했다.

한국 진보 세력의 '공자님' 격인 미국의 진보학자 노엄 촘스키는, 남북한의 관계가 개선되면 보수 정권이 권력을 잃게 되므로 남한의 보수 정권이 남북 평화 정책을 펼 이유가 없다고 말했다. "외부로부터의 위기를 부추겨 위기의식을 일깨우는 것이 보수에 이익이 되고 기득권 수호에 중요하다"라거나 "끊임없는 전쟁 상태, 테러와의 전쟁이 기득권에 유익하다"라는 그의 말은 우리나라 철부지 20대들도 앵무새처럼 외우는 클리셰(cliché, 상투어)여서 '대석학'의 말 치고는 어쩐지 공허하고 진부하다.

평화가 도덕적 정언(定言) 명령이라는 것을 누가 모르는가? 그러나 전쟁에 대한 대비 없이 '전쟁은 무섭다'라는 공포만 부추긴다면, 국민의 공포 자체가 적의 효율적인 무기가 되어버린다는 것이 동서고금 모든 시대의 딜레마이다. 평화의 추구가 정책의 유일한 목표가 될 수 없는 이유이다. 우리 국민은 평화를 사랑하여 한 번도 다른 나라를 침략한 적이 없다는 것이 한국 민족주의자들의 자랑이다. 그러나 그 결과

임진왜란에서 일본에 당했고, 병자호란에서 중국에 당했으며, 결국 근대에 이르러 나라를 빼앗기지 않았는가?

"장구한 평화는 한갓된 상인 기질만을 왕성케 하고, 천박한 이기심과 비겁과 문약을 만연시켜, 국민의 심적 자세를 저열하게 만든다(『판단력 비판』§ 28)"라는 칸트의 지적이 그래서 더욱 가슴에 와 닿는 요즘이다.

# 한국 좌파 사유의
## 뿌리 없음

　좌파 매체에서는 그냥 아무 얘기나 하면 다 진실이 되나 보다. 세월호 2주기 관련 어떤 기고문은 만약 세월호에 '안산'이 아니라 '강남'의 아이들이 있었다면 304명 전원이 구조되었을 것이라고 했다. 또 그 희생자 중에 미국 시민이 있었다면, 침몰 당일 대통령의 일곱 시간 행방이 지금처럼 2년 넘게 밝혀지지 않은 채 있지 않을 것이라고도 했다. 따라서 "단지 운이 없는 교통사고나 사적이고 개인적인 사건이 아니"라고 했다. 무슨 어려운 좌우 이념을 떠나 평범한 상식에 비추어 보아도 어처구니없는 얘기인데, 여기에 미셸 푸코의 이론을 갖다 붙이는 것이 더욱 기가 막혔다. 기고자인 여교수는 "미셸 푸코에 따르면 국가가 지닌 통치 권력은 생명과 죽음에 대한 권력인데, 세월호 참사는 국가가 죽음의 정치를 행사한 사건이다"라고 말하고 있다.

　푸코는 광기, 사법, 병원, 섹슈얼리티 등의 분야에서 전통적인 관념을 완전히 뒤집어엎은 전복(顚覆)적인 철학자이지만, 이렇게 어설픈 억지 주장에 동원될 만큼 비합리적인 학자는 아니다. 푸코의 생체 권력 이론이 담긴 책(『사회를 보호해야 한다』, 1998)을 번역했던 나는 정확한 내용을 사람들에게 알릴 의무감 같은 것을 느낀다.

푸코의 평생을 관통하는 키워드는 권력이었다. 우선 왕조 시대의 절대 권력은 힘에 의지하는 무지막지한 권력이었다. 군주는 백성에 대한 생사여탈권을 갖고 있었다. 근대 이후 권력은 생명으로서의 인체에 관심을 갖기 시작했다. 규율 권력과 생체 권력(bio-power)이 그것이다. 규율 권력은 감시를 통해 개인들을 통제하는 테크닉을 발전시켰다. 소위 판옵티콘 권력이다.

18세기 후반부터 권력은 개인이 아니라 인구 전체에 관심을 갖기 시작한다. 출산율, 사망률, 평균 수명 등을 계량화하여 인구통계학을 만들었고, 산아 제한이나 출산의 개입을 통해 인구 정책을 시행했다. 질병, 전염병 등에 대한 개입도 국가 권력이 떠맡게 되었다. 이것이 생체 권력이다. 진화론 같은 생물학 이론이 정치 담론과 밀접한 관계를 맺었던 시기였다. 그러니까 사람을 죽이는 데 능했던 절대군주의 드라마틱하고 음울한 절대 권력이 이제 사람의 생명을 북돋우는 지속적이고 학문적인 권력으로 대체되었다.

전통 학문은 이것을 복지의 증진, 인류의 진보로 규정했지만, 푸코는 이것을 권력의 교묘함으로 생각한다. 그에게는 모든 국가적 개입이 악이고, 모든 권력이 악이다. 그런데 그가 말하는 권력은 단순히 한 사회의 지배층이 가진 힘만이 아니다. 민원인에게 고자세로 대하는 말단

공무원도 시민 단체도 모두 권력이다.

여하튼, 생명을 목표로 하는 이 생체 권력은 죽음의 테크닉을 동시에 구사함으로써 권력 본연의 사악한 이면을 노정한다. 인종들을 구별하여 등급을 매기고 좋은 인종과 열등한 인종으로 나눈 뒤 열등한 인종을 말살시키는 소위 죽음의 정치도 베푼다. 이 국가 인종주의가 절정에 달한 것이 나치 사회였다. 소련을 비롯한 모든 사회주의 국가의 권력 패턴도 마찬가지다.

그러니까 '죽음의 정치'란 푸코가 전체주의 또는 인종주의를 비판하기 위해 도입한 개념이다. 나치, 소련, 북한 같은 나라들에 적용될 개념을 세월호 사고에 함부로 갖다 붙이는, 이 몽매(蒙昧)의 정치를 우리는 무엇이라 불러야 할까? 한국 좌파 사유의 뿌리 없음을 눈앞에서 확인하는 순간이다.

# 가진 자에 대한 폭력은
# 정당한가?

"Not to fall was too hard, too hard(추락하지 않기는 너무 어려워, 너무 어려워)."

대학 다닐 때 읽은 제임스 조이스의 어느 소설 중 한 구절이다. 소설 제목도 가물거리고, 문장의 맥락도 생각나지 않는다. 하지만 이 구절은 평생 나의 뇌리를 떠나지 않은 채, 오만을 경계하면서, 내 삶의 중심을 잡아주었다. 그렇다. 인생은 너무나 불안정하고 허약하여 자칫 잘못하면 이때까지 쌓아온 모든 것이 와르르 무너진다. 그것을 피하기는 너무나 어렵다. 인간관계는 또 얼마나 허약하고 유리처럼 부서지기 쉬운 것인가? 언제나 조심조심 상대방의 감정을 헤아려야 한다. 사물과의 관계 또한 폭력적이고 부조리하기는 마찬가지다. 자신이 잘못하지 않았는데도 부당한 대우를 받거나 단지 재수가 없어서 엄청난 재난을 당할 때가 많다. 그러니 이 허약한 인간이 할 수 있는 일이란 그저 겸손하고 또 겸손해야 하는 일일 뿐.

노자(老子)의 『도덕경(道德經)』에 나오는 지지불태(知止不殆)라는 말도 좋아한다. "족함을 알면 욕되지 아니하고, 멈출 줄 알면 위태롭지 않으리니(知足不辱 知止不殆)"라는 구절 속의 한 부분으로, 아마도 인간의 헛된 욕망을 경계하는 말인 듯싶다. 그러나 '욕망' 대신 인간의 '실수'를 대입해도 말이 된다. 실수를 저질렀더라도, 일단 그것을 중간에서 멈출 줄 알면 크게 위험한 일은 없다는 뜻이 된다.

여기서 '멈추다(止)'라는 말이 더 할 수 없이 푸근하게 다가온다. '멈춘다'라는 것은 이미 그 앞에 어떤 행동이 있었다는 얘기가 아닌가? 그렇다면 인간은 누구나 잘못을 저지를 수 있다는 것이 자연스럽게 전제되어 있는 것이다. 이 경구는 주체인 내가 상황을 장악할 수 있다는 점에서도 안도감을 주지만, 모든 인간의 오류가능성을 자연스럽게 인정해주는 것이어서 매우 인간적이다.

대한항공의 조현아도 멈출 줄 알았으면 위험을 피했을 것이다. 그러나 부자에게 겸손과 절제는 낙타가 바늘구멍 들어가는 것만큼 힘든 것인가? 결국 사태는 끝까지 가서 개인의 몰락이요, 기업의 불운이며, 세계적인 망신으로 이어졌다. 또래의 젊은이라면 기껏해야 차장 혹은 대리가 될 나이에 거대 기업의 전무니 부사장이니 하는 직함을 가진 자매에게 때마침 「미생」의 드라마로 한껏 자의식이 고조된 젊은이들과 일반인들이 분노를 폭발시킨 것은 당연하다.

그러나 우리는 이쯤에서 우리의 자세에도 지나침이 없었는지 반성해 보아야 한다. 항공기 항로변경죄 등의 혐의가 인정되면 합당한 처

● 조현아

벌을 받으면 그만이다. 굳이 구속 수사를 결정한 것은 여론에 지나치게 영합한 것이 아닌지. 압수한 휴대 전화 속의 사적인 문자 내용을 언론에 알려 대중의 적개심에 불을 붙인 검찰의 행동은 정당한 것인지 의문이다. 검은 머리칼에 뒤덮인 얼굴을 푹 숙이고 운집한 기자들 사이에서 떠밀리는 모습은 이미 사법 판결 전에 조리돌림이라는 사적 형벌을 받고 있는듯하여 영 보기가 편치 않았다. 급기야 영장 심사를 마치고 나오는 날, 한 시민이 욕설을 하며 그녀의 목덜미를 잡으려 하는 광경은 보기에 섬뜩했다.

사람들은 부자와 권력자에게 가해지는 폭력은 정당한 폭력이라고 생각하는 듯하다. 그러나 그것은 천박한 노예근성이다. 가난한 사람이 법 앞에서 불이익을 받지 않아야 하듯이 부자도 똑같이 법 앞에서 불이익을 받지 않아야 한다고 우리는 주장할 수 있어야 한다.

헤겔이 말했듯이, 노예가 주인이 될 수 있는 것은 오로지 성실한 노동과 고귀한 영혼에 의해서이므로.

# 이부진 효과

날카로운 눈매와 도도함이 사람을 압도하는 듯하여 보통 사람이 감히 가까이 갈 수 없는 상류층의 전형이었다. 한국 최고 부자의 딸이면서 계열사 사장에, 미모와 젊음까지 갖추었으니 오만이 하늘을 찌를 것이라 생각했다. 그런데 허를 찌르는 의외의 광경이 있었다. 주주총회에 한쪽 발목에 깁스를 하고 나타난 것이다. 깁스를 한 것만 해도 평소의 오만함을 얼핏 무너뜨리는 약한 모습인데, 깁스 위에 '엄마 사랑해, 쪽~'이라는 글씨까지 쓰여 있는 게 아닌가? 초등학교 2학년 아들이 엄마의 빠른 회복을 빌며 쓴 것이라고 했다. 한 순간 "아, 이 여자도 아이 엄마였지!"라는 생각과 함께 갑자기 마음이 부드럽게 누그러지는 것을 느꼈다. 이부진 호텔신라 사장의 이야기다. 물론 "이혼 재판에서 양육권 싸움을 한다더니 언론 플레이 하는군!"이라는 냉소적 댓글도 많았지만, "차가운 도시 여자로 보여도 의외로 마음은 따뜻한 분일 것

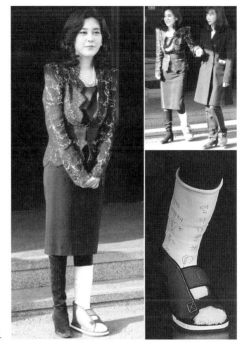

• 깁스한 이부진.

같습니다"라는 긍정적인 반응이 줄을 이었다.

이미 몇 개의 상을 받았고, 오스카에도 노미네이트되었던 여배우 케이트 블란쳇은 최근 골든 글로브 시상식장에 아홉 살짜리 아들을 데리고 나와 사람들에게 깊은 인상을 주었다. 호기심에 가득 찬 개구쟁이 소년의 예의 바른 모습은 사랑스러웠고, 웨이터에게 오렌지 주스를 부탁해 아이에게 건네는 톱 여배우 엄마의 모습은 유명 연예인에 대한 거리감을 일거에 무너뜨렸다. 자기 아이에게 잘 하는 모습일 뿐인데

● 오라치오 젠틸레스키(Orazio Gentileschi, 1563~1639), '아기 예수와 성모
마리아'(Madonna and Child).

왜 우리는 그녀에게 호감을 갖게 될까? 케이트 블란쳇은 엄청나게 파
워풀한 여배우다. 명성과 아름다운 외모 때문에 굉장히 거만할 거라고
우리는 지레 짐작한다. 그런데 시상식에 아이를 데리고 나옴으로써 그
녀는 자신이 따뜻한 인간미를 갖고 있다는 것을 우리에게 환기시켰다.
백악관 집무실에서 어린 아이와 함께 뛰고 있는 오바마의 사진을 보고

도 우리는 마치 이웃집 아저씨를 보듯 마음이 편안해 졌었다.

우리는 왜 권력자(정치가이건, 재벌이건, 유명 연예인이건 여하튼 사회적으로 힘이 있는 모든 사람을 권력자로 본 것은 푸코 이후였다)가 어린아이에게 따뜻하게 대하는 것을 보면 늘 감동하는가? 연약한 아이들을 다정하게 대하는 모습은 권력자의 경직된 진지함을 일거에 허물어뜨리면서, 그에게 두려움을 느끼고 있는 보통 사람들의 경계심을 단숨에 무장 해제시킨다. 이것은 불평등에 대한 깊은 불안감과 상관이 있다고 소설가 알랭 드 보통은 말한다. 하기는 우리 모두 행여 남들로부터 냉혹한 대우를 받지 않을까 마음속 깊이 전전긍긍해 하는 허약한 인간들이다. 권력자가 아이들에게 친절하게 대할 때 우리는 그들이 인간의 약함을 이해하고 있다는 것에 안도하고, 그가 아이에게 대하는 것과 똑같은 태도로 우리에게 대해 줄 것이라는 막연한 기대도 갖는다.

르네상스 시대 가톨릭교회가 자애로운 성모 마리아를 부각하려 했을 때 그들은 아기 예수에게 다정한 모습을 보이는 성화(icon) 제작보다 더 좋은 방법이 없다는 것을 깨달았다. 자신의 어린 아들에게 다정한 사람이라면 다른 누구에게나 다정할 수 있다는 것을 이 그림은 강하게 암시하고 있었기 때문이다.

2015년 1월 기자회견 후 박근혜 대통령의 지지율이 하락했던 은밀한 원인은 자신의 어린 동생(비록 더 이상 어리지 않다 해도)에게 보여준 야멸찬 태도에 대한 사람들의 원초적인 불쾌감 때문은 아니었을까?

# 선물의 사회학

북 아메리카 태평양 연안 지역 원주민 부족들에게는 특이한 축제가 있었다. 축제 기간 중 부족들 간에 일종의 스포츠처럼 대결과 경쟁이 벌어지는데, 누가 상대방에게 얼마나 더 많은 선물을 주느냐에 따라 승패가 결정되었다. 우리 편에서 귀중한 물건을 상대방에게 주면 상대방은 더 값진 것으로 우리에게 답례한다. 그러면 우리 쪽은 또 그보다 더 값진 것을 상대방에게 선물한다. 상대방을 압도하기 위해 선물의 규모는 점점 더 커지고 에스컬레이트 되어, 결국 양쪽이 자신들의 부(富)를 완전히 소진시킨 다음에야 축제가 끝난다. 포틀라치(potlatch)라는 이름의 축제이다.

여기서 부의 낭비는 위세(威勢)와 연관이 있다. 미친 듯한 증여에 의해 추장과 가신 사이, 또는 부족과 부족 사이에 위계질서가 형성되기 때문이다. 아낌없이 남에게 자기 물건을 주는 사람은 재산의 손해만큼

명성이라는 추상적인 부를 획득한다. 그에 반해, 받기만 하고 답례하지 않는 사람은 상대방에게 종속되고, 더 낮은 지위로 떨어져 그의 하인이 된다. 자원의 소모가 오히려 그것을 소모한 사람에게 특권을 안겨준다는 사실이 흥미롭다.

프랑스의 인류학자 마르셀 모스(Marcel Mauss)는 한없이 무질서하고 자유로운 이 축제 속에 실은 매우 엄격한 규칙이 숨겨져 있음을 발견했다(『증여론』, 1925). 그것은 '주기' '받기' '답례'라는 3각형의 구조이다. 이 세 단계는 그냥 자유롭게 주고받는 행위가 아니라 엄격한 의무 조항이라는 것이다. 즉 선물은 반드시 주어야 하고, 주어진 선물은 반드시 받아야 하며, 받았으면 반드시 답례를 해야 한다. 이때 선물은 물건만 뜻하는 것이 아니다. 환대, 서비스, 배려 같은 추상적인 개념도 포함된다.

여하튼 선물의 급부(給付)와 반대급부는 겉보기에 자발적인 형식인 듯 보이지만 실은 엄격하게 의무적이어서, 이를 소홀히 하면 불행한 결과가 생긴다. 어느 추장이 손자의 돌잔치에 이웃 사람 누군가를 깜박 잊고 초대하지 않았는데, 그 사람이 앙심을 품고 추장의 손자를 죽였다는 전설이 한 원시 부족 사이에 전해 내려오고 있다. 주는 것을 거부하는 것, 초대하는 것을 거부하는 것은 전쟁을 선언하는 것과 같고, 받는 것을 거부하거나 답례하지 않는 것 역시 비슷하게 위험한 일이 된다.

모스는 결국 선물이 원시 부족만이 아니라 문명화된 현대 사회에 이르기까지 지구상에 존재하는 모든 사회의 공통적 현상이며, 사회가 작동되는 원리라는 것을 깨달았다. 그것은 사회적 인간이 사회 안에서

● 포틀라치(Potlatch)는 북아메리카 북서쪽 인디언들이 축제 중에 서로 선물을 교환하는 의식이다. 자신이 통 큰 사람이라는 것을 보여주거나, 위세를 높이기 위해 또는 자신의 부(富)를 과시하기 위해 사람들은 자신의 소유물을 마구 버리거나 파괴하기 까지 했다. 인류학자 마르셀 모스(Marcel Mauss)는 여기서 모든 사회가 작동되는 급부와 반대 급부의 기본 구조를 발견한다.

상호 관계를 맺기 시작할 때 행하는 제일 첫 번째 행위이다. 모든 사회 고유의 예의범절의 시작이기도 하고, 경제적 행위로서의 신용의 기원이기도 하다.

　근본적으로 선물의 답례에는 원래 시간이 필요했다. 선물을 받았는데 그 자리에서 답례하는 것은 물물 교환이지 답례가 아닐뿐더러, '받기'를 거부하는 것처럼 보일 수도 있기 때문이다. 더군다나 식사 접대나 장례식 조문 같은 서비스는 즉각 답례할 수 있는 성질의 급부가 아니다. 그러므로 답례는 필연적으로 지연된 시간을 요구한다. 답례의 지연된 시간이 바로 신용의 기초이다. 현대 사회의 사회보장 제도도 여기서 유래했다. 즉 평생의 성실한 노동에 대한 답례로 기업 혹은 국가가 노동자에게 연금 혹은 의료 서비스를 제공한다는 것이다.

물건을 주고받는 행위여서 선물은 얼핏 물자의 순환이나 교역 같은 경제적 현상으로 보이지만, 모스는 거기서 오히려 정치적 의미를 찾는다. 물건을 주고받으려면 우리는 우선 창(槍)을 내려놓지 않으면 안 된다. 그렇게 개인 간 혹은 집단 간에 물건을 주고받다 보면 비록 적대적인 사이라 하더라도 거기엔 무력에 의존할 필요가 없는 평화의 관계가 형성된다. 하기는 무역을 하는 두 국가 간에는 전쟁이 없다.

김영란법이 시행되었다. '연줄 사회'가 '실력 사회'로 전환하는 단초가 될 것이라느니, 국가 전체의 청렴도가 높아질 것이라느니, 사람들에게 '저녁이 있는 삶'을 되돌려 줄 수 있다느니 하는 기대가 팽배해 있다.

그러나 개인의 자유를 지나치게 간섭하는 과잉 입법임은 분명한 사실이다. 또 부패의 만연은 법이 없어서가 아니라 있는 법이 집행되지 않아서였던 것이고, 따라서 이것은 불필요한 중복 입법이라는 주장도 설득력이 있다.

가장 중요한 문제는 이것이 인간의 원초적 성질을 거스르고 있다는 점이다. 자연을 거스르면 활기가 없어지고, 활기가 사라지면 사회의 발전도 정체될 것이다. 어둡게 가라앉은 사회에서 저녁이 있는 삶이 무슨 의미가 있는지 묻고 싶다.

# 좌파 운동에 스며든
# 푸코의 사상

노자(老子)는 "문 밖을 나가지 않아도 천하를 알 수 있다(불출호지천하, 不出戶知天下, 『도덕경』47장)"라고 했다. 도(道)를 깨우치면 그렇다는 것이다. 그러나 현대인은 도를 깨우치지 않아도 소셜 미디어만 접속하면 문 밖에 한 걸음 나가지 않고도 세상을 다 파악할 수 있다. 페이스북을 한 번 주르륵 스크롤하면 그날 사람들의 관심사를 한 눈에 파악할 수 있고, 좌파와 우파, 장년과 청년들의 생각을 그대로 확인할 수 있다.

백남기 농성장에서 담배를 피우다가 어른들(물론 같은 좌파)로부터 야단을 맞은 두 좌파 청소년의 사소한 이야기를 엿들은 것도 이 공간을 통해서였다. 스스로 청소년 녹색당원이라는 두 청소년은 자신들을 '탈(脫)가정 상태'라고 했다. 예전의 '가출'을 지금은 '탈(脫)가정'이라고 부른다는 것도 처음 알았다. 농성장의 어른들과 말싸움을 벌이던 그들은, 나이가 어리다고 담배를 피우지 못하게 하는 이유가 무엇이냐고

대들었다. 누군가가 청소년 보호법을 얘기하자 그들은, 법과 국가에 굴복하지 않으려고 이런 운동을 하는 사람들이 법을 말하는 것 자체가 자기모순이 아니냐면서, "당신들은 꼰대다"라고 했다(좌우 양쪽에서 어른들은 모두 꼰대다).

법과 국가에 굴복하지 않는 것이 그들의 운동 목표라는 것도 기막힌 일이지만, 정작 내 관심을 끈 것은 그 다음 말이었다.

"청소년은 국가의 미래를 책임지는 존재이니 건강해야 한다는 인식 자체가 문제에요. 우리는 지금 우리의 건강조차 국가에 의해 통제받고 있어요. 저들은 여성과 청소년을 국가의 자원으로 또는 남성의 소유물로 생각하고 있구요."

이건 개인의 육체까지 권력이 장악하고 있다는, 미셸 푸코의 '생체권력(bio-power)' 이론이 아닌가. 기존 이론을 뒤엎은 전복(顚覆)적 철학자의 이론이 아무런 맥락 없이 미성년자의 입을 통해 나오는 것을 보고 놀라움을 금치 못했다.

푸코의 이론이 나온 배경은 18세기 중반부터 유럽에서 대대적으로 벌어진 청소년의 자위행위 금지 운동이었다. 지금 보면 비과학적이고 웃기는 담론들이 팸플릿 또는 진지한 학술서적으로 전 유럽에서 동시다발적으로 출간되었다. 청소년 시절에 자위행위로 몸을 소모시킨 탓에 창백하고 초췌한 낯빛으로 뼈만 앙상하게 남은 젊은이를 삽화로 그려 넣는다든가, 자위행위의 폐해를 의학적으로 분석한다든가 하는 책들이 그것이다. 아이들의 은밀하고 하찮은 행위를 겨냥해 이처럼 떠들썩한 캠페인을 벌인 이유가 무엇인가? 일찍이 마르쿠제는 성 억압의 가설을 제시했다. 즉 자본주의 사회가 발전하기 시작한 순간, 이때까지 쾌락의 기관이었던 몸이 생산의 도구가 되어야 했고, 따라서 쾌락 기관으로서의 몸은 억압되고, 생산 도구로서의 몸이 장려되었다는 것이다.

그러나 푸코는 두 가지 의문을 제시하며 성 억압설을 반박한다. 쾌락의 몸을 억압하고, 생산하는 몸을 고양시키는 게 목적이라면 차라리 성 일반을 억압하거나, 아니면 노동 계급 성년의 성을 문제 삼는 것이 옳다. 그런데 반-자위행위 캠페인은 근로 계층의 청소년이 아니라 거의 배타적으로 부르주아 가정의 청소년만을 대상으로 삼았다. 푸코는 쾌재를 부른다. 이 캠페인은 미래의 지도층을 건강하게 키워야 한다는 부르주아 권력의 전략이라는 것이다. 실제로 반-자위행위 캠페인이 벌어진 바로 그 시점부터 교육은 철저하게 국가에 의해 통제되었고, 청소년의 건강도 국가가 관리하게 되었다. 이때부터 국립 교육기관이 대대적으로 설립되었고, 상류층의 어린이들은 집에서 나와 기숙학교로 들어갔다.

프롤레타리아 가정에 대해서는 전혀 다른 캠페인이 벌어졌는데, 주로 1820~40년대에 집중적으로 나타났던 "결혼하라. 그러나 무작정 아이부터 낳지는 말라"라는 구호가 그것이었다. 경제의 기초를 담당하는 계급으로서의 노동계층의 안정성이 절실하게 필요했기 때문이라는 것이 푸코의 분석이다. 현재 한국의 젊은 여성들이 흔히 하는 말, "우리가 아이 낳는 기계냐?" 또는 "나의 결혼과 출산을 왜 국가가 간섭하느냐?"라는 말이 모두 푸코의 부르주아 권력 분석에 그 기원을 갖고 있다.

건강, 결혼, 출산 등은 '국가의 통제' 이전에 개인의 행복과 직결되어 있다. 더구나 시간이 지나면 영원히 되돌릴 수 없는 인생의 한 과정인데, 이를 페미니즘 또는 청소년 혐오의 시각으로만 몰고 가는 젊은 이들의 생각이 참으로 안타깝다.

인문학의 폐해라기보다는 자극적인 담론만을 단편적으로 강하게 유포시키는 세력의 폐해라고 생각한다.

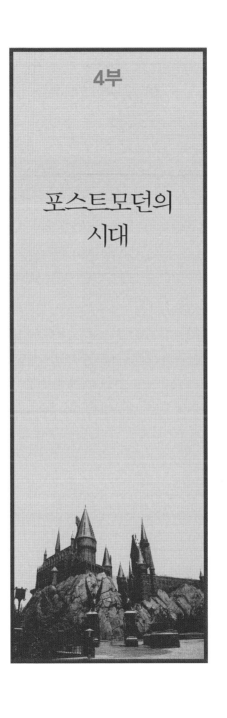

4부

포스트모던의
시대

# 광화문 광장에 대한
# 보드리야르적 해석

　광화문 앞 광장을 운전하며 지날 때는 우툴두툴한 바닥이 차바퀴와 부딪치는 덜커덩 소리와 요동치는 승차감이 싫다. 유럽에도 촘촘하게 돌이 박힌 도로가 있지만 이는 로마 시대의 흔적이거나 최소한 수백 년 전 마찻길이어서 도시의 오랜 역사를 증명하는 유산이다. 그러나 길이 5백 미터 왕복 10차로의 아스팔트 차도 위에 뜬금없이 깐 이 돌바닥은 도대체 무슨 멋이란 말인가? 불편하기만 한, 맥락 없는 키치(kitch)다. 두 차도 사이의 휑한 중앙 광장에는 언제나 관광객과 시민이 북적이고 있다. 광장의 설계자는 이 인파를 자기 디자인의 성공으로 착각하고 있는 것일까?

　어느 때는 화려한 꽃밭, 어느 때는 물줄기 뿜어 오르는 분수, 또 어느 때는 도심의 스키장으로 변신하는 이 광장은 그야말로 트랜스포머티브(transformative)하다. 수도의 상징적 장소로는 너무나 천박하고 삭

막한 풍경이 아닐 수 없다. 지금은 잔디와 들풀들이 가을바람에 흔들려 제법 전원적인 풍경이지만 그 밑이 콘크리트 바닥이라는 건 누구나 다 안다. 맥락 없기는 옆에 늘어선 흰색 뾰족한 천막들도 마찬가지다. 영락없이 몽고의 게르를 연상시켜, 외국인이 보면 한국의 역사적 뿌리가 몽고인가 착각하기 십상이다. 꽃을 심었다 뽑았다, 무대를 설치했다 허물었다 하면서 계절마다 들이는 돈은 또 얼마나 낭비인가.

나는 아름답고 웅장한 석조 건물 앞에 일직선으로 늘어선 은행나무가 가을이면 노랗게 물들던 시절이 참 좋았다. 그 시절에는 광화문에서 안국동 방향으로 도는 오른쪽 모퉁이에 빨간 벽돌 건물의 경기도청이 있었다. 나는 그 앞에서 원남동 가는 버스를 타고 대학에 다녔다. 거대한 중앙청 건물이 광활하게 흩날리는 눈발에 휩싸여 있던 젊은 어느 겨울날의 잿빛 풍경도 기억 속에 깊이 새겨져 있다. 아주 어릴 때는 중앙청 외곽의 난간식 돌기둥 벽에서 놀기도 했고, 6·25 때는 꼭대기의 둥근 돔이 불길에 휩싸여 타오르던 광경도 보았다. 그 모든 것이 흔적도 없이 사라졌다.

식민주의를 청산해야 한다는 강력한 이데올로기에 의해 건물은 가루가 되었고, 나무는 뽑혀지거나 옮겨졌다. 그러나 생각해 보라. 궁궐을 가로막고 서 있던 웅장한 석조 건물이 일본 식민주의의 만행이었고, 박정희 시대에 복원된 광화문이 콘크리트 가짜 건물이라는 건 온 국민이 다 알고 있었다. 그것을 허물고 마치 우리가 식민 지배를 한 번도 받아본 적이 없다는 듯이, 마치 광화문은 한 번도 불타 본 적이 없다는 듯이 복원한다고 해서 우리는 과거로 되돌아 갈 수 있는가?

형태나 재료의 면에서 불완전한 복원이라는 비판이 제기되지만, 설령 완전한 복원이라 해도 그것이 복제품이라는 사실에는 변함이 없다. 그렇다면 하나의 가짜를 다른 가짜로 대체하는 것이 무슨 그리 큰 가치가 있다는 말인가? 첫 번째의 가짜에는 최소한 '나는 가짜다'라는 정직성이라도 있었다. 그러나 두 번째의 가짜는 보드리야르의 말마따나 한 바퀴 돌아 다시 돌아온 이중의 시뮬라크르일 뿐이다. 이념적 구호를 내세워 개인들의 사소하고 애잔한 기억과 건국 이후 수십 년 간의 국가 역사를 지워버린 광화문 프로젝트는 아무리 생각해도 성급하고 무지막지한 폭력이며 오만이었다.

　성곽을 복원한답시고 후딱 하면 옛집들을 헐어버리고, 야생 동물의 통행로를 마련한답시고 걸핏하면 멀쩡한 도로 위에 인공 터널을 만드는 문화 권력들의 오만이 나는 너무 싫다. 그것을 막을 수 없는 개인의 무기력함이 안타깝고 가슴 아프다.

## 키치

　진정한 문화의 가치는 모르면서 그러나 막연히 어떤 고급 문화의 흔적을 갈망하는 사람들, 그런 대중들을 위해 생겨난 대용(代用) 문화(ersatz culture)가 바로 키치(kitsch)다.

　가령 대학로나 홍대 거리, 동화 속처럼 꾸민 가게 안에 촘촘히 진열된, 조잡스러운 액세서리나 간단한 생활용품들, 진짜 보석은 아니면서 플라스틱이나 수지 (樹脂) 같은 것으로 보석을 흉내 낸 가짜 물건들, 예뻐서 사갖고 집에 오면 언제 고 버리기 십상인, 그러나 저렴한 가격에 한 순간의 환상을 만족시켜주는 물건 들, 이것이 바로 키치다.

서울 근교로 나가면 드문드문 눈에 띄는 중세 성(城)들, 신데렐라와 왕자라도 나올 것 같은 동화적 분위기이지만 자세히 보면 돌도 아니고 대리석도 아닌 콘 크리트에 핑크 빛 색칠을 한 조잡한 가짜 성(城)들, 소위 러브호텔 또는 웨딩홀, 이 건물들이 바로 키치다.

비잔틴 양식, 고딕 양식, 온갖 서구의 역사적 양식들은 다 갖추고 있지만 자세 히 보면 합판에 칠해 놓은 가짜 건물들인 테마파크의 온갖 구조물, 이것이 바로 키치다. 고급 거실의 한 구석에 놓여 있는 낡은 유성기나 서재 한 모퉁이를 장식 하는 낡은 타자기, 전통 찻집이나 혹은 한식집의 미니어처 물레방아나 온갖 잡 다한 민속 물건, 이것들도 키치다.

키치란 가짜인 것, 저급한 것, 진품을 베낀 복제품, 몰취미하고 경박한 것, 대 중의 취미에 맞춘 촌스럽고 번지르한 것, 쓸 데 없고 가치 없는 것, 시시하고 보잘 것 없는 것, 모든 실용과 상관 없는 장식성이다.

키치라는 말이 새로운 의미를 갖고 사용되기 시작한 것은 1860년 무렵 독일 남부에서였다. 원래 '긁어 모으다, 아무렇게나 주워 모으다'라는 의미의 이 단어 는 차츰 일정한 양식에 구애받지 않고 편안함을 충족시키는 기능을 가진 조악한 물건을 가리키게 되었다.

키치는 19세기 시민사회(부르주아 사회)의 발달과 함께 생겨난 현상이다. 전통 적 귀족 사회에는 키치가 없었다. 귀족의 액세서리는 모두 진품의 값비싼 귀금

속과 보석이고, 실내 장식품은 대리석으로 깎은 조각이거나 숙련된 장인들이 수십 년 간 짠 태피스트리였다. 그 시대에 모조품이나 가짜는 있을 수도 없었고, 있을 필요도 없었다.

그 때 아직 하층 계급이었던 부르주아 계급(시민계급)은 고가의 장식품을 구입할 재력도 없었지만 그럴 욕구도 없었다. 19세기, 산업혁명과 함께 경제적으로나 정치적으로 완전히 상층 계급으로 올라서게 되자 부르주아는 귀족의 생활 방식을 따르고 싶은 강한 욕망에 사로잡혔다. 그러나 아직 일부 상층 부르주아를 제외하고 대부분의 소시민(쁘띠 부르주아)은 역시 고가의 보석이나 실내 장식품을 살 여력이 없었다. 여기서 대안으로 등장한 것이 모조품이다. 이것이 키치였다.

현대의 대중사회에서는 부유한 계층에 대한 일반 대중의 선망이 키치 현상으로 이어진다. 수백만 원짜리 명품 가방을 살 재력이 없는 중간층의 여성이 구입한 짝퉁 가방, 그것이 바로 키치다.

# 아카이브의 시대는 가고,
# 지금은 다이어그램의 시대다

　"유학자도 아닌, 변방의 일개 무장이 『대학연의(大學衍義)』를 읽고 있어요. 이성계가 역심을 품고 있는 게 틀림없습니다."

　2014년에 인기를 모았던 TV 사극 「정도전」에서 고려 말의 권신(權臣) 이인임이 이성계를 제거하기 위해 내세운 명분이다. 개국 공신 조준도 이성계에게 "이 책을 읽으면 가히 나라를 만들 수 있습니다(讀此, 可以爲國)"라고 말한다. 책 한 권만 읽으면 역성(易姓) 혁명도 가능해지고, 국가 경영도 쉽게 할 수 있다는 이야기이다. 과거의 기록은 이처럼 권력의 지배 원리를 가르쳐주는 거의 절대적인 수단이었다. "전하, 아니 되옵니다!"라고 왕에게 간언하는 신하들의 논리적 근거가 모두 고전 속에 있었고, 일반 백성들에게 부과되는 예의범절의 기원도 모두 과거의 책 속에 있었다.

　서양에서도 프랑스 대혁명 이전까지 역사학자들은 왕의 계보학을 썼고, 모든 지식은 도서관이라는 건축물 속에 엄격한 도식에 따라 가시적으로 분류되어 있었다. 모든 권력이 과거의 기록인 책에서 나왔고, 책들은 도서관에 보관되어 있었으므로 왕조 시대의 권력은 도서관에서, 다시 말해 기록 보관소인 아카이브(archive)에서 나왔다.

그러나 18~19세기에 이르면서 어느 때부터인가 한 사회를 움직이는 힘의 원리가 더 이상 기록보관소에 있지 않게 되었다. 미세한 동작들을 세밀한 그림으로 보여주는 총검술이 군대를 효과적으로 통솔할 수 있게 해주었고, 펜 잡은 손가락이 알파벳의 선을 긋는 모습을 매 초 단위로 보여주는 일러스트레이션 글씨 교본은 교사로 하여금 힘들이지 않고 학생들을 통제할 수 있게 해주었으며, 나란히 일렬로 배치된 교실에 창문을 크게 낸 건축 설계도는 복도 한 번 걷는 것으로 학교 전체의 수업 상황을 한 눈에 파악하게 해 주었다.

이것이 바로 푸코가 판옵티콘이라고 이름 붙인 근대적 권력의 방식이다. 이제 권력은 아카이브에서 나오는 것이 아니라 건물 내부가 한 눈에 내려다보이는 건축 설계도나, 인간의 몸동작을 미세하게 묘사해 놓은 개념도, 또는 병영의 막사 배치도나 시간표, 또 혹은 한 눈에 통계 숫자를 일목요연하게 확인할 수 있는 도표에서 나오게 되었다.

이 도표, 설계도, 개념도, 그래프 등을 한 마디로 아우르는 말이 다이어그램이다. 근대(近代)는 권력의 원천이 아카이브에서 다이어그램으로 이동했을 때 시작되었다. 이때 다이어그램은 단순한 도표가 아니라, 눈에 보이지 않는 지배 원리의 은유이다.

직장인들의 거센 반발에 놀라 허둥지둥 소급 적용을 결정하고 건강보험료 개혁안도 잠정 취소한 우리 정부는 해당 정책의 취지나 철학을 언제 국민들에게 제대로 설명한 적이 있었던가? 올랑드가 야심차게 추진하는 프랑스의 '책임, 연대 협약'의 홍보 일러스트레이션들은 재미없는 숫자와 딱딱한 경제 정책을 동화처럼 예쁜 개념도로 간단하고도 일목요연하게 정리하고 있다.

미국의 2016 회계연도 예산안의 그래픽은 빨강, 자주, 초록, 노랑의 알록달록한 사각형들이 마치 새콤달콤한 사탕 같고, 사각형을 클릭하면 해당 부서로 들어갈 수 있어서 디지털적이기까지 하다.

그래픽이나 일러스트레이션은 결국 정부가 얼마나 국민에게 다가가 설득하려는 노력을 하는가를 보여주는 상징물이다. 어려운 용어의 정책들을 관보나 법령집에 올려놓기만 하면 국민이 그대로 따르던 시대는 갔다. 그것은 국민을 무시하는 왕조적 발상이다.

세상은 다이어그램적으로 변했는데 우리 정치인들은 아직도 아카이브적 사고에 머물러 있는 것 같아 안타깝다.

## 다이어그램

누구나 알다시피 다이어그램(diagram)은 '도형, 도표, 일람표' 등의 의미이다. 이 다이어그램을 아카이브(archive, 기록보관소)와 대립되는 개념으로 정립한 것은 들뢰즈(『Foucault』, Gilles Deleuze, 1986)였다. 그는 푸코가 철학자이기보다는 차라리 '새로운 지도 제작자(new cartographer)'라고 말했는데, 그것은 푸코의 기본 개념인 판옵티콘이 나이어그램을 연상시키기 때문이다. 사회기관들이 아카이브의 기능에서 다이어그램의 기능으로 전환했을 때 진정한 근대가 시작되었다고 들뢰즈는 말한다. 어떻게 소소하고 하찮은 도표인 다이어그램이 아카이브의 반대말이 될 수 있으며, 또 한 사회의 지배 원리가 될 수 있다는 말인가?

푸코는 사회 전체에 골고루 퍼져 있는 감시 체제 즉 판옵티즘의 방식이 근대 권력의 숨은 동인이라고 했다. 그의 저서 『감시와 처벌』에는 병영의 설계도와 배치도, 감옥 설계도, 또는 학생들의 습자 교본이나 책상 배치도 등 수많은 다이어그램의 도판이 삽입되어 있다. 글자 그대로의 다이어그램들이다. 하지만 '아카이브를 대체하여 지배 원리로 떠오른 다이어그램'이라고 할 때의 다이어그램은 단순히 글자 그대로의 도표를 뜻하는 것은 아니다.

다이어그램이 단순히 도표가 아니듯이 판옵티콘도 단순히 건축물의 개념도만은 아니다. 그것은 단순히 시각적 재배치를 통한 작업장, 병영, 학교, 병원 등의 공간 재구성이 아니라 어떤 특정 권력을 작동시키는, 눈에 보이지 않는 기계다. 푸코의 『감시와 처벌』 이래 판옵티콘은 현대 사회의 감시체제를 설명하는 가장 중요한 개념이 되었다. 디지털 사회 진입 이래 더욱 교묘하고 전면적이 된 감시체제를 요즘에는 '전자 판옵티콘'이라고 지칭하기도 한다. 그러니까 판옵티콘은 단순히 기발한 건축 개념을 지칭하는 용어가 아니라 권력의 감시체제를 뜻하는 기본 도식이다. 하기는 창시자인 벤담에서부터 이 말은 단순히 건축물의 명칭만은 아니었다. 그는 "이 감옥의 본질적인 장점을 한 단어로 표현하기 위해 여기에 판옵티콘이라는 이름을 붙인다"라고 자신의 논문 서두에서 분명히 밝힌 바 있다.

이 판옵티콘을 규정하는 보편의 상위 개념이 바로 다이어그램이다. 푸코는 그것을 추상적인 기계라고도 표현했다. 결국 판옵티콘이란 가장 이상적인 형태에 다다른 권력 메커니즘의 다이어그램이다. 푸코가 판옵티콘을 지칭하면서 썼고, 들뢰즈가 그것을 해석하면서 크게 관심을 보였던 다이어그램이란, 그러니까 한마디로 사회 전체의 내재적 원인과 힘들 사이의 관계들을 보여주는 추상적인 도표이다. 마치 온 영토의 면적을 다 덮을 수 있는 지도가 있다면 그랬을 것처럼 광활하고 세밀하게 사회 전체를 뒤덮고 있는 일종의 추상적인 기계이다.

# 시간표의
# 정치학

참 낭만적이기는 했다. 종래의 그레고리안 달력을 파기하고 1년의 달 이름을 '꽃피는 달(플로레알)' '안개 끼는 달(브뤼메르)' '파종하는 달(제르미날)' '찌는 듯이 더운 달(테르미도르)'처럼 계절과 자연을 연상시키는 이름으로 바꿨다. 프랑스 대혁명이 한창 진행되던 1793년의 일이었다. 루이 16세를 단두대에서 처형하고 온건파인 지롱드 당도 숙청한 후 자코뱅파는 수학자와 시인들을 동원하여 '공화국 달력'을 만들었다. 달력만이 아니라 시계도 바꾸었다. 열두 달을 똑같은 일수(日數)로 나누었고, 1주는 열흘, 1일은 열 시간, 한 시간은 100분 등의 십진법으로 통일했다. 그러나 이 시적이고 낭만적인 공화국 달력 밑에서 최대 50만 명의 무고한 시민이 목숨을 잃는 공포정치가 이어졌다.

레닌도 시간표의 문제가 가장 중요한 전략이라는 것을 간파했던 혁명가였다. 혁명 세력의 수장이 된 후 그가 우선 착수한 사업은 꼼꼼한

• 프랑스 혁명 달력

시간표 작성이었다. 엄격하게 정해진 시간표에 따라 민중 봉기의 과업을 수행했으며, 이의를 제기하는 사람은 과감히 숙청했다. 프랑스 혁명의 로베스피에르처럼 그도 역시 새로운 시간의 창시자이며, 새로운 시계 제조인이었다. 앙리 레비의 말마따나 지배자는 시간을 사유재산화하는 사람들이다. 스파르타쿠스에서 중국의 문화혁명에 이르기까지 시간에 대한 반항으로 시작하지 않은 혁명은 하나도 없지만, 그러나 시간표의 정치학은 특히 근대 이후의 특징인 듯하다.

근대 사회에 이르러 감옥은 물론이고, 병영, 학교, 작업장 등 많은 사람을 일목요연하게 통제해야 하는 장소에서 소수의 요원이 다수의 인원을 효율적으로 감시하기 위한 시각적 배치가 중요한 문제로 떠올랐다. 소위 푸코가 판옵티콘이라고 이름 붙인 공간 분할의 다이어그램이 대표적인 예이다.

그러나 공간만이 아니라 시간을 세밀하게 나누는 시간표 작성도 매우 중요한 문제였다. 기상 시간, 취침 시간, 작업 시간, 공부 시간 등의 주요 시간대는 물론 침대에서 내려와 침구 정돈하는 시간, 식사 전 손 씻는 시간까지를 엄격히 정하여 그것을 지키지 않으면 벌을 주는 규율 체제가 들어섰다. 합리적인 시간의 배분이라는 표면적인 이유가 물론 있었지만, 푸코는 그 뒤에 규율적 통제라는 강력한 권력의 행사가 있음을 간파한다. 세밀한 시간표를 통해 타인들에게 힘을 행사할 수 있고, 힘을 행사한다는 것은 곧 권력이므로, 시간표는 결국 권력을 실어 나르는 운반 수단이기 때문이다.

경기도 교육청은 "학생들이 부모와 아침 식사를 하고 아침잠도 더잘 수 있도록" 2014년 9월부터 경기 지역 모든 초·중·고교에서 '아홉 시 등교'를 전면 시행했다. 맞벌이 부부들의 불만, 자녀들의 공부 시간이 줄어들 수 있다는 우려 등이 제기되지만, 사실 30분 내외의 시간은 사소하여 별 문제가 없을 수도 있다.

그러나 굳이 별로 시급하지도 않은 시간표의 변경이 왜 교육감 취임 후 최초의 중점 사업이어야 하는가? 왜 그들은 우리의 아침 시간, 저녁 시간에 그리도 친절하게 관심을 기울이는가? 사소한 시간표에서 거대한 혁명이 시작되었다는 것을, 그리고 타인의 시간을 통제하는 자세상을 지배하게 된다는 것을 우리는 기억해야 할 것 같다.

# 등교 시간

좌파 성향의 교육감들이 학생들의 등교 시간을 늦춘 지 2년 6개월이 지난 2017년 3월 현재의 상황은 어떤가? 초등학생은 보통 오전 여덟 시 40분쯤 등교한다. 예상했던 대로 직장에 다니는 부모들은 자녀를 바래다주기 어렵다고 불만을 호소한다. 출근 시간은 보통 오전 아홉 시이고, 평균 통근 시간은 58분이므로 8시에는 집에서 나가야 하기 때문이다. 유치원은 아홉 시가 넘어야 노란색 버스가 동네를 돌며 아이들을 태워간다. 일하는 부모는 도우미를 고용하거나 조부모에게 의존할 수밖에 없다.

전 세계적으로 이런 나라가 없다. 미국 초등학교는 이르면 오전 일곱 시 20분에 등교해 일곱 시 40분에 수업을 시작하고 오후 두세 시쯤 마친다. 일본, 독일, 덴마크, 스위스는 여덟 시 전후로 등교한다. 이 중 한국보다 출산율이 낮은 나라는 없다. 일하는 여성은 계속 늘어날 텐데 자녀 돌봄 문제가 해결되지 않으면 안 낳거나 적게 낳는 추세가 가속화 될 것이다.

저출산 문제를 해결하겠다고 난리를 치는 정치인들이 왜 좌파 교육감들의 터무니없는 실험에 대해서는 입을 다물고 있는지 모르겠다. 더군다나 일찍 자고 일찍 일어나는 것이 청소년들의 육체적·정신적 건강에 좋다는 것은 만고의 진리인데 말이다.

# 전염병은 언제나
## 권력 현상

　중세 시대 유럽 인구의 3분의 1을 죽음으로 몰고 간 페스트는 서구 문화와 예술에 큰 영감을 주었다. 14세기 보카치오의 『데카메론』은 페스트를 피해 시골 별장으로 들어간 열 명의 젊은이의 이야기이고, 19세기의 음산한 고딕 소설들은 페스트의 트라우마가 기저에 깔려 있는 문학 장르이다. 20세기 카뮈의 소설 『페스트』는 페스트가 발생한 도시에서 사람들이 보여주는 실존적 휴머니즘의 이야기이다. 정치학적으로는 근대 행정 체계의 기초를 마련해주었다는 점에서 중요한 역사적 사건이다.

　페스트가 발생한 중세의 도시는 우선 도시 전역이 정확히 바둑판처럼 나뉘어 커다란 몇 개의 구(區)로 분할되었다. 구는 다시 동(洞)으로 분할되고, 동은 다시 골목길로 나뉜다. 골목길에는 보초들이, 동에는 감독관이, 구에는 담당관이, 도시 전체에는 행정관이 임명된다. 보초들이 항상 골목의 초입에서 망을 보았고, 감독관들은 매일 모든 집 앞을 지나치며, 각각의 집 앞에서 잠시 머물러 사람들의 이름을 불러본다.

주민들은 각기 자신의 모습을 내보일 창문을 할당 받고, 감독관이 이름을 부르면 그 창문 앞에 서있어야 했다. 만일 그가 창문 앞에 모습을 보이지 않으면 그는 침대에 누워 있는 것이고, 침대에 누워 있다는 것은 아프다는 것이며, 아프다는 것은 위험한 인물이라는 이야기가 된다. 이때 당국이 신속하게 개입한다. 이렇게 해서 보초-감독관-담당관-행정관으로 이어지는 일종의 피라미드적 보고 체계가 형성된다. 이 위계적 피라미드 안에는 그 어떤 침입도 허용되지 않았다. 이미 그것은 단순히 질병 관리가 아닌 거대한 권력 피라미드였다. 이렇게 근대적 행정 체계는 시작되었다.

사람들 사이의 접촉을 완벽하게 금지함으로써 권력은 위험한 소통이나 무질서한 뒤섞임을 막을 수 있었고, 아무런 장애물 없이 대상을 완전히 투명하게 감시할 수 있었다. 이 체계야 말로 모든 권력이 꿈꾸는 완벽한 통치 상황이었다. 푸코는 감시에 기초한 근대 규율 권력이 바로 이 페스트 모델에서부터 시작되었다고 말한다. 행정의 효율성 또는 정책의 공리성(功利性)을 지나치게 간과하고 있다는 비판도 받고 있지만, 그의 판옵티콘 권력 이론은 여전히 매혹적이다. 요즘 메르스 사태 속에서 푸코의 권력론이 혜안이라는 것을 새삼 느끼고 있다.

박원순 서울시장은 마치 초토화된 전장에 홀연히 나타난 야전 사령관처럼 한 밤 중에 긴급기자회견을 열었다. 서른다섯 번째 환자인 의

Abb. 63. Pestarzt in einer Schutzkleidung. Kpfr. von Paulus Fürst nach J. Columbina 1656. München, Kupferstichkabinet.

• 흑사병이 창궐하던 중세 시대 의사의 복장.

사가 확진 판정을 받은 후에도 세미나와 재건축 조합 총회에 참석하여 1,500명 이상의 사람과 접촉했다는 것이다. 마치 총 든 범죄자가 수천 명의 시민 사이를 지금 막 휘젓고 다니는 급박한 사태라도 된다는 듯, 비장한 어조로 "지금부터 내가 진두지휘한다"라고도 했다. 사실 관계도 틀린 것으로 밝혀졌지만, 박 시장에게 한 사람의 인권이나 프라이버시는 전혀 중요하지 않은 듯했다. 오로지 심야에 나타난 영웅의 코스프레만이 관심사인 듯했다. 그의 말마따나 "지금 상황이 준전시 상황"이라면 전시의 적진 앞에서 누가 그에게 통수권(control)을 위임했는가? 적진 앞에서의 통수권 탈취는 왕조 시대라면 반역이요, 민주 시대라면 반국가적 행위이다.

전염병은 언제나 권력의 현상이라는 푸코의 말이 새삼 와 닿는 이유이다.

# 안젤리나 졸리
# 그리고 몸 이야기

인류 문명의 역사에서 오늘날처럼 몸이 중요한 적은 없었다. 전통 사회의 농민은 연못에 비친 자기 얼굴에 매혹된 나르시스처럼 자신의 육체를 감상한다는 것을 꿈에도 생각할 수 없었고, 산업사회의 노동자들은 자기 몸에 돈과 시간을 투자한다는 것을 상상조차 할 수 없었다. 그들에게 몸은 오로지 생명 유지에 필요한 생산적 노동의 도구였다.

고대 그리스에서도 육체는 완전히 과오와 우매와 공포 그리고 야욕에 찌든 노예였다. 플라톤은 우리가 육체에 휘둘리는 한 순수 인식을 가질 수 없으므로 주인인 영혼이 육체를 지배해야 하고, 가능한 한 육체와 어울리기를 피해야 한다고 했다.

육체는 열등하고 정신은 고상하다는 사상은 중세 기독교에서 더욱 강화되었다. 모든 잘못의 시작은 음욕이고, 음욕은 육체를 매개로 충족되므로, 육체는 모든 죄악의 근원이었다. 중세 신비주의 이래 현대

• 안젤리나 졸리

까지 내려오는 여성에 대한 깊은 경멸과 차별도 여성은 몸적 존재이고 남성은 정신적 존재라는 뿌리 깊은 고정 관념에서 유래한 것이다.

종교가 지배하던 중세 시대에 육체는 죄짓는 살이었고, 산업사회에서는 단순히 노동력이었다면, 현대 사회에서 육체는 사유재산이다. 자본주의적 생산과 소비의 구조 속에서 사람들은 자신의 육체를 한편으로는 자본, 다른 한편으로는 숭배의 대상으로 간주한다. 아름다운 용모와 멋진 몸매는 위세(威勢) 상품처럼 그것을 소유한 사람의 신분을 규정해 준다.

자신의 몸을 잘 보살펴 건강과 아름다움을 유지하면 우리는 유행의 시장에서 승리할 수 있다. 중세 기독교 문명에서 영혼의 도야를 게을리 하면 신이 벌을 내리듯 현대 문명에서는 몸 관리를 게을리 하면 육체가 벌을 내린다. 이것이 현대인들의 내면 깊이 각인된 거의 종교적인 두려움이다.

그러나 사회적 경쟁에서 살아남기 위해 몸매를 가꾸는 운동은 그 어떤 경제적 노동보다 더 힘겹고 소외적인 노동이다. 헬스클럽에서 땀 흘리며 무거운 역기를 들어 올리는 처절한 몸짓은 고대 갤리선(船) 죄수들의 강제 노동과 다를 바 없다. 성형 수술을 하다가는 죽을 수도 있다. 거식증으로 굶어 죽는 여성들이 속출하여 프랑스와 스페인에서는 너무 마른 모델을 패션쇼에 출연시키지 못하게 하는 법안이 나올 정도이다. 이 정도면 거의 자기 몸에 대한 학대라고 해도 좋겠다.

보드리야르는 이것을 죽음에의 충동으로 해석한다. 인간에게는 원래 육체에 대한 공격성 또는 자기 파괴의 욕구가 있다는 것이다. 그러고 보면 가톨릭교에는 대림절(待臨節) 중의 단식 혹은 참회 화요일 후 사순절 중의 금육(禁肉) 등 집단적 금식(禁食)의 의식이 있었다. 이것은 육체에 대한 공격적 충동을 집단적 의식(儀式) 속으로 흡수하는 기능이었다. 세속화된 현대인들은 이 모든 의식에서 해방되었다. 그러나 자기 파괴의 욕구는 그대로 남아서 그것이 과도한 몸매 가꾸기 열풍으로 이어졌다는 것이다.

할리우드 영화배우 안젤리나 졸리가 멀쩡한 난소를 수술로 제거했다. 난소암을 일으키는 유전자 변이가 있어서 예방적으로 뗐다고 한다. 2년 전에도 같은 이유로 양쪽 유방 절제술을 받았다. 유전자 과학의 승리 혹은 새로운 시대의 도래로 볼 수도 있겠다. 그러나 멀쩡한 장기를 떼어내는 그 과감한 행동은 마치 사이비 종교에 미친 신도를 보는 것만큼이나 우리를 불편하게 만든다. 강박증에 의한 자기 파괴의 욕구가 아닐까 하는 인상을 지울 수가 없다.

# 미모(美貌)에
# 대하여

외모는 우리의 사회적 지위를 결정하는 주요 자본이다. 사람들이 타인을 평가하는 기준은 오로지 우리의 외모다. 인간은 우선 시각적 존재이기 때문이다. 아름다운 외모는 사람들에게 호감을 유발하여, 어디서나 좋은 대우를 받는다. 평범한 외모는 마치 투명인간처럼 무관심의 대상이며, 못생긴 외모는 근거 없이 조롱의 대상이 된다.

그런데 이렇게 중요한 외모를 우리 스스로가 결정했던가? 우리 인생사 중에서 외모만큼 불평등하고, 불공정하고, 악의적으로 비민주적인 요소도 없다. 가난한 집 출신의 아이는 자신의 노력으로 부자가 될 수 있지만, 태어날 때부터 결정된 외모는 그 무엇으로도 바꿀 수 없다. '정의란 무엇인가?'를 놓고 흥분하는 사람들도 타인의 못생긴 외모에 대해서는 아무런 죄의식 없이 마음 놓고 조롱한다.

외모에 대한 가치 부여는 원초적인 인간의 본능인 듯하다. 그리스

신화를 소재로 했건, 성서를 소재로 했건 르네상스 시대의 회화는 모두 아름다운 얼굴의 여성과 날렵한 몸매의 남성들로 가득 차 있다. 아름다운 용모는 불멸성과 신성의 이미지였으며, 사람들은 아름다운 용모에서 심리적인 안정감을 느꼈다. 기사도(騎士道) 소설에서 현대 소설에 이르기까지 모든 소설의 여주인공들도 아름답고 매혹적이기는 마찬가지다. 못생긴 여자와의 사랑은 그 자체로 코미디이고 형용모순이다. 오늘날 소설의 퇴조는 이와 같은 반-자연성에도 한 원인이 있을 것이다.

장자(莊子)도 외모를 가장 높은 덕으로 쳤다. 세 가지 덕(德) 중 하나만 있어도 족히 왕이 되는데, 그 중의 으뜸은 외모라고 했다. 우선 하덕(下德)은 용맹하여 대중을 끌어 모아 병사를 일으키는 능력이다. 중덕(中德)은 천지 만물을 두루 다 아는 것이다. 마지막으로 가장 높은 상덕(上德)은 키가 크고 용모가 아름다워, 어른 아이 귀천 없이 모든 사람이 바라보고 즐거워하는 외모이다. 장자(莊子)의 잡편(雜篇) 도척편(盜跖篇)에 나오는 이야기이다. 비록 우화적인 글이라 해도, 문(文)과 무(武)의 능력보다 외모를 더 높이 놓았다는 것은 당대 사회의 한 단면이 반영된 것이 아닐까 싶어 흥미롭다.

전통 사회에서는 자신의 외모를 마을 사람들 하고만 비교했다. 그러나 오늘날의 TV 화면에는 전국에서 가장 잘 생긴 남자와 가장 예쁜 여자들만 등장한다. 국내만이 아니다. 전 세계 수십억 명에서 선택된 최상위의 미모들이 흰 셔츠 하나만 턱 걸쳐도 그렇게 아름다울 수 없는 몸매로 그냥 아무렇지도 않은 듯 무심하게 돌아다니고 있다. 우리는

● 보티첼리(Sandro Botticelli)의 '비너스의 탄생'(The Birth of Venus, 1480년대) 부분.

매일같이 따라가기 거의 불가능한 미모들에 우리의 평범한 외모를 비교하며 살고 있다. 그 누가 이런 상태에서 마음 편히 살 수 있겠는가. 거의 정신분열의 시대다.

  그러나 경제적 자본과 달리 외모의 공화국에서는 소유는 있되 축적은 없다. 미는 축적되지 않는다. 시간과 함께 점차 소멸하면서 마지막의 절대적 평등을 지향한다. 누군가에게 열 살에 찾아온 외모의 혼란감이 누군가에게는 쉰 살 혹은 예순 살에 찾아온다는 차이만 있을 뿐, 결국 시간은 모든 사람을 평등하게 만들어준다. 외모 공화국에서는 아무도 자신의 외모에 만족하지 못한다. 미의 기준이 계량화, 획일화되었기 때문이다.

그렇다면 방법은? 우리는 우선 타인의 외모에서 조롱보다는 존중을, 불쾌보다는 매력을 찾으려 노력해야 할 것이다. 그것만이 우리 시대의 집단 외모 히스테리를 치유해 줄 방법일 것이다.

# 찢어진 청바지

길모퉁이 새로 생긴 옷가게 윈도에 찢어진 청바지가 주렁주렁 걸려 있다. 배꼽티는 몇 년을 못 버티고 사라졌는데 찢어진 청바지는 거의 기본 패션으로 정착한 듯하다. 내가 푸코의 철학 만화책을 내면서 에 피스테메 이론을 쉽게 설명하기 위해 찢어진 청바지를 예로 든 것이 1995년. 그때만 해도 나는 이 유행이 곧 사라질 것이라 생각했다. 그러나 어언 20년, 찢어진 청바지는 사라지기는커녕 기세를 더하고 있다.

인터넷을 얼핏 둘러보기만 해도 젊은이들의 찢어진 청바지 사랑을 쉽게 확인할 수 있다. "찢어진 청바지인줄 알고 샀는데 아니었어요.ㅠ 반품하기도 귀찮은데 제가 한번 찢어보려고요…… 잘 찢는 방법 없나요?" 누군가 올린 대답, "먼저 사포를 이용해서 쓱싹쓱싹 갈아주세요…… 사포질이 끝나면 송곳을 가로 방향으로…… 마무리는 커터 칼

● 찢어진 청바지를 입은 젊은 여성.

로 긁어 촘촘하게……"

원래 광부들의 작업복이던 것을 독일계 미국인 레비 스트라우스가 상용화하여 1930년대 서부 영화 총잡이들의 필수 복장이 된 청바지. 1950~60년대 말론 브란도가 입어 터프한 남성미의 상징물이 되었고, 1990년대 브래드 피트가 입어 꽃미남의 부드러움이 가미되었으며, 2000년대에는 스티브 잡스가 입어 창조와 혁신 그리고 IT 산업의 상징이 되었다.

가난한 뭄바이에서 최고 부자 도시 뉴욕에 이르기까지 선진국과 후진국, 부자와 빈자를 가르지 않고 애용되니 과연 진정한 세계화와 빈

부 통합을 이룬 패션이다. 또 남자와 여자가 똑같이 입으니 진정한 남녀평등을 이루었으며, 청년에서 노년까지 두루 입으니 세대를 화해시켰다고 한다. 그러나 세대 통합까지? 나이 든 사람도 청바지를 입을 수 있나?

중년 이상을 위한 청바지 광고가 웃긴다고 내가 말하자 나이로 보나 몸매로 보나 전혀 어울리지 않을 것 같은 남편이 "사실은 나도 한 번 입고 싶었어"라고 말해 깜짝 놀란 적이 있다. 결국 아이들이 사 보내준 청바지는 거울 앞에서 몇 번 입었다 벗었다를 반복한 후 벽장 속에서 먼지를 뒤집어쓰고 있지만, 근엄한 한국의 중·장년 아니 노년의 남자들까지도 청바지를 입고 싶은 로망이 있다는 것을 확인한 것이 무척 흥미로웠다.

우리는 돈이 있다고 물건을 마음대로 사는 사회에 살고 있지 않다. 상품은 단순히 어떤 기능과 사용가치를 가진 중성적인 물건이 아니라 사회적 코드를 지닌 차이화(差異化)의 기호이다. 그 차이는 빈부나 계급의 차이일 수도 있지만 나이의 차이이기도 하다. 개인은 각기 개성적으로 옷을 입는 것 같지만 사실은 자기가 속해 있는 계급이나 세대의 평균치에서 약간의 변주를 실행하고 있을 뿐이다. '20대의 젊은이라면 찢어진 청바지를 입을 수 있다'라는 엄격한 코드가 작동되고 있는 것이지, 특별히 발랄한 개성의 문제가 아니다. 물론 상류층에 대한 모방, 생산 합리화에 의한 가격 인하, 젊음을 숭배하는 사회 분위기 등에 의해 현대인들은 부단히 자기가 속한 집단의 코드를 벗어난다. 그럴수록 자기 집단의 폐쇄적 코드를 지키려는 힘 또한 강력하다. 한없이 비싸서 아래 계층이 감히 넘볼 수 없는 명품의 가격 같은 것!

그리고 보면 찢어진 청바지의 유행이 그토록 지속되는 이유를 알 수 있을 것 같다. 세대 간의 코드를 이처럼 굳건하게 지켜주는 아이템도 없기 때문이다. 뚱뚱한 할아버지도 청바지는 입을 수 있지만, 빛나는 젊음이 없이는 감히 찢어신 청바지는 그 누구도 입을 수 없으므로.

# '영토를 뒤덮은 지도(地圖)'의 우화

대 제국의 지도 제작자들은 극도로 정밀한 지도를 제작했는데, 너무나 상세해서 실제 제국의 영토를 거의 정확히 뒤덮어버릴 정도가 되었다. 사람들은 그것이 지도인 줄도 모르고 그 위에서 살았다. 마침내 제국이 망하자 사막으로 변한 땅에는 너덜너덜 누더기가 된 지도 조각만이 나뒹굴었다. 마술적 리얼리즘으로 일컬어지는 아르헨티나 작가 호르헤 루이스 보르헤스(Jorge Luis Borges, 1899~1986)의 단편 중 『과학의 정밀성에 대하여』(On Exactitude in Science, 원전의 저자는 17세기 스페인의 Suarez Miranda)라는 한 문단짜리 짧은 소설에 나오는 우화이다. 현대 프랑스 철학자들의 글에서 가장 많이 인용되는 우화 중의 하나이다.

지도란 실제의 영토를 몇 만분의 1로 축소하여 그린 이미지 자료이다. 축도(縮圖)의 비율이 낮아질수록, 다시 말해 몇 천분의 1, 몇 백분의 1로 내려갈수록 지도는 점점 더 세밀하게 되어 실제의 땅과 비슷해질 것이다. 그러다가 마침내 1대 1의 비율이 되면 거대한 지도는 실제의 영토를 정확히 뒤덮게 될 것이다. 그때 영토와 지도는 더 이상 구별이 되지 않을 것이다. 이미지가 완전히 실재를 뒤덮어버린 현대 사회를 보여주는 더할 나위 없는 은유이다.

요즘 사람들은 너, 나 할 것 없이 음식점에 가면 요리 사진을 찍고, 자기 얘기를 시시콜콜 페이스북이나 트위터에 올린다. 그 빈도수가 점점 빨라져 1초 단위로 내려간다면 글자 그대로 실생활을 뒤덮는 가상의 현실이 될 것이다.

과연 노르웨이의 한 TV방송은 달리는 열차나 유람선에서 보이는 풍경을 특별한 편집 없이 그대로, 짧게는 수 시간에서 길게는 100시간 넘게 방영하는 야심찬 기획을 했다. "스마트폰만 가지고는 살 수 없잖아요. 누구나 마음속엔 느리게 살고 싶은 마음이 있죠"라고 해당 프로그램의 PD가 말했다지만, 사람들은 열 시간이 넘는 그 프로그램을 모두 스마트폰으로 보고 있었다. 이건 슬로 라이프의 문제가 아니라 영토를 뒤덮는 지도의 문제인 것이다.

아무리 현실을 그대로 촬영하고, 여실하게 글로 묘사했다 해도 사진이나 영상, 혹은 글은 실재의 반영에 불과하다. 실체가 없으므로 그것은 어디까지나 이미지이고, 가상현실이다. 그런데도 SNS의 독자 혹은 TV 시청자는 이 가상현실을 실재로 받아들인다. 과거 시대에는 이미지가 실재의 반영이었지만 현대의 이미지는 그 어떤 실재도 반영하고 있지 않다.

원본 없는 복제품, 이것이 바로 현대 인문학의 키워드인 시뮬라크르이다. 연예인의 맑고 깨끗한 이미지가 과연 그의 실재와 일치하며, 정치인의 품격 있는 도덕성이 과연 그의 실재일 것인가? 원본 없는 복제품인 그 이미지들을 우리는 실재인 양 착각하며 일희일비하고 있다. 이미지가 실재를 대신하고, 가상이 현실을 대체하는 현상이다.

이미지는 단순히 실재처럼 보일 뿐만 아니라 오히려 실재보다 더 실재 같아 보인다. 소위 하이퍼리얼(hyperreal)이다. TV 리얼리티 쇼에 나오는 연예인 자녀들의 일상적인 생활상, 혹은 외딴 시골집에 가 밥 지어 먹는 연예인들의 모습은 너무나 자연스러워서 현실보다 더 현실처럼 보인다. 그것이 철저하게 준비된 가상현실이라는 사실을 시청자들은 모르거나 혹은 모르는 척하고 즐긴다. 실재가 더 이상 중요하지 않게 되었다는 이야기다. 리얼은 사라지고 리얼이 아니면서 리얼보다 더 리얼한 하이퍼리얼이 대신 들어섰다.

지도에 뒤덮인 제국이 결국은 파괴되고 썩어 없어졌다는 보르헤스의 우화가 조금 섬뜩하게 느껴지지 않는가?

## 가상현실

현대의 이미지는 하이퍼리얼(hyper real)이다. 진실보다 더 진실되고, 실재보다 더 실재적이다. 하이퍼리얼은 실재보다 더 실재적이라는 유사성 때문에 그 자체만으로도 원본인 실체를 부정한다. 그런데 단순히 부정만 하는 게 아니라 더 나아가 아예 그 실체를 파괴하기까지 한다. 극도의 유사성은 원본을 살해한다. 이미지는 자기 자신의 모델인 실재를 죽이는 힘이 있다. 원시시대에 흔히 쌍둥이들이 신성화되거나 제물이 되었던 이유가 그것이다.

보드리야르는 성상파괴운동(iconoclast)이라는 역사적 사건으로 이미지의 살해 능력을 설명한다. 8~9세기에 성상파괴주의자들은 예수, 성모, 성인들에 대한 일체의 형상화를 반대하는 운동을 벌였다. "사원에 그 어떤 헛된 것(simulacra, 우상)도 금하노라. 신성은 결코 재현될 수 없는 것이므로"라는 성경 구절이 그 근거였고, 우상 숭배를 금지하기 위해서라고 했다.

그러나 보드리야르는 신과 유사하게 만든 이미지(우상)가 원본인 신을 죽이게 될 것을 염려한 것이 성상파괴주의자들의 숨겨진 마음이라고 했다. 신성이 성화상(聖畵像, icon)의 모습으로 무수하게 많이 존재하게 되면 그 화려하고 매혹적인 그림 또는 조상(彫像)들 속에서 신성은 증발하여 없어져버릴 것이기 때문이다. 원본을 지워버리는 이미지의 힘을 간파한 성상파괴주의자들은 단순히 이미지를 경멸하고 부정한 것이 아니라 그 정확한 가치를 인식한 자들이었다고 보드리야르는 말한다.

반면에 성상숭배자들(icon worshipers)은 이미지 뒤에 원본이 없다는 것, 즉 신이란 아예 존재하지 않는다는 것까지 깨달은 자들이었다. 마치 거울 속에 반사된 이미지가 그러하듯 성화상 속에 나타난 신은 실체 없는 헛된 이미지에 불과한데, 그 이미지를 제거해버리면 그 뒤에 아무것도 없다는 사실이 드러날 것이다. 성상 파괴는 결국 성화상의 가면을 벗겨내는 위험한 일이 될 것이고, 신은 죽거나 사라질 것이다. 그래서 그들은 성상의 보존을 위해 격렬하게 싸웠다. 어찌 보면 성상숭배자들이야말로 가장 현대적인 정신의 소유자들이었다고 보드리야르는 말한다.

　물론 정통의 기독교 신자들은 동의하지 않겠지만 무신론의 인문주의자들에게
는 매우 흥미로운 가설이다.

# 가상현실의
# 승리

요란한 굉음 속에서 진격의 거인들이 잔혹하게 상대방의 몸을 찌르면 관객들의 얼굴에도 물방울이 확 튄다. 좀 기분이 나쁘지만, 이 정도는 "핏방울이 아니고 물방울이야"라고 의연하게 마음을 다잡을 수 있었다. 그러나 빗자루를 타고 호그와트의 드넓은 창공을 고속 질주하며 온갖 모험을 이겨내는 「해리포터 앤 포비든 저니」(Harry Potter and Forbidden Journey)에서는 의자가 순식간에 360도로 회전하고, 180도로 삐끗하기도 하고, 수백 미터 낭떠러지로 미친 듯이 떨어져 내리기도 하는데, "이건 현실이 아니고 4D의 가상현실일 뿐"이라고 아무리 내 이성을 작동시키려 해도 소용없었다. 죽을 것 같은 공포감과 함께 그야말로 혼비백산하였다. 지난 달 아이들과 함께 한 여행 중 유니버설 스튜디오에서 살아남은 나의 장한 어드벤처 분투기이다.

자연 속에서의 모험이 사라진 현대 사회에서 가상의 어드벤처들은

• 영화 「해리 포터」의 한 장면.

저 유구한 원시 시대의 위험천만한 모험을 가짜로 재현하여 사람들에게 어떤 원초적 모험에 대한 욕망을 채워주는 것 같다. 여하튼 그것은 가짜이고, 가상현실이다. 그런데 흥미로운 것은 체험의 소재와 방식이 아무리 가상현실이어도 그 체험 속에서 느끼는 나의 공포감과 육체적 불쾌감은 너무나 현실적이라는 사실이다. 그러므로 이제 실재와 가상의 구분은 더 이상 아무런 의미가 없다.

만일 가상과 현실의 구분을 실험하기 위해 가짜 총을 들고 은행에 가 가짜로 강도인 척 연기를 한 사람이 있다고 생각해 보자. 그는 자신이 가상의 강도라는 것을 경찰과 고객들에게 설명할 방법이 전혀 없다. 객관적으로 실제 강도와 가짜 강도 사이에는 아무런 차이가 없기 때문이다. 그의 몸짓이 보여주는 기호 체계는 실제 강도의 것과 똑같다. 그래서 어쩌면 경찰은 그에게 실제로 총을 쏠지도 모르고, 은행의 어떤 고객은 정말로 기절하거나 심장마비로 죽을 시도 모른다. 한 마디로 그는 원치 않게 즉각 실재 속으로 들어간다. 가상으로 시작된 사건이 실재의 효과를 발생시키면서, 너무나 실제적인 현실로 끝난다. 보드리야르가 시뮬라크르(simulacre)를 설명하기 위해 예로 들었던 가상의 스토리이다. 그럼 시뮬라크르란 무엇인가?

시뮬라크르란 원본과 이미지 사이의 유사성이 결여된 이미지이다. 다시 말하면 원본이 없는 가짜 이미지이다. 예를 들어 내 사진은 나의 이미지인데, 그것은 '나'라는 사람의 실체를 원본으로 갖고 있다. 그러나 빗자루를 타고 있는 해리 포터에게는 그 원본이 되는 실체가 없다. 그저 허구의 이야기를 꾸며내 속이 텅 빈 이미지를 만들었을 뿐이다. 이처럼 원본 없는 이미지가 바로 시뮬라크르다. "사원에 그 어떤 헛된 것(우상)도 금하노라"라는 성경 구절의 '우상'이 바로 시뮬라크르다. 가상현실의 세계란 바로 시뮬라크르의 세계다. 시뮬라크르는 가상과 실재의 구분을 무의미하게 만들 뿐만 아니라 실재를 죽이는 기능까지도 갖고 있다.

이세돌에 대한 알파고의 승리에 사람들의 충격이 크다. 가상현실(VR)이라는 새로운 산업혁명의 시대에 성큼 진입한 듯한 느낌이다. 실재를 죽이는 강력한 가상 이미지의 힘이 인간을 어떤 방향으로 끌고 갈는지, 그리하여 우리 앞에 펼쳐지는 세계가 멋진 신세계가 될지 아니면 디스토피아가 될지 아무도 알 수 없어서 사람들은 심한 당혹감을 느낀다.

아무래도 인문학적 상상력이 더욱 중요해지는 시대가 된 것 같다.

# 얼굴성

미학적 측면이 아니라 인류학적 측면에서 얼굴을 한 번 생각해 보자. 인류가 네 발 짐승에서부터 두 발로 일어나 직립 동물이 된 것은 도구의 제작과 밀접한 연관이 있다. 도구를 제작하기 위해서는 두 손이 자유롭게 해방되어야 하고, 그러려면 직립해야 했다. 직립하여 손이 자유롭게 되자 인간은 손으로 먹이를 잡아먹게 되었다. 종전에 먹이 사냥에 적합하도록 앞으로 돌출되었던 입은 차츰 평평하게 되고, 입술, 혀, 목구멍, 두개(頭蓋) 등이 언어의 분절(分節)에 적합한 형태를 띠게 되었다. 프랑스의 고고인류학자 르루아-구르앙에 의하면 손과 얼굴의 이 같은 해부학적 변형은 기술의 등장 및 언어 발달과 밀접한 관련이 있다.

그러니까 손은 연장과 같은 계열이고, 얼굴은 언어와 같은 계열이다. 다시 말하면 손은 사물의 조작을 맡고 있고, 얼굴은 말들의 조작을 담당하고 있다. 좀 더 전문적인 용어를 써보자면 기호 체계 형성에서 얼굴은 담론(談論)적 요소이고, 손은 비담론적 요소이다. 좀 더 기술적인 관점에서 손은 테크놀로지와 관계가 있고, 얼굴은 언어와 관계가 있다.

소쉬르의 언어학에서 말들은 단순히 청각 이미지의 반영(시니피앙)이거나 혹은 정신적 개념의 반영(시니피에)이었지만, 포스트모던 철학자들에게서 언어는 행동의 영역이다. 그들은 언어의 목적이 소통보다는 명령에 있다고 강조한다. 말을 한다는 것은 단순히 목소리를 통해 자기 생각을 전달하는 것이 아니라, 단어들을 가지고 실제로 어떤 일을 하는 것(do things)이다. 목사가 "그대들의 혼인이 성사되었음을 선언한다"라고 말하면 한 쌍의 젊은이는 남편과 아내가 된다. 전화로 몇 마디 말만 했을 뿐인데 30분 후면 피자가 배달된다. 사회적인 실천은 언어에 의해 효력이 발생한다. 따라서 기호 체계는 권력의 구조이다.

그렇다면 말의 힘은 어디서 나오는가? 언어 그 자체에 힘이 있는가? 들뢰즈와 가타리는 언어가 그 자체로 메시지를 운반한다고 믿는 것은 터무니없다고 말한다. "언어는 언제나 얼굴 속에 파묻혀 있을 뿐"이라고 했다(『천 개의 고원』). 그러니까 말의 힘은 언어가 아니라 얼굴에서 나온다. 소위 들뢰즈가 말하는 얼굴성(얼굴性, faceicity, visagéité)이다.

얼굴은 언표의 내용을 가시적으로 표현해 주고, 그 내용이 현재 그 말을 하고 있는 주체와 연관이 있음을 보증해 준다. 또 얼굴성의 특징은 익숙함과 개연성이다. 익히 알고 있는 어떤 얼굴에서 우리는 어떤 이야기가 나올 것인지를 잘 알고 있다.

● 파울 클레(Paul Klee), '세네시오'(Senecio) 혹은 '노화하는 남자의 두상'(Head of a man going senile)(1922).

우리가 처음 만나는 사람의 이야기를 잘 따라가지 못하는 것은 그의 얼굴이 낯설기 때문이다. 다시 말해 익숙함과 개연성을 담보하는 얼굴성이 없기 때문이다. 게다가 얼굴은 개인적이지도 않다. 그는 어른이나 아이, 혹은 선생이나 경찰관이지, 이 세상에 단 하나인 어떤 인간이 아니다. 한 쌍의 젊은이를 부부로 만들어주고, 한 사람의 죄인을 죽게 하는 것은 각기 목사와 판사의 얼굴을 통해서이지, 문법적인 언어를 통해 하는 것이 아니다.

사실 언어란 중립적이다. 극단적으로 말해 보면 모든 글은 근원적으로 사전 속의 단어들을 문법 규칙에 따라 이리저리 조합한 것일 뿐이다. 아무 힘없고, 의미 없는 이 말들이 한 사람의 특정한 얼굴을 통해 나올 때 드디어 그 글은 고유의 색깔과 의미와 힘을 지니게 된다.

얼굴 없는 칼럼을 쓰고 난 후의 단상(斷想)이었다.

# 동성애

플라톤의 우화 중에서 아마도 가장 대중적인 우화는 인간의 자웅동체설(雌雄同體說)일 것이다. 『향연』에서 들려주는 이 전설에 의하면 인간은 원래 공처럼 둥글게 생긴 구형(球形)이었다. 팔이 넷, 다리가 넷, 둥근 목 위에 머리는 하나, 똑같이 생긴 얼굴이 반대 방향으로 둘이 있고, 귀가 넷, 음부는 둘이었다. 지금은 남성과 여성의 두 가지 성(性)만 있지만 최초의 인류에는 세 가지 성(性)이 있었다. 즉 남성, 여성 그리고 이 둘을 다 가지고 있던 제3의 성이다. 이 제3의 성이 자웅동체(androgyny)이다.

이 최초의 구형 인간들은 기운이 넘치고 야심이 담대하여 신들을 마구 공격했다. 그래서 그들을 약화시키기 위해 제우스는 모든 사람을 두 쪽으로 쪼갰다. 마치 마가목 열매의 피클을 만들 때 그것을 두 조각으로 쪼개듯, 혹은 잘 삶은 달걀을 머리카락으로 자르듯, 사람들을 정

● 플라톤의 '향연'에 나오는 자웅동체 설화를 애니메니션으로 만든 것.

확히 절반으로 잘라 두 조각으로 만들었다. 반쪽의 몸들은 각기 다른 반쪽을 그리워하고, 찾아 헤매었으며, 찾으면 끌어안았다. 이 때 본래 여자였던 사람은 여자를, 본래 남자였던 사람은 남자를, 본래 남ㆍ여성이었던 사람은 서로 다른 성을 찾았다. 영화 「헤드윅」에서 애니메이션으로 표현된 그림이 바로 플라톤의 우화이다.

이 우화는 동성애의 불가피성을 역설하는 인류학적 정당화처럼 보이기도 한다. 그러나 『향연』의 끝 부분에서 소크라테스는 이와 같은 동성애의 기원을 부정한다. 사람이란 자기에게 해를 끼친다고 생각하면 자신의 손발도 잘라버리는데, 오래 전에 잃어버린 자기의 반쪽을 무조건 좋아한다는 것은 말이 안 된다는 것이다. 그러므로 사랑이란 자신의 잃어버린 반쪽을 찾는 것이 아니라 '자신에게 좋은 것(the good)

을 갖고 싶어 하는 욕구'라고 정의했다.

여하튼, 플라톤의 저서 『향연』을 통해 우리는 고대 그리스에서 동성애, 특히 남성 간의 동성애가 지식 사회에 만연한 관행이었다는 것을 알 수 있다. 당시에 동성애는 지성적인 남자들의 지적인 생활 방식이고, 더 나아가 청소년 교육의 일환이었다. 즉 단순히 성적인 욕구의 충족이 아니라 지식이 많은 장년의 남자가 젊고 우수한 미소년에게 지식과 덕성을 전해줄 책임이 있다는, 요즘으로 말하면 일종의 멘토 개념이었다.

컴퓨터 과학 이론에 지대한 공헌을 한 앨런 튜링의 영화가 관객들의 인기를 끌고 있다. 1954년 42세의 나이에 청산가리가 주사된 사과를 한 입 베어 먹고 자살했다는 이야기가 전설처럼 내려오는 천재 수학자의 일대기이다. 그는 제2차 세계대전 당시 독일의 암호 체계를 해독하여 영국의 승리를 끌어내는 데 지대한 공을 세웠지만 동성애자임이 밝혀져 법원으로부터 화학적 거세를 선고받고, 스스로 목숨을 끊었다. 불과 30년 전인 1984년만 해도 동성애자인 프랑스의 철학자 미셸 푸코가 에이즈로 사망했을 때 병원 측은 사망 원인을 '패혈증의 합병증'이라고만 밝혔고, 신문들은 그가 에이즈로 죽었을지도 모른다는 소문을 애써 부인했다.

동성 결혼을 법적으로 허용하는 사례도 늘어나고 있고, 또 애플의 팀 쿡을 비롯해 자신의 성적 취향을 당당하게 밝히는 유명 인사들도 늘어나고 있다. 새로운 그리스 시대의 도래가 아닐까 하는 생각도 든다.

비록 내가 흔쾌히 공감할 수는 없다 해도 타인의 남다름은 인정해주는 세계로 진화해가는 흐름인 것만은 분명하다.

# 우정인가,
# 동성애인가?

영화 「트로이」에서 늙은 왕 프리아모스(피터 오툴)가 한 밤 중에 적장 아킬레우스(브래드 피트)의 막사(幕舍)로 몰래 찾아가 아들 헥토르의 시신이라도 돌려달라고 애원하는 모습은 가슴 뭉클한 장면이었다. 헤겔의 미학에서도 이 장면은 아주 중요한 모티프다. 그는 인간의 파토스(정념)가 무엇인지를 설명하기 위해 이 고사에 주목했다. 그에 의하면한 인물 안에 다채롭게 펼쳐지는 인간의 다양한 감정이 바로 파토스인데, 아킬레우스가 바로 그 전형적인 인물이다. 전날 복수심에 불타 헥토르를 죽이고 그 시체를 전차에 매단 채 트로이의 성벽을 세 번이나돌 때의 아킬레우스는 극도의 성마름과 흥분을 이기지 못하는 혹독하고 잔인한 사나이였다.

그러나 바로 그날 밤 헥토르의 아버지가 막사로 찾아왔을 때, 비록자기가 그 아들을 죽인 장본인임에도 불구하고, 그는 노인의 슬픔에

● 헥토르의 시체를 전차에 매달고 트로이의 성벽을 돌고 있는 아킬레우스, 서기 2~3세기 고대 로마의 한 묘석에 부조된 것. 헝가리 국립박물관 소장.

공감하며 진심으로 위로한다. 아들의 죽음 앞에서 피눈물을 흘리는 이 불쌍한 노인이 고향에 있는 자신의 늙은 아버지를 생각나게 했기 때문이라고 했다. 애당초 그가 헥토르를 죽인 것은 절친한 친구 파트로클로스의 원수를 갚기 위해서였다. 그러니까 그는 우정과 노인에 대한 경외심, 또는 아들 잃은 아버지의 슬픔에 대한 공감 등 다양한 감성을 두루 지닌 해맑은 청춘이요, 발 빠른 용사이면서, 또 한편으로는 잔인하기 짝이 없는 심성의 소유자였다. 헤겔은 이처럼 다양한 정념의 소유자가 고귀한 인간이며, "아킬레우스야 말로 진정한 인간(『미학 강의』 I권)"이라고 했다.

죽음까지 넘나드는 이 강렬한 우정의 정체는 무엇일까? 그것은 곧 동성애라는 것을 우리는 플라톤의 『향연』에서 읽을 수 있다. 남자들

간의 지성적인 사랑이 젊은이에게 분별력을 심어주어, 불명예스러운 일을 부끄러워할 줄 알고, 명예로운 일에 몸 바칠 줄 아는 인간으로 키워준다는 것이다. 이런 덕성이 국가나 개인의 차원에서 위대하고 훌륭한 일을 성취하는 원동력이라고도 했다. 그러면서 아킬레우스의 고사를 인용했다. 헥토르를 죽이지 않으면 집에 돌아와 천수를 누릴 것이라고 그의 어머니가 예언했음에도 불구하고 아킬레우스는 자신의 애자(愛者) 파트로클로스를 도와주러 전장으로 나갔고, 파트로클로스가 죽자 헥토르를 죽임으로써 그 복수를 하였으며, 마침내 애자의 뒤를 따라 용감하게 최후를 마쳤다는 것이다.

소년애와 애지(愛知, philosophy)라는 두 관습이 서로 별개의 것이 아니라는 구절에서 우리는 고대 그리스에서 동성애가 단순히 성적인 욕망의 문제가 아니라 철학의 지위에까지 올라 있었다는 것을 알 수 있다. 동성애자인 푸코가 말년에 왜 그토록 고대 그리스에 심취했었는지도 조금 알 것 같다.

최근 한 신문의 칼럼 필자가 아킬레우스와 파트로클로스의 관계를 동성애가 아닌 단순한 우정이라고 주장하는 것을 보고 머리가 갸우뚱해졌다. 그는 두 역사적 인물의 관계를 동성애로 의심하는 것 자체가, 모든 것을 에로틱한 욕망으로 몰고 가는, 현대의 지극히 자본주의적인 통념의 소산이라고 말했다. 그리고 근대와 더불어 '사회적 관계로서의 우정'은 사라지고 동성애를 사회 문제로 취급하는 현상만 남았다는 푸코의 말을 인용했다.

그러나 푸코가 말한 '우정'은 동성애와 대립되는 개념이 아니라 '동성애 안에 들어있는 남성들 간의 우정'을 의미하는 것이다. 그리고 동성애가 상류층 남자들 사이에 만연했던 것은 자본주의라는 말조차 없던 고대 그리스에서였다.

조그만 왜곡들이 모여 애꿎게 자본주의 비판으로 이어지지 않을지 걱정된다.

# '부르주아', '시민'에 대하여

현대 사회에서 '부르주아'라는 말은 부자 혹은 상류층을 지칭하는 보통명사이다. 그러나 19세기까지만 해도 이 단어는 귀족의 지배를 받는 특정 계급의 이름이었다. 중세 봉건 시대에 처음으로 나타난 이 계급은 농사를 짓지 않고 도시에 살면서 상업에 종사했다. 당시 도시의 명칭이 부르(bourg)였으므로 그들은 부르주아(bourgeois, '부르에 사는 사람')로 불렸다. 그들의 부(富)는 토지에서 나온 게 아니고, 생산에 의한 것도 아니며, 단지 돈의 차액에 의한 것이었다. 그래서 그들의 성공에서 자본의 중요성이 대두되었다. 이 상업 계급이 왕성한 욕구에 의해 상업과 산업을 발달시켰으며, 산업혁명을 통해 공장을 짓고 상품을 제조했다. 그것들을 실어 나를 선박도 제조했다. 당연히 기술자가 필요했고, 부동산의 매매 계약이나, 상거래 행위를 조정하기 위한 공증인이나 변호사가 필요했다. 재산 관리와 사업 회계를 위한 회계사도 필

**Laboratores**

ceux qui travaillent = Le Tiers-état

● 중세 때 귀족, 사제, 농민을 뺀, 나머지 여러 직업에 종사하는 사람이 곧 제3신분이라는 것을 보여주는 일러스트레이션.

요했다. 유일한 자산인 육체의 건강을 위해서는 의사도 필요했다. 그 래서 부르주아들은 엔지니어, 변호사, 회계사, 의사들을 자신의 아들들 가운데서 키워냈다.

오늘날 의사, 변호사 등을 부르주아라고 부르는 것은 역사적으로나 현실적으로나 이 단어의 의미와 그대로 부합한다. 사제와 귀족 두 지배 계급 밑에서 제3신분으로 분류되던 부르주아 계급은 1789년에 혁명을 일으켜, 드디어 경제적 힘에 걸맞은 정치적 권력까지 얻게 되었다. 우리가 '시민 혁명'으로 부르는 '프랑스 대혁명'이다. 이 혁명의 원어 명칭은 '부르주아 혁명'이다.

북한이 공산주의 혁명 후 모든 사람을 '동무'라고 불렀던 것처럼, 프랑스 대혁명 후에도 사람들은 상호 간에 '시민'이라고 불렀다. 혁명 선언문도 '인간과 시민의 권리 선언(Déclaration des droits de l'homme et du citoyen)'이었다. 모든 인간은 그 누구에게도 양도할 수 없고, 그 누구도 감히 문제 삼을 수 없는 절대적 권리, 즉 생존권과 행복 추구권을 갖고 태어났다는 루소의 자연권 사상을 기초로 해서였다.

그런데 나라에는 도시만이 아니라 당연히 농촌도 있는데 왜 하필이면 '시민'이라는 말이 선언문에 추가되었을까? 이것 역시 그 원형은 루소에 있었다. 더 거슬러 올라가 그것은 아리스토텔레스의 사상이었다. 고대 그리스 도시 국가 시민이었던 아리스토텔레스는 시민이란 '법을 지키고 공직에 참여하는 사람'이라고 정의했다. 공공성에의 참여가 곧 시민의 조건이라고 본 것이다. 프랑스 대혁명은 그러니까 고대 도시 국가 차원의 시민의 개념을 근대적 국가의 차원으로 확대한 것이다.

우리는 가끔 우리의 국적 개념에 해당하는 법률적 지위를 미국에서는 왜 '시민권'이라고 말하는지, 또 서구 모든 나라의 대통령들이 대국민 담화를 발표할 때면 왜 "친애하는 시민 여러분!"이라고 말하는지 의아했었다. 시민 개념이 프랑스 대혁명에서 시작되었고, 그 모델이 그리스-로마의 도시 국가였다는 것을 알고 나면 그 의문이 풀린다.

최근 송호근 교수는 "사회 개혁의 단초를 발견하려던 시민들이 '국가 개조!'라는 강력한 발언 이후 무기력한 국민으로 떨어졌다"라고 썼다. 세월호 사건으로 시민들이 깨어나려고 하는 마당에 박근혜대통령이 '국가 개조'라는 구호를 내세움으로써 '깨어 있는' 시민이 다시 '미개한 국민'으로 되었다는 얘기였다.

서양의 시민 개념과 같은 역사적 맥락이 없는 우리가 도시의 주민을 '시민', 나라의 주민을 '국민'이라고 부르는 것은 너무나 자연스러운 것이 아닌가. 송호근교수는 지식인적 비판의식에 충실한 나머지 언어가 사회적 관습이라는 인문적 교양에는 조금 소홀하지 않았나 하는 생각이 들었다.

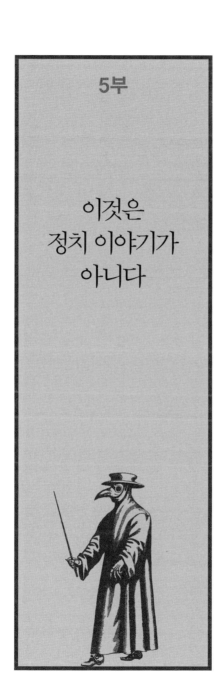

5부

이것은
정치 이야기가
아니다

# 누가 누구를
# 비판하는가?

경악과 실망이었다. 그리고 마침내 김병준 총리 임명으로 허탈감은 극에 달했다. 고작 교과서 국정화를 반대하고 사드 배치도 반대하는 사람을 총리로 임명하는 것이 해결책이란 말인가. 한국의 보수는 노무현 정신을 계승하기 위해 지난 대선에서 그토록 논쟁의 에너지를 고갈시켜가며 박근혜를 대통령으로 뽑았단 말인가? 자신을 뽑아준 51%의 유권자에 대한 파렴치한 배반이다.

그러나 허탈감을 누르고 차분히 문제를 되짚어 보기로 했다. 우선 사람들의 분노를 요약하면 세 가지로 정리된다. 첫째 인사의 전횡이다. 문체부 장관이나 국장 등을 아무런 정당한 사유 없이 해임하고, 별로 자격도 없는 사람들을 장·차관으로 임명했다. 둘째 재벌의 팔을 비틀어 8백억 원 가까운 돈을 강제로 뜯어냈다. 미르, K스포츠재단 등이 그것이다. 셋째는 이 모든 것의 뒤에 최순실이라는 여성이 있는데,

이 여성은 무당 혹은 사이비 종교 교주로 의심되는 최태민의 딸이므로, 이 역시 무당일 것이다.

사람들은, 이런 부패와 비리는 난생 처음 본다는 듯, 분노가 하늘을 찔러, 학생들은 더 이상 공부할 의욕을 잃었다느니, 한국 정치를 중세로 되돌려 놓았다느니, 다른 나라 보기 부끄럽다느니 하면시 개탄하였다. 권위주의 시대에나 있던 일이라면서 전두환, 노태우 두 대통령의 사진을 화면의 배경에 비춘 TV 뉴스도 있었다.

그런데 좀 이상하지 않은가? 과거에 좌파 정권이 들어서면서 코드 맞는 인사들을 기용하기 위해 우파 성향의 인사들을 줄줄이 쫓아냈다는 것은 공공연한 사실이었다. 또 연예인 명계남과 노무현의 조카 노지원이 회장 또는 이사로 있던 사행성 게임 업체 '바다 이야기'는 4천억 원 상품권 시장을 최대 63조 원 시장으로 키운 전형적 권력형 비리 사건이었다. '삼성고른기회장학재단'은 노무현 정권이 삼성의 약점을 잡고 팔을 비틀어 받아낸 8천억 원으로 만든 재단이며, 현재 온갖 좌파 활동의 재정을 담당하고 있다.

무당이 국정을 농단했다는 이야기는 좀 새로워 보인다. 대통령의 비리에 '무당'이라는 말이 등장한 것은 처음이기 때문이다. 그러나 샤머니즘에 대한 사람들의 비판과 조롱도 의아하기는 마찬가지다. 김대중에서 김무성에 이르기까지 무릇 대권에 관심 있는 모든 정치인이 조상의 묘를 옮겼다는 것은 비밀도 아니다. 김영삼의 장례 때, 국립현충원 묏자리를 파니 알 모양의 둥근 돌덩이가 나왔는데, 이는 봉황이 알을 품고 있는 형상이어서 풍수지리적으로 매우 좋은 징조라고 도하 유력 일간지들이 모두 대서특필하였다. 한 메이저 신문은 한학자연 하면서 무속인 뺨치는 어느 필자의 글을 몇 십 년째 인기리에 연재하고 있고, 그것도 모자라 최근에는 풍수지리학자를 주말 판에 등장시켜 이런 저런 유력 인사들의 조상 묘가 좋다는 것을 정기적으로 은근히 퍼뜨리고 있다. 최순실 무당 이야기가 난무하는 이 와중에도 이 신문은 인터넷 판 어느 날짜에 최순실 기사와 바로 같은 화면에 풍수컨설턴트를 나란히 등장시키는 담대함을 보여주었다.

물론 남들이 했다고 해서 나의 잘못이 합리화되는 것은 아니다. 깨끗할 줄 알았는데, 똑같이 구악이었다는 것에 우리는 실망하고 분노한다. 그러나 대통령과 그 주변 사람들을 거의 악마로 몰고 가는 지금의 과열된 분위기 역시 매우 전근대적 현상이기는 마찬가지다. 우병우가 검사실에서 웃었다고 집중포화를 당하는 것은 북한의 장성택이 '건성 건성 박수쳤다'고 처형된 사건을 연상시킨다. 정권의 전근대성과 비합리성을 비판하려면 그 비판의 방법 역시 합리적이고 이성적이어야 한다.

선의로 생각해 보면, 아마도 임기 동안 뭔가 가시적 업적을 남겨놓아야겠다는 박근혜 대통령의 강박관념이 사태의 출발점일지 모른다. 대통령 퇴임 시 임기 중의 치적을 부각하는 것이 언론의 관행인데, 아무런 업적 없는 대통령이라고 기록되는 것이 두려웠을 것이다. 통진당 해산, 개성공단 폐쇄, 전시작전통제권 전환 재검토 등 국가 안보상의 매우 중요한 업적을 남겼음에도, 좀 더 국민영합적인 화려한 업적을 추구했던 것이 그의 잘못이었다.

그리고 보면 대통령이 임기 중에 뭔가를 이루어놓아야 한다는 국민의 의식도 문제다. 왜 반드시 거창한 업적을 임기 내에 이루어놓아야만 하는가? 모든 창의성은 국민에게 맡겨 놓고, 그저 일상적으로 자연스러운 업무에만 충실한 대통령을 기대할 때 우리는 진정 작고 겸손한 정부를 갖게 될 것이다.

# 마리 앙투아네트

출신이 좀 수상한 라모트 백작부인은 로앙 추기경에게 왕비의 가짜 편지를 전달한다. 장관 자리를 노리고 왕비에게 접근할 기회를 찾고 있던 추기경은 왕비가 자신에게 연정을 품고 있다고 착각한다. 실제로 백작부인은 어느 날 밤 베르사이유 궁 정원에서 왕비를 닮은 한 창녀를 대역으로 삼아 추기경과 마리 앙투아네트의 밀회를 주선하기까지 한다.

추기경은 깜빡 속아 넘어가고, 백작부인은 여왕의 자선사업에 쓸 돈이라고 속여 추기경으로부터 여러 차례 돈을 받아 가로채기도 한다. 그리고 마침내 다이아몬드 목걸이를 구입하고 싶다는 왕비의 가짜 편지를 전달한다. 추기경은 보석상에게 목걸이를 주문하고, 여왕의 친필 사인을 믿은 보석상은 추기경에게 목걸이를 보낸다. 그러나 만기일까지 돈이 입금되지 않자 보석상은 여왕에게 청구서를 보낸다. 목걸이는 이미 백작부인의 남편이 가로채 런던으로 빼돌려진 후이다. 수많은 문학 작품에 모티프를 제공했던 이 희대의 사기 사건은 4년 후 일어날 프랑스 대혁명의 도화선이 된다.

창녀는 왕비의 대역을 자백했고, 가짜 편지를 쓴 라모트 백작부인은 태형(笞刑)에 처해진 후 양쪽 어깨에 '도둑(voleuse)'의 첫 글자인 v 낙인이 찍힌 채 종신형을 선고받았다. 재판을 통해 진범이 가려졌고 마리 앙투아네트는 아무 상관없음이 밝혀졌지만 사람들은 공식 재판을 믿으려 하지 않았다. 오히려 왕비에 대한 나쁜 소문들이 무책임하고 악의적인 신문과 팸플릿들을 통해 걷잡을 수 없이 퍼져 나갔다.

"빵이 없으면 케이크(프랑스어 원문은 brioche)를 먹으면 되잖아요"라는 말도 원래는 루소의 『고백록』의 한 구절인데 마치 마리 앙투아네트가 한 것인 양 악의적으로 선전되었다. 이 말 한마디로 민중의 분노는 극에 달했다. 이제 그녀는 굶주리는 민중의 아픔엔 눈꼽만큼도 관심이 없는 비정하고 철없는 왕비, 또는 베르사이유 궁에서 매일 밤 파티만 여는 사치와 향락의 여왕이 되어 있었다.

소문은 점점 더 수위가 높아져, 당시 팸플릿들에서는 루이 16세와 마리 앙투아네트를 피에 굶주린 괴물 부부로 묘사하기도 했다. 특히 왕비는 온갖 방탕한 쾌락에 몸을 내맡긴 색정광이 되어 있었다. 이성 간의 섹스는 물론 대공 부인들이나 여자 사촌 등, 주위의 모든 여자와 동성애를 했다는 것이다. 여왕의 섹스 스캔들은 인류 문명의 금기인 근친상간에까지 이르렀다. 이미 어릴 때 오빠인 오스트리아 황태자 요제프 2세에게 처녀성을 잃었고, 프랑스로 시집온 후에는 루이 15세의

● 엘리자베스 비제-르브룅(Elisabeth Vigée-Lebrun)이 그린 마리 앙투아네트 초상.

정부가 되었으며, 시동생인 아르투아 백작의 아들과도 연인 관계였다는 것이다. 그리고 마침내 결정적인 패륜, 즉 자신의 여덟 살 난 아들과 근친상간을 했다는 혐의까지 뒤집어쓰게 되었다.

1793년 10월 12일, 남편의 성을 따라 "카페 부인"으로 호명된 왕비가 국민 공회에 불려 나왔다. 흰색의 헐렁한 평민복을 입었고, 신발은 해어졌으며, 흰 머리칼은 목 근처에서 덤벙덤벙 잘려져 있었다. 38세의 나이라고는 믿을 수 없을 정도로 늙은 노파의 모습이었다. 하지만 몸매에는 아직 왕비로서의 품위와 우아함이 배어 있었다. 국고 탕진, 내란 음모, 적과의 내통. 미동도 하지 않고 자신의 혐의 내용을 듣고 있던 왕비가 여덟 살짜리 아들과 근친상간을 했다는 마지막 죄목이 낭독되자 한 순간 격한 감정의 동요를 보이며 청중석의 여자들을 향해 몸을 돌렸다.

"여러분, 이 말이 믿겨지시나요?"

청중도 술렁였다. 비록 왕비에 적대적인 평민들이었지만, 그리고 왕비에 대한 동정이 큰 위험을 내포하는 시대였지만, 많은 여성이 경악하여 입을 가리고 울음을 터뜨렸다. 순간 왕비의 얼굴이 편안해졌다. 모든 사람의 돌팔매 속에서 누군가 내 말을 수긍해 주는 사람이 이 세상에 하나라도 있다는 것을 확인한 순간, 절망적인 사람이 느끼는 편안한 안도감이었다(미셸 모런 『마담 투소』).

나흘 뒤 그녀는 혁명광장(지금 파리의 콩코르드 광장)에서 군중의 환호 속에 처형되었다. 단두대의 널빤지를 오르며 실수로 사형 집행인의 발을 밟은 그녀는 화들짝 놀라며 말했다. "죄송합니다. 고의가 아니었어요(I'm sorry, sir. I did not mean to do it. / Monsieur, je vous demande excuse, je ne l'ai pas fait exprès)."

프랑스 대혁명은 50만 명 이상의 목숨을 희생시키고야 끝이 났다.

기요틴에서 처형된 사람만도 4만 명이 넘었다. 역사상 가장 잔인한 광기의 시대였다. 널리 믿어지고 있는 것과는 달리 그 희생자들 중 80% 이상은 귀족이 아닌 평민이었다.

## 광장의 추억

미셸 모런의 소설 『마담 투소』에는 1793년 1월 21일, 루이 16세가 처형되는 날의 광경이 다음과 같이 묘사되어 있다.

밀랍 인형 조각사인 주인공은 파리의 혁명광장으로 삯마차를 타고 나간다. 거리에는 마차가 너무 많아 더 이상 전진할 수가 없다. 삯마차의 늙은 마부는 모자를 살짝 숙이며 인사한다.

"역사적인 날입니다요."

왕의 처형에 찬성한다는 것인지, 반대한다는 것인지 알 수 없는 애매한 말이다. 이제는 누구도 자신의 의견을 말하지 않는다. 2만 명의 사람이 광장을 채우고 있다. 기요틴은 붉은 색으로 칠해졌고, 사람들은 붉은 색의 자유 모자를 쓰고 있어서 광장은 온통 붉은 색의 물결이다. 어두운 구름이 낮게 드리워져 광장 저편은 안개로 부옇게 가려져 있다. 광장을 가득 메운 사람 대부분은 긴 바지와 헐렁한 코트를 입은 평민들이다.

마차의 문이 열리고 왕은 처형대의 좁은 계단을 걸어 오른다. 간소한 옷과 망

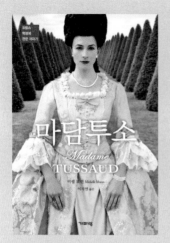

• 소설 '마담 투소'의 표지

토를 어깨에 헐렁하게 걸친 그의 모습은 38세의 나이라고 믿기지 않을 만큼 늙어 보였다. 흰 머리칼은 기요틴의 칼날을 위해 목 부근에서 잘려 있다. 집행관 샤를 상송이 그에게 마지막 말의 기회를 준다. 그는 자신이 무고하다고, 필사적으로 뭔가 이야기하려 한다. 마침내 북소리가 울리고, 그는 널빤지 위로 끌려간다. 두 손은 등 뒤로 묶이고 목은 반달 모양의 나무에 고정된다. 상송이 밧줄을 당기자 칼날은 아래로 쿵 떨어진다. 정적이 흐른다. 그러자 상송은 고리버들 바구니 안으로 손을 넣어 왕의 머리를 들어 올린다.

광장 전체에 함성이 울려 퍼지고 군중이 앞으로 몰려든다. 이제 왕이 죽었으니 우리 모두는 부자가 될 것이라고, 아무도 배고픈 자가 생기지 않을 것이라고, 빵집에는 빵이, 가게에는 값싼 커피가, 청년들에게는 좋은 일자리가 기다리고 있을 것이라고, 상퀼로트(평민)들은 목청을 높이고, 아이들은 흥겹게 깃발을 흔든다.

# 생-쥐스트(Saint-Just)

역사 전공자가 아닌 일반인들은 흔히 프랑스 혁명기의 냉혹한 혁명가로 로베스피에르만 알고 있지, 더 무섭고 더 차가운 인물이 그 뒤에 있다는 것은 잘 모른다. 아직 솜털도 채 가시지 않은 20대 초반의 나이에 루이 16세 처형의 법적 근거를 마련했고, 로베스피에르와 함께 실각하여 27세의 나이에 단두대의 이슬로 사라진 혁명 이론가 생-쥐스트(Saint-Just)가 바로 그 주인공이다. 젊음과 천재성에 대한 인류 보편의 동경심과 사상 유례없는 공포 정치의 잔인함이 합쳐져 그의 인생은 완전히 전설로 물들어 있다. 미소년이라느니, 처형장에 끌려 갈 때도 냉정하고 거만한 표정으로 사람들을 압도했다느니 하는 이야기들이 그것이다.

24세에 이미 『프랑스의 헌법정신과 혁명 정신』(1791)이라는 책을 썼고, 법정 연령이 되기를 1년 기다려 국민공회 의원이 되었으며, 그해

● 생-쥐스트(Saint-Just)와 로베스피에르(Robespierre).
(일러스트레이션)

10월 의회 연단에서 행한 연설이 그 유명한 루이 16세 논고장이다. "누구도 무죄로 군림(君臨)할 수 없다(One cannot reign innocently. On ne peut régner innocemment.)"라는 마지막 문장이 역사에 길이 남아 있다. '군림한다'는 것이 벌써 유죄라는 것, 그러니까 왕의 자리에 앉아 있었다는 것 자체가 유죄라는, 도저히 논박 불가능한 무서운 구절이었다. 그때까지 무명이던 이 젊은 의원의 발언이 자코뱅의 공식 입장이 되어, 결국 석 달 뒤(1793년 1월 21일) 왕은 기요틴에서 처형 되었다.

  루소의 열렬한 숭배자였던 생-쥐스트는 왕이 처형되어야 한다는 근거를 '사회계약론'에서 찾았다. 사회계약론에 의하면 법이란 사회계약의 결과이다. 그러므로 법은 사회계약에 동의한 사람에게만 적용될 수 있다. 그런데 왕은 그 어느 때도 사회계약을 체결한 적이 없이, 법의 위에 군림해 있었다. 다시 말해 법의 밖에 위치해 있었다. 따라서 계약을 맺은 사람들 사이에서만 효력을 발생하는 법 조항을 그에게 적용한다는 것은 말도 안 된다. 왕에게는 그 어떤 사회체의 법도 적용할 수 없고, 왕은 다만 사회 전체가 적으로 간주해야 할 절대적 적일뿐이다.

그러나 생-쥐스트는 왕이 사회 전체와 같은 무게의 대칭 관계가 되는 것은 극도로 경계했다. 그래서 그는 "전제군주에 대항하는 인간의 권리는 개인적인 권리이다"라는 말로 왕에 대한 개인적 적대 관계를 강조했다. 이것은 일차적으로는 왕에 대한 처리가 국민 전체의 이름으로 언급되는 것을 막기 위해서였고, 또 한편으로는 국민들의 일반적인 동의가 없더라도 아무나 루이 16세를 죽일 수 있다는 의미이기도 했다.

왕의 처형 후 공포 정치는 극에 달하여, 밀고(密告)가 시민의 의무이고, 단두대는 덕의 제단이 되었다. 혁명에 열의를 표시하지 않은 사람, 혁명에 반대하는 언사를 한 사람, 혁명을 위해 아무것도 하지 않은 사람, 하다못해 베르됭의 처녀들(1792년 베르됭에 진주한 프러시아 군을 환대한 처녀들)까지 희생되었다. 단두대도 총알도 모자라 나중에는 많은 사람을 한꺼번에 죽일 수 있는 가장 효과적인 방법으로 익사형(구멍 뚫은 배에 사형수들을 실어 강물에 띄우는 방법)이 권장되기도 했다. 그야말로 사람의 목이 '기왓장 날듯 날은' 시기였다.

차츰 국민 전체가 단두대의 처형에 현기증을 느끼기 시작했다. 로베스피에르가 의회 승인 없이 의원을 기소할 권리를 요구한 후부터 의원들은 전전긍긍하게 되었다. 불안감을 느낀 반대파 의원들이 테르미도르(지금 달력으로는 7월) 8일, 두 사람의 체포 동의안을 가결했다. 즉각 체포된 로베스피에르와 생-쥐스트는 바로 다음날 단두대에서 처형되었다. 소위 '테르미도르 반동'으로 불리는 이 날로 2년 간의 공포 정치가 막을 내렸다.

유력 대선 주자가 '혁명'을 마구 입에 올리며 '법은 소용없다'라고 공공연하게 말하는 작금이다. TV 프로그램의 젊은 여성 출연자는 영화 「레미제라블」의 시가전 장면이 감동적이라고 어쩔 줄 몰라 한다. 「레미제라블」의 시가전은 대혁명 이후 40여 년이 지난 1830년대의 사건으로, '혁명'이라는 명칭도 얻지 못한 일개 소요 사태였다. 그 많은 사람의 피를 뿌린 공포정치 이후 40년이 지났는데도 아직 민중의 삶은 비참(미제라블, misérable)하고, 정치는 민주적 공화제와는 거리가 멀었다는 것이 오히려 이 소설(영화)의 교훈일 것이다.

프랑스는 대혁명 이후 두 번의 제정(帝政), 두 번의 왕정, 그리고 가혹한 학살 사건을 곁들인 세 번의 혁명을 80여 년 간 겪고 난 뒤, 1870년에 와서야 현재 체제의 공화국이 들어섰다.

# 이것은 정치 이야기가
# 아니다

국민, 국민 하니까 나도 국민의 한 사람으로 말하자면, 모든 것을 감안해도 지금의 사태는 지나치고 심하다. 법에 문외한인 일반 국민의 눈에는 청문회, 검찰, 특검, 헌법재판소가 모두 똑같은 과정의 지루한 반복으로 보인다. 국회의원들이 피의자 또는 증인들을 심하게 모욕하고 질타하는 것을 TV로 지켜볼 때 국민들은 심기가 불편했다. 자신의 자질에 의해서가 아니라 지위에 의해 획득한 권력을 이토록 폭력적으로 행사하는 것이 과연 민주주의 이념에 부합하는 것인지 국민들은 의아하게 생각하고 있다.

복수의 일념으로 가득 차 무엇엔가 심하게 쫓기는 듯한 특검 검사들의 위세도 위태로워 보인다. 법을 다루는 일개 직업인인데 마치 도덕적 재판관이라도 된 듯 '경제보다 정의가 우선'이라느니 하면서 '정의의 사도'를 자칭하고 있다. 영어로 정의와 사법이 똑같이 justice인 것을 보고 사법이 곧 정의인 줄 착각하고 있는가 보다.

도주의 우려가 전혀 없고 아직 무슨 죄가 있는지도 불분명한 고위 공직자나 교수들을 마구 구속하면서 온 국민이 이때까지 들어보지 못했던 '항문 검사'라는 말을 슬쩍 언론에 흘린 것도 '정의'를 위해서인가? 피의자는 보통 영장 실질 심사가 나오기까지 검찰청이나 인근 경찰서에서 사복 차림으로 기다리는 것이 관례인데 이들은 예외적으로 서울 구치소에서 수의를 입고 대기했다는 것, 그리고 '항문 검사'도 받았다는 것을 온 국민이 인지하게 되었다. '이쁜 여동생'이니, '울고불고'라느니 하는 어느 국회의원의 단어 구사에서는 예쁘고 머리 좋고 잘 나가던 한 여성에 대한 천박한 복수심이 느껴진다. 이건 일종의 사회적 강간이다.

최순실의 딸 정유라에 대한 사람들의 태도에서는 '약자는 마구 짓밟아도 좋다'라는 야비함이 느껴진다. 여덟 살 때 이미 목욕탕의 세신사에게 막말을 했다느니, "부모 잘 만난 것도 실력이야"라고 SNS에 올렸다느니, 드디어 스무 살 나이에 아이까지 낳았다느니 하는 식의 언론 재판은 참으로 민망한 것이었다.

위법한 사실이 있으면 그것으로 처벌을 받으면 되는 것이지 한 사람의 인생을, 그것도 아직 인생을 시작하기도 전의 젊은이의 인생을 그처럼 공개적으로 단죄할 권리는 그 누구에게도 없다. 한 번 나쁜 인간이면 영원히 나쁜 인간이라는 결정론의 오류일 뿐만 아니라, 내 아이는 그렇지 않다는 천박한 오만함이다.

지금 자행되고 있는 대통령에 대한 성적(性的) 비하는 어느 문명국에

● 마녀 사냥(일러스트레이션)

서도 그 예를 찾아보기 힘들 것이다. 세월호 일곱 시간 공백의 논란은 섹스 혐의로 시작되었다. 이것부터가 여성 차별이다. 남자는 혼자 있어도 아무 문제없는데, 여자는 혼자 있기만 하면 섹스를 한다는 의심을 받아야 하는가? 상대 남성의 알리바이가 밝혀져 한 숨 돌리는가 싶더니 이번에는 굿을 했다는 근거 없는 소문이 어엿한 공적 언론기관들을 통해 무차별 살포되었다. 섹스와 무속(巫俗)은 전형적인 여성 차별의 표상이다.

고대 그리스에서부터 근대의 니체에 이르기까지 여자는 동물에 가까운 열등한 존재로 여겨졌다. 씨 뿌리고, 수확하고, 파괴하고, 건설하고, 생각하고, 창조하는 것이 남자라면, 여자는 오로지 자궁으로만 환

원되었다. 자연과 가깝기 때문에 모든 여성은 자연의 비밀과 교유할 수 있는 존재로 생각되었다. 중세 때 마녀는 그렇게 탄생했다. 기독교 사상도 여성에게 육욕의 죄를 씌움으로써 중세기 성직자들의 여성혐오증에 길을 열어 주었다. 여성 혐오에 그토록 민감한 현대 한국의 젊은 여성들이 단 한 마디 코멘트가 없는 것은 놀라운 일이다.

표창원 의원이 기획하여 국회의사당에 걸려 있는 대통령의 나체 그림 「더러운 잠」은 19세기 프랑스 화가 에두아르 마네의 「올랭피아」를 패러디한 것이다. 마네 자신은 16세기 티치아노의 「우르비노의 비너스」를 패러디한 것이고, 「우르비노의 비너스」는 또한 15세기 조르조네의 「잠자는 비너스」를 패러디한 것이다. 마네의 「올랭피아」는 빛에 의한 음영(陰影)과 색조의 농담(濃淡)을 통한 인체의 볼륨감을 인위적으로 파괴함으로써 르네상스 이후 4백 년 간 회화 기법이었던 원근법을 폐기한 것으로 유명한 그림이다.

대통령과 최순실을 합성한 이 천박한 그림은 대통령에 대한 모독일 뿐만 아니라 미술사의 한 획을 그은 위대한 작품에 대한 모독이기도 하다. 이런 것을 표현의 자유라고 강변한다면 블랙리스트 문제를 떠나 문화계 전체가 국민의 신뢰를 잃게 될지도 모른다.

## 마네 패러디

　모든 명화가 그렇듯이 마네의 그림 「올랭피아」를 변형해 그린 패러디 그림은 그 수를 셀 수 없을 정도로 많다. 베이컨(먹는 베이컨이다)을 침대 위에 길게 늘어뜨려 놓은 것도 있고, 나체의 여인이 플라스틱 인형인 깃도 있고, 흑인과 백인의 위치가 바뀌어 침대 위의 여주인이 흑인이고 꽃을 든 하녀가 백인인 경우도 있다. 거의 재미있는 상품을 위한 상업적 일러스트레이션 수준이다.

　대통령의 누드와 최순실을 합성한 그림으로 문제가 된 「더러운 잠」은 아마도 케이티 디드릭슨(Kayti Didriksen)의 「여가를 즐기는 사람, 조지 왕(Man of Leisure, King George)」에서 힌트를 얻은 듯하다. 조지 부시 대통령이 나체로 침대에 비스듬히 누워 있고, 그 옆에 딕 체니 부통령이 미니어처 유정(油井) 굴착 장치가 부착된 황금 왕관을 바다 빛 푸른 색 벨벳 쿠션에 받쳐 들고 서 있는 그림이다. 당시 이라크 침공이 석유를 확보하기 위한 것이라는 사실을 풍자한 듯하다.

　모 대학 법학전문대학원 교수는 「더러운 잠」 논란에 대해 "민주 사회라는 곳에서 그런 정도의 패러디가 문제될 수 있다는 게 한 마디로 수치스럽다. 미국을 비롯해 서구 사회에서는 대통령이 아니라 그보다 더한 사람이라도 온갖 성적 패러디물의 대상이 되고 있다. 그런 패러디물이 나왔다고 호들갑 떤다면 그 자체가 반민주 사회임을 말하는 것이다"라고 말했다.

　그러나 「더러운 잠」이 모방한 오리지널 그림(마네의 그림이 아니라 디드릭슨의 그림)은 2004년 10월 워싱턴DC 박물관에 전시되자마자 그날로 전시회 전체가 강제 폐쇄되었다. 박물관 홍보 담당관은 "이 전시회가 애초에 제시했던 기획 의도와

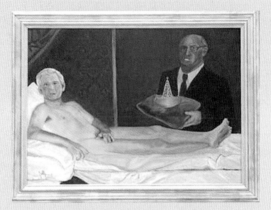

• 마네의 '올랭피아'를 패러디하여 조지 부시 대통령을 희화화한 미국 화가 케이티 디드릭슨의 그림. 탄핵 사태 때 박근혜를 희화화하여 국회 의사당에 걸었던 '더러운 잠'은 이것을 그대로 모방한 듯하다.

달라졌다"라고 강제 폐쇄의 이유를 밝혔다. 그리고 이어서 "우리 박물관은 실험적 예술가들의 작품을 거는 갤러리가 아니라 교사들이 어린 학생들을 데리고 와서 작품을 설명해 주는 장소이므로, 이 그림은 전혀 어울리지 않는다"라고 말했다.

모방한 것을 또 모방한 것이므로 그나마 아이디어의 참신성도 없지만, 거기에 더해 세계 사정에 어두워 우물 안 개구리라는 비판도 면치 못할 것 같다.

그쪽 진영 사람들은 요즘 '표현의 자유'를 말하기 바쁘다. '혹독한 예술 통제'를 고발했다느니, '자유를 먹고 사는 것이 예술인데 그것을 억압하니 풍자를 통해 옆길로 간다'느니, '표현의 자유는 민주주의의 기반'이라느니, '공인은 마땅히 풍자를 감수해야 한다'느니, 그리고 마침내 '뭐가 저급한가? 풍자화로서 명작이다'라는 이야기까지 한다.

박근혜 대통령이 박정희 대통령 얼굴 모습의 아기를 출산하는, 인류의 금기까지 건드리는 그림을 참고 보았던 우리인데, '표현의 자유가 없다'는 건 도대체 무슨 이야기인가?

예술이란 언제나 형식에 대한 문제이지, 내용에 대한 문제일 수 없다. 마네의 「올랭피아」도, 세잔의 「사과」도, 20세기의 추상화도 모두 예술의 형식에 대한 치열한 고민의 결과였다. 결코 '무엇을 그릴 것인가'라는 내용의 문제는 아니었다. "이 그림은 무엇 무엇을 상징한다. 또는 무엇 무엇을 말하기 위함이다"라고 화가가 설명하는 순간 그 그림은 팸플릿 수준으로 떨어질 뿐 더 이상 예술 작품은 되지 못한다. 비록 그렇게 말했더라도 결과물로서의 작품이 형식 차원에서 우수할 때 우리는 물론 그 작품을 예술로 인정해 줄 수 있다.

그러나 「더러운 잠」 어디에 예술성이 있단 말인가?

# 패션
# 좌파

색깔론이 아니라 그냥 있는 그대로의 현상을 말해 보자면 현재 한국은 거의 전적으로 사회주의 국가다. 영유아 보육비를 국가가 보조하고 온 국민이 저렴한 의료 혜택을 받고 있는 나라인데, "육아의 모든 책임을 엄마에게 뒤집어씌우느냐", "젊은이들이 결혼할 수 있도록 국가가 대책을 마련하라"고 목소리를 높인다.

젊은이들이 열광하는 「미생」이니 「김과장」 같은 드라마들은 모두 대기업에 대한 증오와 조롱을 부추기는 내용들이다. 공영 방송 KBS가 내놓은 드라마 「김과장」의 홍보문은 "삥땅, 해먹기, 뇌물의 파라다이스 대한민국!!"이라는 문장으로 시작한다. 대기업은 온통 비리나 뇌물로만 운영되고, 한국은 부패의 천국이라는 식이다. 개인 간의 경쟁을 바탕으로 한 소득 격차와 신분 격차를 아예 근본에서부터 부정하는 사회주의적 사고다. 반 자본주의적 사고는 영화나 TV 드라마 같은 대중

● 에르메스의 오렌지색 박스 모양으로 꾸민 캐나다 토론토의 에르메스 매장

문화 매체를 통해 빠르고 깊게 확산되고 있다. 노동계급이 자본계급을 타파하지 않으면 사회변화가 어렵다고 공공연하게 말하는 젊은이도 있다. 그런데 아이러니하게도 그들은 자본주의적 라이프스타일을 마음껏 즐기고 있다.

명품 브랜드를 취급하는 패션 잡지들조차 어느 새 '자본과 권력 때리기'에 합류하고 있다. 탄핵, 촛불, 세월호, 재벌 해체론을 한참 읊은 뒤 이것은 "발렌시아가를 입고 셀린느 가방을 들며, 바이레도 향수를 뿌리는 것과 같은 맥락이다"라고 말한다. 몸으로는 명품을 소비하며 머리로는 사회주의를 생각하는 소위 '강남 좌파'가 우리 젊은 세대의

● 에르메스 미술상 1회 수상자 장영혜의 최근 비디오 설치 작업 전시회장. '삼성의 뜻은 죽음을 말하는 것이다'라는 글이 쓰여진 현수막이 미술관 외벽에 걸려있다.

대세임을 반증하는 지표적 담론이다. '좌파'는 어느 새 가장 화려한 사치재(奢侈財)가 되었다.

소비 생활이나 대중문화만 그런 것도 아니다. 자본주의에 대한 반감으로 산수화를 온통 붉게 칠하는 한 동양화가의 그림이 명품 브랜드 펜디 매장 벽에 화려하게 걸린 적도 있다. 한국의 젊은 아티스트들을 후원하기 위해 제정된 에르메스 미술상은 보수 정권을 야유하며 강정마을 해군기지 반대에 열을 올리거나, 세월호가 국가 폭력이라고 주장하거나, '삼성의 뜻은 죽음을 말하는 것이다'라면서 삼성 때리기에 몰두하는 젊은 미술가들에게 해마다 주어지고 있다. 핸드백 하나가 천만원대 혹은 억대에 이르는 에르메스는 구매자의 자격을 엄격히 제한해, 아무나 돈을 가지고 가 사려 해도 금방 물건을 살 수 조차 없는 브랜드이다. 한국 1%가 아니라 세계 1%를 상대하는 에르메스는 당연히 '약자에 대한 연민과 연대'라는 사회주의적 이념과 전혀 어울리지 않는다. 그러나 자본주의의 꽃인 에르메스는 자신의 기반을 부정하는 반자본주의적 화가들에게 상을 준다. 권력과 자본을 고발한다는 말을 입에 달고 사는 반 자본주의 화가들 역시 이 상을 받는데 전혀 거부감을 보이지 않는다. 소비 생활이건 창작 활동이건 이처럼 에르메스의 인정을 받는 사람이나 좌파가 될 일이지, 그럴 능력 안 되는 사람은 소박하게 보수로 남아 있을 일이다!!

재벌에 대한 증오의 밑바닥에는 자본이 노동을 착취한다는 노동가치설이 있다. 자본가는 노동자에게 임금을 지불하고 노동력을 사들여 제품을 생산한 뒤 이 제품을 자기가 지불한 임금보다 훨씬 비싸게 판다. 이때 임금과 판매가 사이에 발생하는 차이가 잉여가치이이다. 즉 자본의 이윤이다. 자본가는 노동자에게 지불하지 않은 이 가치를 자기 것으로 가로챔으로써 부자가 된다. 이것이 착취 이론이다. 한국 젊은 이들의 가슴에 불을 지른 이 개념의 근저에는 자본보다 노동이 더 중요하다는 생각이 깔려있다. 과연 그럴까?

집에서 내가 뜨개질한 한 켤레의 장갑, 내가 구운 한 덩이의 빵은 내 가족에 대한 사랑일지언정 거기서 잉여가치는 발생하지 않는다. 따라서 자본도 형성되지 않는다. 그러나 빵 기계를 도입하고 종업원도 채용하여 노동을 조직했을 때 비로소 시골 빵집 주인도 자본론을 굽게 되는 것이다. 노동은 그 스스로 가치를 발생시키는 존재가 아니다. 그것을 조직하고 사회화하는 자본이 있을 때에만 가치가 발생한다. 다시 말해 노동보다 자본이 우위에 있는 것이다. 자본가의 지위가 고정돼 있는 것도 아니다. 노동의 열등한 지위가 싫다면 스스로 자본이 되려 노력하면 된다. 자본이 활발하게 움직일 때 사회는 활력을 되찾고 개인들은 풍족한 삶을 누릴 수 있다. 노동만 있는 사회, 그것은 북한과 같은 사회이다.

한국 젊은이의 패션이 된 '좌파'는 구식의 패션임을 젊은이들이 빨리 깨달았으면 좋겠다.

# 일상성과
# 혁명

'시커먼 구름 뒤엔 새하얀 구름 숨어 있으니', '화와 복은 서로 겹쳐져 있고(禍福相倚)', 세상사 새옹지마(塞翁之馬)이니, 전화위복(轉禍爲福)일 것이며, '결국 패한 자가 이기리라(Qui perd gagne).' 극에 달하면 뒤집어져 정반대로 넘어간다는 서양의 변증법과 동양의 주역 원리를 되새기며 울분을 참았던 일주일이었다.

그러나 사사로운 감정을 괄호 안에 넣고 일체의 정치적 판단을 중지한 채 탄핵 사태를 무심하게 바라보면 거기에 아주 놀랍고도 새로운 사회적 현상이 있다. 거리로 쏟아져 나와 광장을 가득 메운 거대한 노년층의 모습이다. 한국인들이 좋아하는 표현을 빌리자면 그야말로 온 세계가 깜짝 놀랄 사상 초유의 사태이다. 젊은 세대는 도저히 이해할 수 없어서 처음엔 최순실 돈으로 나왔느니, 노숙자들이 돈 받고 나왔느니, 배우지 못한 가난한 노인들만 나왔느니 하고들 분분하게 해석하였다.

사회적 약자의 인권을 기본 이념으로 삼는다는 세력이 때만 되면 상대편을 '저학력, 빈곤층, 노년' 등의 프레임으로 매도하는 것도 우스운 얘기지만, 그나마 그것도 팩트는 아니었다. 배우지 못한 가난한 노인이기는커녕 과거에 대학교수, 대기업 사장, 고위 공무원, 외교관, 언론인 등을 지냈던 고학력의 여유 있는 계층이 대거 참여하였다. 그야말로 계층을 초월한 노년 세대 전체의 봉기였다. 더군다나 기본적으로 그들은 집단 시위에 익숙하지 않은 세대였다. 익숙하지 않을 뿐만 아니라 대규모 집회에 심한 거부감을 갖고 있던 세대였다. 말하자면 그들은 혁명 세대가 아니라 일상성의 세대였다.

혁명과 일상성을 대립항으로 놓았던 것은 프랑스의 사회학자 앙리 르페브르였다. 일상성은 산업 사회 도시에 사는 사람들의 삶의 행태이다. 언제나 반복되는 지루한 업무, 모욕적인 인간관계, 남들은 모두 잘 나가는데 나만 영원히 뒤처져 있는 듯한 무기력감, 요컨대 일상성은 궁핍, 결핍, 박탈, 억압, 충족되지 않는 욕망의 연속이다. 이 무미건조하고 비루한 일상에서 벗어나기 위해 사람들은 축제를 벌이거나 모험을 하거나 여행을 떠난다.

일상과의 단절이라는 점에서 혁명 역시 하나의 축제다. 혁명은 단순히 구시대의 정치·경제 제도를 전복시키는 이데올로기적 사건만은 아니다. 그것은 기존의 모든 사회적 강제를 폭파시키면서 일상성에 종지부를 찍는다. 혁명은 잔인하고 축제는 즐겁다고 흔히 생각하지만, 파괴와 일탈, 살인으로까지 이어지는 축제 역시 잔인하고, 폭력적이다.

● 에드워드 호퍼(Edward Hopper), '뉴욕의 방'(Room in New York, 1940). 호퍼의 그림들에서는 건조하고 쓸쓸한 대도시 일상생활의 소외감이 느껴진다.


모든 혁명은 결국 축제의 복원이다. 지나간 시대의 혁명은 모두 축제였다.

그러나 축제가 끝나면 다시 지루한 일상이 찾아오듯 혁명은 어느새 제도와 관료주의라는 타성태의 일상으로 회귀한다. 축제든 혁명이든 모든 다이내믹한 것들을 블랙홀처럼 빨아들이며 무심한 듯 힘없이 완만하게 제 갈 길을 가는 이 완강한 지속성이야말로 일상성의 위대함이다. 묵묵하게 영원한 삶을 살고 있는 일상성은 땅에 뿌리박고 영원히 지속되는 인간의 삶을 은유한다.

데모가 매일같이 반복되던 1980년대에 학생들이 던진 돌로 뒤덮였던 거리가 다음날 아침 출근 때면 깨끗이 청소되어 있는 것을 보고 나는 이제 더 이상 혁명은 일어날 수 없다고 생각했었다. 대학생들이 허구한 날 유리창을 깨부수고 화염병을 던지던 시절, 아스팔트에 널린 무수한 돌멩이와 유리 조각을 매일 새벽 묵묵히 치우고, 공장에서 생산하고, 해외에서 물건 팔고, 학교에서 학생들을 가르쳤던 세대가 지금의 노년층이다. 하루도 빠지 않고 서울의 어느 길에선가 늘 데모가 있던 나라, 그 1980년대를 지나면서도 꾸준히 나라를 발전시켜 세계 10위권의 경제 대국이 되게 만든 세대다.

그들이 혁명의 방식으로 거리에 나섰다. "늙은 년 놈들"이라는 욕이 기본으로 깔린 젊은이들의 댓글을 묵묵히 보면서……, "자식들은 유학, 해외여행, 인터넷을 통해 발전된 민주주의를 지향하고 있는데 아직 개발 독재에서 벗어나지 못한 늙은이들"이라는 조롱의 말에 한 마디 토도 달지 않은 채……, 굳이 "그 당당하고 잘난 젊은이들을 유학 보내고, 해외여행 보내주고, 인터넷을 공부하게 해 준 것은 누구였던가?"라고 묻지 않으며, 다만 고목에 새싹 돋듯 파릇하게 생겨난, 아직은 극소수인 젊은 보수들을 흐뭇하게 바라보며…….

# 역사적
# 기시감

오늘날 부르주아라는 말은 부(富)와 사치의 이미지가 덧붙여진 상류층을 뜻하지만, 그 어원은 중세 소도시(bourg)에 거주하며 상업과 수공업에 종사하던 평민, 즉 사제와 귀족 다음의 제3신분(le tiers état)이었다. 중세 때까지 이들 계급이 역사에 등장한 적은 한 번도 없었다. 다만 10세기 경 유럽에 자유 도시들이 생겨나면서 '부르주아'라는 말이 이런저런 기록에 얼핏 모습을 보이기 시작했을 뿐이다.

역사적으로 유럽은 도시와 농촌의 대결이라는 긴장 관계 속에서 발전하였는데, 결국 도시가 최종적 승리를 거두었다. 그것은 도시가 가진 부와 행정 능력, 도덕성, 특정의 삶의 방식, 혁신적 사고와 행동 때문이었다. 결국 국가를 구성하는 모든 기능들이 도시의 손에서 생겨나고 도시의 손을 거쳐 갔다. 자연스럽게 도시의 주민인 부르주아 계급은 차근차근 부와 지식과 교양을 쌓아가며 계급의 사다리를 오르는 상승계급이 되었다.

돈과 교양과 여가를 갖고 있던 부르주아 계급은 18세기에 이르러 모든 문학과 학문, 사상을 장악하였다. 계몽주의 사상가인 볼테르, 루소, 몽테스큐, 디드로 등이 모두 부르주아 계급이다. 한 번도 역사의 주인공인 적이 없었으므로 그들의 사상이 반(反)역사석이 된 것은 당연한 일이었다. 이들은 모든 인간이 평등한 원시사회를 한없이 찬양했는데, 그것은 바로 역사에서 소외되었던 그 계급 고유의 정치적 투쟁 방식이었다.

인간은 그 누구에게도 양도할 수 없고 그 누구도 감히 문제 삼을 수 없는 절대적 권리 즉 생존권과 행복 추구권을 갖고 있으며, 자연은 이 세상 누구 하나도 빠짐없이 만인에게 똑같이 이 권리를 나누어 주었다는 자연권 사상은 절대 왕정의 특권이나 귀족의 기득권에 대한 무서운 도전이 아닐 수 없었다. 이들 상승 부르주아지는 이 사상을 무기 삼아 자신들의 재산권은 전혀 다침이 없이 지배계급의 지배권만을 문제 삼는데 성공했다.

역설적으로 이 계급의 승승장구를 도운 것은 왕이었다. 귀족으로부터 경제적, 정치적 특권을 박탈하기 위해 왕은 이 새로운 계급의 생생한 활력과 저항을 이용했다. 중세 역사 속에서 무수하게 일어난 민란이나 반란의 비밀이 그것이다. 물론 일차적으로 모든 민란은 하층 계급의 불만에서 시작된다. 그러나 거기에는 언제나 왕의 보이지 않는 손이 있었다. 왕은 이 모든 저항들을 지원함으로써 귀족의 권한을 약화시키고 자신의 권력을 강화시켰다. 그러니까 프랑스의 역사를 통틀

● 다비드(Jacque-Louis David)의 그림 '테니스코트의 서약'(Le serment de jeu de paume). 1789년 6월 20일 제3신분의 대표들은 실내 테니스코트에 모여 헌법 제정을 촉구했고, 이것이 프랑스 대혁명의 기폭제가 되었다.

어 왕정과 민중봉기 사이에는 본질적인 상관관계가 있었다. 마침내 귀족의 모든 정치권력이 왕정으로 이전되었다. 귀족을 완전히 무력화시킨 왕은 이제 절대 권력이 되었다.

그러나 왕은 새로 부상한 제3계급에 기대지 않고는 이 권력을 행사할 수가 없었다. 왕정은 자신의 사법부와 행정부를 이 새로운 계급에게 맡겼다. 대혁명 당시 왕실 행정부와 사법부의 90%가 부르주아 계급이었다. 이미 국가를 다 떠맡은 그들에게 남은 유일한 적대 세력, 즉 형식적인 수장(首長)인 왕을 제거하는 일은 지푸라기 허수아비 인형의 목을 베는 것만큼이나 쉬운 일이었다. 루이 16세가 무능해서였다느니, 마리 앙투아네트가 사치를 해서라느니 하는 해석들은 한갓 부질없는 역사적 우연일 뿐이다.

뭔가 반복되고 있는 듯한 이 역사적 기시감(旣視感)의 정체는 무엇일까? 앞선 정권들과의 형평성에 맞지 않게 정경 유착, 비선 실세 등의 문제를 언론이 과도하게 보도하자 기다렸다는 듯 소위 '국민'들이 광화문 광장을 가득 메웠고, 그 숫자가 백만이니 2백만이니 하면서 다시 언론이 미화하고 선동하고 찬양하기 바빴을 때, 곧장 국회의원들이 의사당을 박차고 나와 광장의 집회에 참가하며 탄핵을 의결했을 때, 그러자 헌재가 즉각 화답하여 앙칼진 목소리로 '파면'이라는 단어를 발설했을 때, 박근혜의 구속은 이미 예정되어 있었다. 어느 앵커가 했다는 말처럼 태블릿 pc는 차라리 없어도 좋은 것이었다. 헌재 수사에 좀 더 협조를 했더라면, 세월호 날 올림머리만 하지 않았어도, 라는 식의 말들은 힘과 힘이 부딪치는 정글의 논리를 너무도 모르는 순진함일 뿐이다.

그렇다면 현재 한국의 모든 권력기관을 장악하고 있는 그 세력은 누구인가? 진보라는 가장 순화된 명칭에서부터 종북세력이라는 가장 적나라한 이름에 이르기까지 넓은 편차를 보이고 있는 '좌파'이다. 과연 이들에게 보편적 가치와 합리성 그리고 경제적 생산과 안보의 능력이 있는가? 우리가 두려워하는 이유이다.

# 기자의
# 직업윤리


덴마크 법원이 정유라의 국내 송환을 결정했다는 뉴스를 보니 정유라의 체포 과정이 떠오른다. 한국의 어느 기자가 그녀를 덴마크 경찰에 범죄자로 신고한 후 그것을 특종 보도 했고, 소속사는 단독보도임을 내세우며 그 기자를 영웅시하였다. 범죄자를 신고하는 것과 기사를 작성하는 것이 동시에 할 수 있는 행위인가 하는 강한 의문이 들었었다.

이렇게 적극적인 행동까지는 아니었어도, 탄핵 사태 내내 자신의 정치적 성향을 보도 과정에 그대로 드러내는 기자들이 많았다. 어느 기자는 기명 칼럼에서 중학생 딸을 데리고 촛불 집회에 다녀왔다는 것을 자랑스럽게 이야기했고, 또 어느 기자는 역시 기명 칼럼에서 헌재의 탄핵 인용을 TV에서 보며 기쁨의 함성을 질렀다고 썼다. 초기에 대통령 하야 요구가 촛불 시위대의 구호였을 때 어느 TV 기자는 '하야'라

는 글자가 새겨진 점퍼를 입고 카메라 앞에서 보도를 했다. 세월호를 상징하는 노란 리본을 달고 있는 기자들도 있었다. 기자도 평범한 인간이므로 각기 자신의 정치적 성향을 가지고 있겠지, 라고 생각하면서도, 언론 선진국인 서구 사회에서라면 어떻게 할까, 궁금했었다.

　탄핵 사태 당시 언론 보도 행태를 비판하는 한 신간서(『바람보다 먼저 누운 언론』)를 보고 그 의문이 풀렸다. 책에는 2015년 6월 28일자 미국 뉴욕타임스에 '가장 외로운 코끼리'라는 제목의 기사를 쓴 트레이시 튤리스 기자의 사례가 나와 있었다. 튤리스 기자는 뉴욕 브롱크스 동물원에서 9년째 홀로 사육되고 있는 코끼리가 다른 코끼리들과 함께 살 수 있도록 야생으로 돌려보내져야 한다고 썼다.

기사가 나간 다음 날 브롱크스 동물원의 공보책임자가 청원자 명단에 기자의 이름이 있다고 신문사에 통보해 왔다. 기사를 쓴 튤리스는 2개월여 전 문제의 코끼리를 야생으로 보내야 한다는 동물보호단체의 온라인 청원에 서명했던 것이다. 뉴욕타임스는 즉각 "청원에 서명한 행위는 타임스의 저널리즘 기준에 어긋난다"라는 사과 글을 실었다. "만약 기자가 청원에 서명한 것을 알았다면 취재를 맡기지 않았을 것"이라고도 했다.

원래 뉴욕타임스의 지침서에는 "취재 시 중립적 관찰자로서의 역할에 대해 의심을 불러일으킬만한 행위를 해서는 안 된다"라는 규정이 있다. 예를 들면 선거 후보자에게 기부를 하거나, 시위 또는 행진에 참가하거나, 차량에 스티커를 붙이거나, 옷에 배지를 다는 일도 해서는 안 된다는 것이다. 이 지침서에는 온라인이든 직접이든 청원에 서명하는 것은 안 된다는 구체적인 언급은 없다. 그러나 튤리스 기자는 서명이 기준의 위반으로 간주되는 것을 충분히 이해할 만하다고 인정하고 사과했다.

뉴욕타임스는 결국 기자가 어떤 사안을 책임 있고 공정하게 보도할 수 있으려면 청원에 서명하거나, 시위에 참여하거나 또는 트위터에 글을 올리는 등의 행위를 하지 말아야 한다고 분명하게 밝힌 것이다. 이 신문의 취재 지침이 기자들에게 요구하는 것은 단순하다. 중립적 관찰자가 되라는 것이다. 사건을 취재하고 보도는 하되 그 사건에 직접 개

입은 하지 말라는 것이다. 그러기에 온라인 청원서에 클릭하는 행위조차 하지 말라는 것이다. 기자도 어떤 사회적 이슈에 대해 공개적으로 지지하고 주장할 수 있지만, 그러나 그렇게 할 때는 그 건에 대해 기사를 쓰지 말아야 한다.

기자의 중립성을 밑받침하는 또 다른 사례가 있다. 미국 매사추세츠 주법은 18세 미만 어린이에 대한 학대나 방치가 의심되는 경우를 본 경우 이를 반드시 주정부에 신고해야 하는 사람들의 직업군을 매우 구체적으로 규정하고 있다. 의사에서부터 경찰관, 소방관, 교사, 법원 관계자, 종교 관계자, 어린이보호운동가 등 40여 종류가 넘는 직군이다. 그런데 이 중에 기자 또는 언론인은 포함되어 있지 않다. 이는 매우 시사적이다. 기자는 기자 본연의 임무에 충실한 것이 공익에 훨씬 더 부합한다는 사회적 합의가 이루어져 있는 것이다.

뉴욕타임스의 기자가 만약 외국 어느 나라에서 자국 경찰의 수배를 받고 있는 불법 체류자를 그 나라 경찰에 직접 신고해 체포토록 하고 그것을 보도하려 했다면? 아마 회사 차원에서 신고를 하지 못하도록 막았을 것이고, 신고한 후라면 그에 관한 기사를 쓰지 못하게 했을 것이다. 광풍과도 같았던 이번 사태를 계기로 우리 언론도 선진 언론으로 한 단계 업그레이드 됐으면 좋겠다.

# 텔렘 수도원
## 잔상

문재인 대통령 취임 첫 날의 커피 산책이 화제였다. 신임 수석비서관들과 대통령이 하나 같이 순 백색의 와이셔츠에 넥타이 차림을 하고, 한 손엔 테이크아웃 커피 잔, 다른 쪽 팔에는 양복 윗저고리를 걸쳐 든 채 청와대 경내 초록 숲을 배경으로 웃으며 걷고 있었다. 이것이야말로 박근혜 정부 시절 검정 양복 차림 비서관들의 획일성과 비교되는 탈 권위라고 네티즌들이 입을 모았다. 반미라면서 미국의 오바마 대통령을 표절했느냐는 비아냥도 있었지만, 나는 어쩐지 텔렘 수도원이 연상되었다.

텔렘 수도원은 르네상스 시대 프랑스 문학을 대표하는 프랑수아 라블레의 소설 『가르강튀아』에 나오는 가상의 수도원이다. 흔히 수도원이라면 『노트르담의 꼽추』의 콰지모도처럼 애꾸, 절름발이, 꼽추, 배냇병신 등 추한 외모의 남자나 여자들이 들어가는 곳인데, 방이 9천

● 텔렘 수도원을 그린 일러스트레이션. 현판에 '네가 하고 싶은 대로 하라'라는 말이 프랑스 고어로 쓰여 있다. 말 풍선 안에는 "뭐 어때서? 나는 텔렘 수도원 제복을 입고 있는데!" 라는 말.

개가 넘는 거대한 텔렘 수도원은 특이하게도 얼굴이 아름답고 몸매가 좋으며 훌륭한 성품을 가진 선남선녀들만 선택적으로 받아들였다.

더구나 이들은 모두 좋은 가정에서 태어나 양질의 교육을 받고 고상한 사교계에서 지내던 자유인들이었으므로, 완전히 자유의지에 맡겨 놓아도 결코 잘 못되는 법이 없었다. 그래서 이곳의 유일한 규칙은 "네가 하고 싶은 대로 하라"였다. 먹고 싶을 때 먹었고, 일하고 싶을 때 일했으며, 잠자고 싶을 때 잠잤다. 아무도 그들에게 무슨 일을 하라고 강요하지 않았다. 그러나 그들은 최고의 선한 의지를 가진 한 사람, 즉 수도원장이 "마시자"고 하면 모두 같이 마셨고, "들판에 나가 즐기자"고 하면 모두 같이 나가 놀았다. 아니, 자유의지라더니! 규칙을 충실하게 지키면 오히려 규칙을 위배하게 되는 논리적 패러독스이다.

텔렘 수도원의 경우, 원생들 상호간에는 물론 아무런 의무가 없었다. 그러나 그들은 최고의 지도자 한 사람, 다시 말해 '만인의 의지'를 대변하는 한 사람에게는 철저하게 복종할 의무가 있었다. 자기들끼리는 동등하지만, 자신들을 동등하게 만들어준 그 사람과는 결코 동등할 수가 없다는 이야기다. "너 하고 싶은 대로 하라. 단 너에게 명령을 내리는 자에게는 반항하지 말라." 이것이 텔렘 우화의 본질이다. 앙드레 글뤽스만 같은 보수주의 철학자들은 이 우화에서 사회주의 사상의 본질을 간파한다.

'구체제'건 '적폐'건, 어떤 명칭을 내세우건 간에 모든 사회주의 사상은 언제나 기존 체제, 기성세대, 하여튼 모든 것에 반항하라고 가르친다. 그리고 모든 사람은 평등하다고 주장한다. 이 가르침을 충실히 따르자면 사회주의 사상 그 자체까지도 의심하고 비판하고 반항해야 마땅하다. 그러나 텔렘 수도원의 역설처럼 사회주의자들은 높은 곳의 한 사람에 대한 '평등'은 유보한 채 평등을 말하고, 자신들에 대한 비판은 원초적으로 차단한 채 다른 모든 것을 비판한다.

"우리 양복저고리 벗어 들고 와이셔츠 차림으로 산책하며 커피 드십시다"라고 최고 지도자가 말했을 때 좌중의 모두가 기꺼이 같은 옷차림으로 나가 웃음 띤 얼굴로 카메라 앞에서 역동적으로 걸었다면,

이것이 과연 검정 양복의 획일성과 본질적으로 차이가 나는 것일까?

잘 생기고 집안 좋은 선남선녀만 거주자로 받아들였다는 텔렘 수도원의 이야기 역시 사회주의 또는 전체주의 체제를 강하게 연상시킨다. 사회주의는 사회적 약자 또는 소수자의 배려를 최대의 가치로 내세우고 있지만 실은 건강하고 잘생긴 좋은 집안 출신만을 국민으로 인정하는 냉혹한 체제이다. 건강하고 우수한 국민을 만들기 위해 우생학에 가장 관심이 많았던 것이 나치 체제였다. 북한 체제 역시 적나라한 사례다. 몇 년 전 운동 경기 때 응원단으로 온 북한 여성들은 하나같이 미녀들이었다. 평양에는 장애자가 거주할 수 없고 들어올 수도 없다고 한다. 모든 지배층은 당성이 좋은 집안 출신이어야 하며, 최고 지배자는 백두대간 혈통만이 될 수 있다.

20~30대 여성들은 지금 문재인대통령과 조국정무수석, 임종석비서실장 등이 잘 생겼고, 경호원까지 꽃미남이라고 난리가 났다. 이것이 바로 '증세 없는 안구 복지'이고 '외모 패권주의'라고도 했다. 선거 유세장에는 "얼굴이 복지다"라는 피켓도 등장했었다. "우리 이니 하고 싶은 거 다해"라는 유아적 코맹맹이 소리는 아마도 역사에 길이 남을 반-지성적이고 천박한 선거 언어의 사례가 될 것이다.

# 반일 이데올로기의
## 퇴행성

대통령의 가야사 복원 지시와 도종환 문체부 장관 후보자의 유사역사학이 우리에게 역사란 무엇인가를 새삼 생각하게 한다. '역사란 과거와 현재의 끊임없는 대화'(E. H. 카)라거나, '과거를 기억 못하는 이들은 과거를 반복하기 마련이다'(조지 산타야나)라는 등, 근엄하고 위선적인 경구들이 많이 있지만, 한국에서 역사란 진영 투쟁의 무기에 불과한 것 아닌가 라는 생각을 지울 수 없다.

앎-권력의 철학자 푸코는 이미 역사란 객관적인 과학이 아니라 한 계급, 혹은 한 세력의 이데올로기 투쟁의 도구라고 말한 바 있다. 역사는 단순히 과거의 전쟁 또는 여러 세력들 간의 싸움을 분석하고 판독하는 틀이 아니라 현재의 힘의 관계를 수정하는 틀이라는 것이다. 사실 역사적 담론에서 헤게모니를 장악하는 것은 현재 자기편이 옳다는 것을 증명하는 수단이고, 역사의 진실을 독점하는 것은 현실 파워 게임에서 결정적으로 전략적인 고지를 점유하는 지름길이다. 국가의 정통성을 밑바닥에부터 갉아 허물어뜨리는 엄청난 힘을 가진 것도 역사다.

현재 우리 사회의 중추를 담당하고 있는 386세대가 1980년대 초 골방에서 읽고 탐독했던 반(反) 자본주의적이고 친 북한체제적 이념들이 지금은 어엿하게 교과서 속으로 들어와 학생들에게 공개적으로 교육되고 있다. 다만 그 때의 핵심 개념이 식민지 수탈론이었다면 지금은 친일파와 종군위안부 문제로 무게 중심이 바뀌었을 뿐이다. 친일파 논쟁은 역사 문제 중에서도 가장 무서운 무기다.

그러나 한 번 객관적으로 생각해 보자. 일제시대 한국인들은 신분제가 폐기됐고, 근대 교육의 기회가 확대되었으며, 경제적으로는 임금과 소득이 높아졌고, 상업 거래가 활발해 졌다. 상업의 발달은 당연히 도시의 발달을 재촉하여 서울, 부산 등의 대도시와 군산, 원산 등 항구 도시가 발달하였다. 사람들은 더 부지런해졌고, 신용의 개념도 생겨났다. 비록 일본이 식민지 경영을 효율적으로 하기 위해 펼친 정책이었다 해도 영민한 한국인들은 이것을 기회 삼아 근대적 의식을 싹 틔운 것이다. 소위 '식민지 근대화론'인데, 좌파가 경련적으로 반응하는 것이 바로 이 부분이다. 이것은 발설하기만 하면 집단 린치를 당하는 위험한 이야기가 되었다. 그러나 친일을 문제 삼기 전에 조선말의 학정과 수탈을 생각해야 하고, 과거보다 나아진 생활 조건 속에서 일제 시대를 살았던 한국인들의 내면을 들여다 볼 필요가 있다. 더군다나 식민지 경험을 근대화의 기회로 삼았다는 것은 한국인의 우수성을 증명하는 것일 뿐, 결코 모욕적인 이야기가 아닌데 말이다.

반일 이데올로기를 합리화하기 위해 부패하고 전근대적이었던 조선을 미화하는 어처구니 없는 일도 일어난다. 구한말의 왕과 지배 세력이야말로 나라를 빼앗긴 책임이 있는 사람들인데, 안중근 의거를 고종이 배후에서 도왔다느니, 안중근의 변호사 선임 비용으로 고종이 거액을 냈다느니 하는 이야기가 이어지고, 민비는 일본에 의해 희생된 '조선의 국모'로 추앙된다.

그러나 자료에 의하면 당시 일본총리대신의 연봉이 1만 엔 수준이었을 때 조선의 마지막 왕실은 일본정부로부터 연간 180만 엔의 품위유지비를 받았다. 180만 엔으로도 부족하여 왕실은 자기들 소유의 임야를 팔고, 창경궁을 동·식물원으로 개조해 년 4만~5만 엔 수준의 입장료 수익을 챙겼다. 백성에 대한 죄의식은 어디에서도 느껴지지 않는다.

해방된 지 어언 72년, 좌파 진영은 아직도 〈친일 인명사전〉을 바이블처럼 뒤적이며 마녀 사냥에 열을 올리고 있다. 교학사 교과서가 단 한 군데서도 채택되지 못하도록 그들이 얼마나 끈질긴 물리력을 행사했는지 우리는 잘 알고 있다. 반미, 반(反) 국제주의, 자주국방 등을 표방하는 그들의 모습은 한없이 퇴행적이고 폐쇄적이다. 그런 점에서 한국 좌파의 뿌리가 구한말 위정척사(衛正斥邪) 수구파(守舊派)에 있다는 강규형 교수의 말은 전적으로 옳다.

하지만 현재 세계 어느 나라에서건 폐쇄적 민족주의와 사회주의의 이념이 승리하는 곳은 없다. 우파의 개방적이고 자유주의적인 이념이 당당하게 세계사적 흐름을 타고 있다. 프랑스 국회의원 선거에서도 사회당은 처절하게 몰락했다. 신당을 창당하여 노동시장 유연화와 법인세 인하(33%에서 25%로)를 약속했던 마크롱 대통령의 정책이 탄력을 받을 전망이다.

우리만 왜 우물 안 개구리가 되어, 철 지난 이념에 목을 매고 있을까?

6부

필자의
사생활

2012
11/24

# 책 이야기

프랑스의 한국계 입양아 출신 문화부 장관 플뢰르 펠르랭이 노벨문학상 수상자인 파트릭 모디아노의 소설을 하나도 읽지 않았다고 말해 구설수에 올랐다. 2012년 봄 입각한 이래 2년 동안 수많은 보고서, 서류, 뉴스를 보느라 책 읽을 시간이 없었다고 했다. 역시 여자인 전 문화부 장관 오렐리 필리페티는 "책 없는 인생은 실패한 인생이다"라는 말로 즉각 후임자를 비판하고 나섰다. "음악 없는 인생은 실패한 인생"이라는 니체의 말에서 '음악'을 '책'으로 바꾼 것이다.

별로 지적(知的)이지 않은 사람들도 "저녁이면 책을 읽는다"라고 말할 정도로 책을 많이 읽는 프랑스 국민이니 이해가 가기도 한다. 하지만 한정된 하루 낮 열두 시간 동안 막중한 국정 업무를 수행하는 사람이 업무 이외의 다른 책을 본다는 것은 물리적으로 불가능한 일이다. 게다가 정치인이 온갖 작가의 소설책을 반드시 다 읽어야 한다는 법도

● 필자의 서재 사진을 채색
가공한 것.

없다. 그리고 보면 너무 문학적인 프랑스 국민은 재빠르게 변화하는
이 디지털 사회에서 조금은 시대착오적인 것이 아닐까 싶다.

　『텍스트의 즐거움』이라는 프랑스 기호학자의 책도 있듯이 동서고금
의 많은 문필가가 책 읽는 즐거움을 얘기하고 있지만, 사실 어른이 된
후 자기가 읽고 싶은 책을 마음 놓고 즐겁게 읽을 수 있는 사람은 거의
없다. 나도 책 쓰는 일을 시작한 이래 순전히 책읽기의 즐거움을 위해

책을 사서 읽은 적이 별로 없다. 번역이나 저술에 필요한 책, 강의 준비를 위한 책, 논문의 참고 문헌용 책 등 하나같이 어려운 책들을 부지런히 찾아 머리 싸매고 읽었을 뿐이다. 가끔 말랑한 소설을 읽었다 해도 그것은 동시대적 관심에 대한 확인이라는 지극히 이성적이고 실용적인 목적에 의해서였다. 학위 논문을 쓰던 4~5년 간은 오로지 배타적으로 사르트르만 읽었다. 그의 책은 줄 바꾸기도 없이 6~7백 페이지는 보통이고, 말년의 『집안의 백치』는 3천 페이지가 넘는다. 고통스러운 글 읽기를 끝낸 후 나는, 노동 계급의 해방을 위해 투쟁한다는 그의 책 자체가 '노동 계급에 대한 억압'이라는 당돌한 결론을 내렸었다.

지식에도 유효 기간이 있다고 한다. 물리학은 13년, 경제학은 9년, 심리학은 7년이 지나면 쓸모없는 지식이 되어버린다는 이론도 나왔지만(『지식의 반감기(半減期)』), 일찍이 내가 책꽂이 앞에서 절감하던 생각이다. 루카치, 마르쿠제, 시몬느 베이유…… 줄까지 쳐 가며 무던히도 열심히 읽던 그 책들은 지난 십 수 년 간 단 한 번도 다시 들쳐본 기억 없이 먼지만 쌓이고 있다. 반면 플라톤과 아리스토텔레스의 책은 수없이 다시 들게 돼, 그들의 유효 기간이 2천 년이 넘는다는 것을 실감하고 있다. 푸코, 데리다 등 포스트모던 철학자들에 대한 대중의 호감도도 시간에 따라 편차가 느껴지지만, 역시 칸트와 헤겔은 끊임없이 다시 찾을 수밖에 없는, 마르지 않는 샘이다. 문학으로는 에드거 앨런 포의 작품이 2백 년 가까운 세월을 견디고 있는 듯하다. 누렇게 변색되어 바스러져 내리는 그의 책을, 시선의 문제 혹은 숭고 미학의 주제를 위해 자주 꺼내 다시 읽고 있으니 말이다.

인간 세상에 대한 빛나는 통찰이 나의 책 읽기가 주는 커다란 기쁨이기는 하지만, 그래도 가끔 『사랑의 선물』, 『칠칠단의 비밀』, 『십오 소년 표류기』 등을 읽던 그 옛날의 어린 시절이 눈물 나게 그리워진다.

# 청담동 이야기

　더위가 지겹다가도 어느 날 갑자기 아침저녁이 선선해지면 가슴이 덜컹 내려앉는다. 아직 보낼 준비가 안 됐는데 여름은 문득 멀어졌고, 어느 새 눈앞에 다가온 투명한 가을은 한없이 쓸쓸하다. 담쟁이도 잎사귀 끝이 마르고 드문드문 연한 갈색으로 물들기 시작했다.

　청담동 골목길에서 산지도 벌써 19년째다. 처음 이사 왔을 때, 대로에서 강변으로 이어지는, 차 두 대가 겨우 지나다닐만한 이 골목길은 빌라 세 채를 제외하고는 모두가 단독 주택인 고즈넉한 동네였다. "물 좋은 고등어 왔어요"라고 외치는 생선 트럭이 지나가고 나면 "고장 난 세탁기, 컴퓨터 삽니다"라는 가전 고물상 트럭이 지나가고, 저녁때가 되면 두부 장수의 딸랑딸랑 종소리가 골목길을 지나갔다. 압구정동에서 불과 2킬로미터 밖에 떨어지지 않은 곳인데 너무나 다른 분위기여서 놀랐다. 세 번째 빌라였던 빨간 벽돌의 우리 빌라가 담쟁이로 완전히 뒤덮이고, 덩굴손이 창문의 프레임을 조금씩 침범하여 완전히 아라베스크 무늬의 사각형을 이루게 되기까지, 골목길의 주택들은 하나씩 사라져 그 자리에 미용실, 웨딩 사진관, 그리고 새로운 빌라 두 채가 더 들어섰다.

헐려나간 집 중에는 동글동글한 하얀 돌로 폭은 넓게, 높이는 나지막하게 담장을 쌓은 집도 있었다. 그 낮은 담장 위에 베고니아가 가득 심어진 큰 오지 화분 세 개가 올려 있었다. 늦은 봄부터 여름, 가을까지 수줍은 듯 화려한 베고니아의 붉은 꽃 색깔이 골목길 전체를 환하게 비추었다. 골목길을 지나다니면서 우리는 모두 행복했다. 그 집 주인이 정말로 고마웠다. 그저 단순히 충실하게 자기 삶을 살 뿐인데 그것만으로 남을 행복하게 해주는 사람들이 있다. '언제 케이크라도 사 들고 가 집 주인에게 고마움을 표시해야지' 하는 생각을 했지만, 그런 생각을 실행에 옮기기 전에 그 집은 팔리고 헐려나가 새로운 빌라로 변했다.

정감어린 집들만 없어진 게 아니다. 급기야는 골목의 이름까지 사라졌다. 작년 1월부터 시행된 도로명 주소에서 청담동이라는 이름은 사라지고 골목은 '압구정로'가 되었다. 게다가 동쪽으로 내려가는 세로길은 '도산대로 길'이 되었다. 사람들 머릿속에서 압구정로와 도산대로 사이에는 거대한 블록이 존재하는데 여기서는 한두 걸음만 내딛으면 압구정로가 도산대로로 바뀐다. 거리 이름을 바꿈으로써 우리의 의식 속에 오랫동안 축적돼 온 이미지를 단숨에 지워버리고 없애버릴 그 무슨 급박한 필연성이라도 있었다는 말인가?

● 필자가 갤럭시 s-pen으로 스마트 폰에 그린 청담동 풍경.

어릴 적에는 종로구의 사직공원 옆 필운동에서 살았다. 사직동, 체부동, 누상동, 누하동, 내수동, 내자동, 옥인동…… 들은 내게는 단순한 청각 이미지의 단어들이 아니라 유년의 꿈 속 같은 미로의 공간이다. 지금 그 이름들도 '자하문로'와 '필운대로'로 간단히 통합되었다.

파리에서 발자크의 소설 『고리오 영감』에 나오는 길 이름을 발견하고 반가움에 흥분했던 적이 있다. 동네 이름은 그 자체가 문화재이다. 남의 나라는 200년 간의 세월을 견디는데, 우리나라는 고작 19년도 견디지 못한다. 600년 역사의 고도라고 자랑하면서 우리는 왜 서울의 역사를 그렇게도 지워버리려 애를 쓰는가?

찾아보니, 도로명 주소위원회는 2007년에 발족되었고, 2014년 1월

새 주소 체계를 시행하기까지 예산은 5천억 원이 들었다고 한다. 들인 돈은 아깝지만 차라리 백지화하는 것이 낫겠다는 생각이다.

박정자의 인문학 칼럼

# 이것은 정치 이야기가 아니다 (개정증보판)

1판 1쇄 발행_ 2018년 2월 20일

지은이_ 박정자
펴낸이_ 안병훈

펴낸곳_ 도서출판 기파랑
등록_ 2004. 12. 27 | 제 300-2004-204호
주소_ 서울시 종로구 대학로8가길 56(동숭동 1-49 동숭빌딩) 301호
전화_ 02-763-8996(편집부) 02-3288-0077(영업마케팅부)
팩스_ 02-763-8936
이메일_ info@guiparang.com
홈페이지_ www.guiparang.com

ISBN_ 978-89-6523-659-7  03800